Benito Pérez Galdós

Episodios nacionales V
La Primera República

Barcelona **2024**
Linkgua-ediciones.com

Créditos

Título original: Episodios nacionales V. La Primera República

© 2024, Red ediciones S.L.

e-mail: info@Linkgua-ediciones.com

Diseño de cubierta: Michel Mallard.

ISBN tapa dura: 978-84-1126-371-9.
ISBN rústica: 978-84-9007-320-9.
ISBN ebook: 978-84-9007-236-3.

Sumario

Créditos _____ 4

Brevísima presentación_____ 7
   La obra_____7

I _____ 9

II _____ 14

III_____ 21

IV_____ 27

V _____ 34

VI_____ 41

VII _____ 48

VIII _____ 55

IX_____ 62

X _____ 71

XI_____ 78

XII _____ 87

XIII _____ 94

XIV _____ 101

XV _____ 107

XVI _____ 112

XVII _____ 118

XVIII _____ 124

XIX _____ 131

XX _____ 135

XXI _____ 142

XXII _____ 147

XXIII _____ 152

XXIV _____ 158

XXV _____ 164

XXVI _____ 169

XXVII _____ 173

XXVIII _____ 177

XXIX _____ 178

Libros a la carta _____ 181

Brevísima presentación

La obra

La Primera República es la cuarta novela de la quinta y última serie de los *Episodios Nacionales* de Benito Pérez Galdós.

La novela comienza con la abdicación del rey Amadeo I y la proclamación de la Primera República Española, que fue muy breve: del 11 de febrero de 1873 hasta el 29 de diciembre de 1874. Ya desde el inicio, la república entra en una crisis ministerial que ya no abandonará, con una sucesión de presidentes que da idea de su fracaso. El ambiente político es de máxima confusión, con un alto fraccionamiento de los partidos en grupúsculos que pugnan entre sí. Las facciones de republicanos federales, radicales, alfonsinos y carlistas se enfrentan en el Parlamento. A ello se suman insurrecciones armadas de carlistas y cantonalistas. Así que a finales el año 1874 el sueño republicano se termina.

Galdós construye el relato a base de multitud de escenas, sin un hilo novelesco concreto. El protagonista, de nuevo Proteo Liviano, Tito, claramente republicano y alter ego del escritor, ve con dolor los fallos de su amada república, sus contradicciones y sus excesos, que la llevarán desgraciadamente al hundimiento y a la vuelta al absolutismo de la Restauración. Todo ello nos lo contará el protagonista desde su puesto en el Ministerio de Gobernación y como testigo de las sesiones de las Cortes. En este caso, su acompañante amorosa será Floriana, una mujer misteriosa y profunda con la que hace un extraño viaje hasta Cartagena, donde asistirán a la sublevación cantonal.

I

Venid acá otra vez, fieles parroquianos de estas páginas, y escuchad la voz de aquel buen Tito, entrometido indagador de cosas y personas, familiar diablillo que os entretuvo con la vaga historia del Rey saboyano; venid acá otra vez, y os contará cómo saltó España del trono mayestático al tablado de la República, las fatigas, desazones y horribles discordias que afligieron a esta Patria nuestra, tan animosa como incauta, y por fin, el traqueteo nervioso y epiléptico que la precipitó a su desdichada caída.

Reconocedme, soy el mismo: chiquitín, travieso, enamorado, con tendencias a exagerar estas cualidades o defectos, si es que lo son. Mi estatura parece que tiende a empequeñecerse más cada día; la agilidad de mi espíritu y de mis movimientos toca ya en lo ratonil, y en cuanto a mis inclinaciones y aptitudes donjuanescas, debo decir que vivo en constante combustión amorosa.

Ansío penetrar con vosotros en la selva histórica que nos ofrecen los adalides republicanos en once meses del año 1873, año de sarampión agudísimo del que salimos por la intensa vitalidad de esta vejancona robusta que llamamos España. La historia de aquel año es, como he dicho, selva o manigua tan enmarañada que es difícil abrir caminos en su densa vegetación. Es en parte luminosa, en parte siniestra y oscura, entretejida de malezas con las cuales lucha difícilmente el hacha del leñador. En lo alto, bandadas de cotorras y otras aves parleras aturden con su charla retórica; abajo, alimañas saltonas o reptantes, antropoides que suben y bajan por las ramas hostigándose unos a otros, sin que ninguno logre someter a los demás; millonadas de espléndidas mariposas, millonadas de zánganos zumbantes y molestos; rayos de Sol que iluminan la fronda espesa, negros vapores que la sumergen en temerosa penumbra.

Antes de meternos en este laberinto quiero decirle al picaresco lector algo de mis particulares asuntos. Obdulia, mi compañera dulce, a quien conocéis con el doble carácter de romántica y hacendosa, me fue arrebatada por su marido, que cayó sobre Madrid y sobre mí como una maldición de Dios a los pocos días de la partida de los Reyes para Lisboa. Recordaréis que aquel gaznápiro respondía por Aquilino de la Hinojosa, y lo mismo desafinaba pianos que los vendía y alquilaba. Se debió sin duda a los médicos del Infierno la soldadura de la clavícula, el gobierno de la pata, y el admirable lañado de la osamenta craneana, estuche de sus infames pensamientos.

La presencia de aquel mastín, que se nos apareció ladrando con la fiereza que le daban sus derechos, nos truncó la vida y nos mató la felicidad. Intervino la justicia, pasamos días de horrible infortunio y vergüenza, y al fin, la paloma suavísima y arrulladora me dejó solo en mi nido. Una tarde, trastornado y rabioso, salí resuelto a matar al ladrón de mi dicha. No me arredraba perder la libertad, ni la honra, ni la vida; la idea de la cárcel y del patíbulo no aplacaban mi furor... Tras de mí salió corriendo el buen Ido del Sagrario, ansioso de atajarme en el camino de mi perdición, y cuando yo forcejeaba para desasirme de los amantes brazos del filósofo... ¡pum!, se nos acerca Nicolás Estévanez, risueño, haciendo chacota de mi exaltación homicida.

El cariño y la jovialidad de Estévanez me calmaron, dando a mis sentimientos una dirección apacible. En breves palabras expliqué a mi amigo la razón de mi furia, y nombré al perro cuya vida me estorbaba. A este propósito me dijo don Nicolás, con donaire mezclado de amargura: «Conozco a ese sinvergüenza, a ese Hinojosa, que es como decir *Jinojo*... Pertenece a la bandada de pajarracos que apenas establecida la República se cuelan en ella para llenar sus buches con los desperdicios del presupuesto. Tu enemigo es de los primeros que han llegado, quitándose las plumas alfonsinas para ponerse la cresta roja que gastan los demagogos. Esta canalla nos desacreditará, Tito, y acabará por perdernos. ¿Sabes quién ha colocado al *don Jinojo*? Pues Martos, que hila maravillosamente las palabras, pero en cuestiones de personal no tiene vista ni olfato... Ayer me enteré. Al afinador le mandan a la oficina de *Bienes Mostrencos*, que está en la travesía de la Parada.»

Estábamos en Antón Martín, junto a la fuente churrigueresca. El manso filósofo Ido del Sagrario se fue a la compra, calle de los Tres Peces, y Estévanez, que había salido de la tienda de sedas del popular republicano don Toribio Castrovido, me llevó calle abajo por la de Atocha, contándome sus andanzas en el largo tiempo en que yo le había perdido de vista. Refería con pintoresca sencillez y gracia las que no vacilo en llamar hazañas, y mi curiosidad apuraba sus conceptos con atención sedienta. No esperéis que transcriba su relato *ad pedem litterae*; lo extractaré, conservando, si puedo, la intensidad del pensamiento y la concisión de la forma.

Empezó así: «A mediados de noviembre me visitó Contreras y me dijo que contaba con una parte de la guarnición de Bajadoz, con casi toda la de Sevilla, con las de Córdoba y Málaga, con muchos carabineros y con un regimiento de Caballería, para intentar un golpe decisivo. Añadió que estaban dispuestas las partidas que habían de salir al campo en catorce provincias. Pero que la señal que a todos serviría para sublevarse era la aparición de una partida que cortase el ferrocarril en Despeñaperros. La partida estaba dispuesta, y yo designado para mandarla. No vacilé, y pedí al general que señalara día para mi salida. Convinimos en que yo iniciara la revuelta el 23; los demás secundarían la sublevación hacia el 25. Solo exigió de mí que me sostuviera ocho días.»

No se contentó el audaz revolucionario con aguantarse ocho días; se aguantó treinta y ocho. En todo este tiempo el pobre general Contreras anduvo de la Ceca a la Meca hostigando a los militares y paisanos comprometidos, sin lograr sacarles de su inmovilidad. A Prim, con ser Prim, le pasó lo mismo allá por los años 66 y 67. Las partidillas que aparecieron al conjuro de Contreras en Murcia, Extremadura y Vizcaya, no pasaron de tímidos conatos.

Según me dijo, lanzose Estévanez a la aventura de Sierra Morena sin ninguna confianza en el éxito. Salió de Madrid por la estación de Atocha. Apenas tomó asiento en un vagón de segunda, un hombre de aspecto inofensivo, cargado con cajas de cartón, abrió la portezuela preguntando: «¿Es este el tren que va a Sevilla?» Oída la contestación afirmativa se introdujo en el coche, y acomodando sus cajas se reclinó en un ángulo, con actitud de indiferencia descuidada... Momentos antes de arrancar el tren llegó a la estación don Toribio Castrovido, republicano de los más fieles, y después de buscar a Estévanez de coche en coche dio con él y le hizo bajar para decirle rápidamente: «Ese tipo de las cajas de cartón es un inspector de policía; lleva la orden de prender a usted por la Guardia civil tan pronto como el tren salga de los límites de esta provincia y encerrarle en la cárcel de Toledo o de Ciudad Real.» Volvió Estévanez al coche sin cerrar la portezuela, y cuando el tren arrancaba se arrojó al andén. Sorprendido el polizonte asomó la gaita por la ventanilla, y el atrevido conspirador le gritó: «¡Buen viaje, amigo!... ¡y mucho ojo!»

En la noche del mismo día salió de Madrid don Nicolás metido dentro de una zafra de aceite sin aceite, en un furgón precintado del tren de mercancías, con tan menguada velocidad que tardó en llegar a Vilches veinticuatro horas. El gobernador de Ciudad Real, Plácido Sansón, amigo y paisano del héroe, le esperaba por orden del Gobierno en una de las estaciones de la línea, al paso del tren de viajeros, con la fuerza de la Guardia civil que había de detenerle. Supónese que se alegró mucho de no encontrarle... A las diez de la noche, antes de llegar a Vilches, paró el tren de mercancías para que se apeara el hombre facturado en la zafra de aceite. Hallose el tal en un despoblado, donde se le unió Virgilio Llanos con la formidable partida que debía iniciar el movimiento: una docena de hombres, ocho de los cuales eran procedentes de Madrid. Dos horas después ya no existía el puente de Vadollano.

Al decir esto, pasaba Estévanez del estilo picaresco al estilo trágico, desnudo de todo énfasis, sin otro adorno que la sencillez. En él veía yo la personificación vigorosa del espíritu de rebeldía que alienta en las razas españolas desde tiempos remotos, y que no tiene trazas de suavizarse con las dulzuras de la civilización, protesta inveterada contra la arbitrariedad crónica del poder público, contra las crueldades y martirios que la burocracia y el caciquismo prodigan a los ciudadanos. Cortar las comunicaciones ferroviarias es grave atentado a la cultura y saqueo del acervo nacional; pero Estévanez y sus auxiliares actuaban en aquellos momentos como profesionales de la rebeldía y ejecutores ciegos del fatalismo revolucionario. Creían sin duda que era forzoso destruir las cosas útiles, único medio de allanar el camino para la destrucción de la inmensa mole de inutilidades viciosas, y de seculares estorbos.

El historiador de sí mismo contaba con naturalidad aterradora el acto de cortar el puente. Entraba en él a toda máquina un tren de mercancías, después de haber dejado en tierra a todos los empleados, menos al conductor. Para salvar la responsabilidad de este, un hombre, armado de mala escopeta, se plantaba en medio de la vía gritando: «¡Alto el tren!» Saltaban a tierra conductor y maquinista; el tren seguía, y al llegar al punto en que se habían levantado los raíles descarrilaba, y desde la formidable altura caía con estruendo pavoroso sobre el río, quedando la máquina, ténder y algunos vagones en posición vertical.

En el acto estalló el incendio, pues el tren iba cargado de aguardiente y otras materias combustibles. Ardió todo, cedió la armadura del viaducto; las llamas reflejándose en la corriente del río y el humo subiendo en negras ondulaciones por los aires, componían un cuadro grandioso, sublime estrofa del arte revolucionario, que también las revoluciones tienen su poesía... De este modo quedó interrumpida para mucho tiempo la comunicación de Castilla con toda la región andaluza.

Recorrimos la calle de Atocha en toda su longitud y torcimos hacia el Prado, pues Estévanez tenía que ir al Ministerio de la Guerra, en donde le había citado el general Córdoba. Andando despacito siguió contándome don Nicolás su historia de Despeñaperros, que más parecía novela: «No creas que aquella vida era demasiado fatigosa; tirábamos a los lobos, alguna vez a los jabalíes; no tuvimos ningún encuentro serio, ni dimos ninguna batalla como las de Marengo y Arcola; nos alimentábamos con naranjas, madroños, exquisita miel, y bebíamos agua cristalina de los manantiales de la sierra... En Madrid publicaban los intransigentes, en hojas extraordinarias, noticias estupendas elaboradas para los inocentes de grandes tragaderas: «Entrada de Estévanez en Linares con cuatro mil hombres...» «Última victoria de la partida de Estévanez...» «Tropas del ejército unidas a la partida de Despeñaperros...»

«Ya me acuerdo —dije yo—. También se propaló el notición de que había usted tomado El Viso.

—Lo que tomé en El Viso fue una buena taza de café con que me obsequió el famoso guerrillero León Merino... En cuanto a las tropas que se me incorporaron, todo se redujo al cabo de Caballería Tomás Guzmán y cuatro soldados con muy buenos caballos, que supuse eran los de sus jefes.

—Y de allí, según nos contaron, fue usted a Linares con su ejército.

—Sí; formidable ejército compuesto de doce hombres. Antes de entrar en Linares mandé un explorador para saber si se había sublevado la población, según lo prometido al general Contreras; volvió el emisario diciendo que todo estaba en calma, sin el menor vislumbre de sublevación. Luego se me presentaron dos vecinos con la embajada de que solo esperaban mi presencia para echarse a la calle. Pues adelante con mi tropa. Apenas entré se levantó el pueblo, con el señor Marín a la cabeza, atronando los aires con el grito de ¡viva la República Federal!

II

—En Madrid se afirmó que los cuarenta y dos guardias civiles que guarnecían la ciudad se habían rendido, tras reñida lucha, a una docena de paisanos.

—No quiero engalanarme con plumas de pavo real; yo no disparé un tiro; la Benemérita salió de la ciudad al ver la exaltación unánime del vecindario... Desde Linares oficié al Directorio dándole cuenta de haberse proclamado la República. Hicimos un alistamiento voluntario y fortificamos las entradas del pueblo. Como no nos sobraba tiempo, suprimí casi en absoluto las soflamas, arengas y manifiestos. A los dos días, alarma en el pueblo, gran toqueteo de campanas; los alistados acudieron a sus puestos. No participé del desasosiego. Calculé que no seríamos atacados hasta el cuarto día, por lo que abandoné la ciudad la noche del tercero, llevándome setecientos hombres. El armamento era de una variedad pintoresca; cada cual llevaba lo que halló en su casa; en cuanto a municiones, el que más, tenía seis cartuchos.

—Según los noticieros madrileños, se fue usted a La Carolina.

—Y cerca de este pueblo nos salió al paso una corta fuerza de Caballería y unas parejas de la Guardia civil de infantería. Nos tiroteamos y mi ejército voló, quedándome solo ochenta hombres... Dos días después la *Gaceta de Madrid* decía: «Ha sido dispersada la partida de Estévanez; pero se ha presentado otra en El Viso.» No era otra; era la misma. Habíamos atravesado la sierra en pocas horas. En El Viso se nos incorporaron algunos voluntarios de la Mancha. Necesitando municiones, traté de sorprender el destacamento del Visillo (Almuradiel), compuesto de veinticuatro cazadores del batallón de Las Navas y mandado por el subteniente O'Donnell. La sorpresa fracasó y tuve que retirarme a la venta de Malaventura. Amanecía... Perseguido por varias columnas, tuve que maniobrar algunos días por los sitios más escabrosos de la sierra. Esclavo en todo de la verdad, debo decirte, querido Tito, que aquello era una persecución de mentirijillas. Aquel extraño modo de guerrear me ha enseñado muchas cosas. Nuestras guerras civiles han durado años y años porque las tropas regulares no han sabido o no han querido ahogarlas en su origen. Creeríase que hay interés en que las facciones se organicen, y fogueándose constantemente, aprendan el arte o las astucias de la guerra. Pudieron los jefes de las columnas acabar con nosotros en menos de una semana; pero descansaban de noche en los pueblos, iban de uno a otro por las carreteras, sin fatigarse, siempre de día, y no nos buscaban con deseo de encontrarnos. Varias veces pasaron las columnas junto a mí sin sospechar mí presencia; jugábamos graciosamente al escondite.»

Íbamos ya frente al Museo de Pinturas cuando empezó a contarme su encuentro con la columna del coronel Borrero, hecho de armas que llegó a Madrid de tal manera hinchado que alguien le dio proporciones semejantes a las de la acción de las Termópilas. Acaeció el suceso el 6 de diciembre en una ermita llamada de San Andrés. Borrero llevaba veinticinco caballos y dos compañías de cazadores de Ciudad Rodrigo; Estévanez treinta y siete escopeteros. Después de un largo tiroteo, Borrero se retiró al Viso con algunas bajas. Esta batalla en miniatura tuvo una prelación cómicamente ampulosa. La militar arenga que Virgilio Llanos, subido en una roca, pronunció ante los aburridos y fatigados escopeteros. «Esforzados campeones de la Libertad — les dijo con épica exaltación, agitando los brazos, como poseído del mal de San Vito—, ha llegado el momento sublime de hacernos inmortales. Desde aquellas cumbres la España y la Historia os contemplan. ¡Corred intrépidos a cubriros de gloria! Vuestras madres os bendicen. La santa República os acogerá en sus brazos amorosa. ¡Sus, y a ellos!, etc...» El tal Virgilio era un muchachón avispado, activo, frenético sectario y un poquito socarrón. Años adelante le he conocido yo trabajando modestamente en la administración de un periódico avanzado, en la contaduría de un teatro, en las oficinas de la Resinera de Coca. Fue grande amigo de Eusebio Blasco.

La partida menguaba de día en día; algunos de los de Madrid se marcharon, no sin despedirse. Eran buenos para el fuego, pero se cansaban pronto de las jornadas largas, de las lluvias y de las privaciones. Los más duros eran los pastores y serranos. El 20 de diciembre ya no le quedaban al heroico y sufrido don Nicolás más que nueve hombres. El 21 entró solo en

Bailén, dejando a su gente en un cortijo próximo. Descansó unos días en casa de un buen amigo suyo, y al volver al cortijo, los nueve guerrilleros se habían reducido a seis.

Entrando ya en el palacio de Buenavista relató así el bravo campeón la última triste página de sus aventuras: «Una noche, en un cortijo, orilla del Jándula y cerca de Andújar, dormíamos sin vigilantes por la escasez de gente. El cortijero me dijo que de nada servían escuchas ni centinelas, porque los perros nos advertirían cualquiera novedad. En efecto, él interpretaba los ladridos con una exactitud maravillosa. Oyendo a los perros, me decía: "Le ladran a una lechuza". "Pasa un lobo". "Está saliendo la Luna", etc. De repente se oyó un ladrido lejano, y el hombre se puso en pie, gritando con susto: "¡La Guardia civil!"... Salimos, y a los pocos minutos vimos llegar un paisano enteramente solo y sin armas a la vista; pidió un vaso de agua, y entre sorbo y sorbo nos manifestó que había servido en la Guardia civil seis años. Llevaba la licencia en el bolsillo. Sin duda conservaba el olor del Instituto, puesto que los perros avisaron su paso.»

El 30 de diciembre tomó Estévanez en Vilches el tren de Madrid. Fue reconocido por más de dos viajeros que no le denunciaron. Se tiró del tren antes de llegar a la estación de Atocha, y embozándose en la capa, se dirigió a su casa con el tranquilo paso del ciudadano más inocente y descuidado.

Ya en el Ministerio, escaleras arriba, me dijo Estévanez que Figueras le incitaba vivamente a reingresar en el Ejército. Negábase a ello mi amigo, muy a gusto en el libre ambiente de la sociedad civil... En el salón del Ministerio había mucha gente, paisanos y militares, agrupados en diferentes corrillos. En uno de éstos vi a Luis Blanc y a García López; en otros, Roque Barcia y Félix la Llave charlaban con dos militares, con Ramos Calderón, riverista, y con un amigo de Martos de cuyo nombre no me acuerdo. En todos los grupos se respiraba el aire espeso y acre que arroja de sí la palabra *Crisis*. ¡Crisis, Dios mío, cuando aún los primeros ministros de la República no habían calentado las poltronas! ¿Dónde estabas, *Mariclío* celestial; en qué pozo te habías caído que no fuiste de Ministerio en Ministerio, chinela en mano, azotando las posaderas de toda esta gente rencillosa y quimerista, sin conocimiento de la realidad ni estímulos de patriotismo? Pienso yo que aburrida de tu oficio quieres adoptar el de alguna de tus hermanas, quitándole a Euterpe la voz angélica, los pies a Terpsícore, tal vez a Melpómene el ceño iracundo y la mano armada de puñal.

En aquel maremágnum de gente ociosa y postulante se me perdió de vista Estévanez. Salí de allí con ligero paso, hastiado del pregón de crisis y de la turbulencia moral que indicaban los rostros de aquellos politicastros de baratillo. Quise ir a mi casa, y maquinalmente me fui a la de don Eleuterio Maisonnave, que me había ofrecido una colocación decorosa. No le encontré, y aturdido y desalentado vagué por las calles, cambiando a cada instante de propósito y dirección. La ausencia de mi Obdulia me llenaba el alma de tristeza, y esta se agudizaba de improviso resolviéndose en arrebatos de cólera furibunda. En la Puerta del Sol, llena de papanatas y haraganes, sentía vivos impulsos de enredarme a trastazo limpio con cuantas personas me estorbaban el paso.

Sin pensarlo, como si huyera de mí mismo, me metí en el café de las Columnas, donde tal vez encontraría a don Santos La Hoz para contarle mis penas: «Hoy estoy de malas —me dije atravesando por entre las mesas pobladas de vagos parlanchines—. Basta que hoy desee ver a don Santos para que no le encuentre.» ¡Sorpresa y alegría! Desde una mesa cercana al mostrador me llamó el curita La Hoz, que tomaba café con unos cuantos amigos de esos que arreglan el mundo entre terrones de azúcar y sorbos de agua de castañas. Acudí al llamamiento y me hicieron hueco amablemente. Al sentarme, vi frente a mí una señora risueña y guapita que formaba parte de la trinca. Al instante me sentí arrastrado al vértigo de una conversación febril, de política, por supuesto... Don Santos hablaba horrores de Martos, de Becerra y de toda la chusma que llamaban cimbrios. Junto a mí había dos tipos locuaces, que despotricando me rociaban con su saliva. Sus caras no me eran desconocidas; pienso que les vi en un Templo Masónico adonde me llevaron una noche a ver una *Tenida blanca*, con pasteles, caramelos y baile agarrado. Si no me equivoco, aquellos dos *venerables hermanos* tenían en la Logia los nombres de *Licurgo* y *Epaminondas*.

La señora sentada frente a mí, pizpireta y apañadita, no me quitaba los ojos, celebraba cuanto yo decía, por lo que, holgándome mucho, le dedicaba yo todos mis chistes y agudezas, subrayándolos con pisotones. En el giro de la conversación, vine a comprender que también aquella dama había visto las *Columnas Simbólicas*, como aprendiza masona, en lo que denominan *Rito de Adopción*. Algunos la llamaban Candelaria, su nombre de pila, y otros le aplicaban el sonoro mote de *Penélope*. Junto a don Santos había dos señores que afectaban cierta gravedad y se creían depositarios del buen sentido y órganos de toda opinión sesuda. Eran dos solemnes marmolillos, de esos que se precian de poner los puntos sobre las íes y de quitar caretas a todo el género humano. De lo que allí se habló saqué la certeza de que el primer Ministerio de la República amenazaba ruina, y de que Martos, presidente del Congreso, era el Sansón de los filisteos republicanos. Mi vecino de mesa, *Epaminondas*, aseguró que don Cristino había nombrado a Espartero Capitán general de Madrid; pero don Santos y sus adustos adláteres *pusieron sendos puntos sobre las íes*, consignando que el nuevo espadón de la dictadura era el general Moriones.

Retiráronse algunos de la tertulia y hubo cambio de sitios, quedando yo junto a don Santos, y a mi izquierda la vivaracha Candelarita Penélope. En el curso de la picante comidilla política, hallé coyuntura para contarle al curita los motivos de mi descontento. El mismo 11 de febrero, Maisonnave me ofreció una placita modesta para poder vivir, y habían pasado muchos días sin que don Eleuterio me sacara de penas. «Bien puede afirmar el grande y pequeño Tito que ha nacido de pie —dijo don Santos rasgando toda su boca en un reír inefable—. Mira por dónde te ha salido la buena, cuando menos lo pensabas, al entrar en este café y encontrarme a mí... Dime ahora que no hay Providencia. Ya puedes marcar este día con piedra blanca: *Albo notanda lapillo*, que dijo el latino... Abrázame, Titín, y anticípame las gracias: aquí tienes al ciudadano La Hoz, clérigo desclerigado, que sabe mirar por sus amigos, cuando son liberales de buena ley, como tú... Debo decirte ante todo, para que vayas aprendiendo a vivir, que no te fíes de Maisonnave ni de ningún castelarino; deja el campo de los ruiseñores, donde no hay más que gorjeos, y vente acá: nosotros no gorjeamos, pero damos trigo.»

Llevado de sus pujos oratorios, me dejó suspenso y a media miel. Se subió las gafas, que tendían siempre a resbalar hacia la punta de la nariz. Tomó de nuevo la palabra, que era estropajosa por la falta de dientes, y espolvoreando su saliva sobre mí, mordisqueó desabridamente a Figueras, Salmerón y Pi, que piaban federalismo y dejaban vacíos los comederos. Con gran trabajo logré que disipara mis ansias y despejase la doble incógnita de su generosidad y de mi agradecimiento. ¡Acabáramos! Mi amigo disponía de una plaza de seis mil reales en Gobernación, por ascenso y traslado a provincias del funcionario que la desempeñaba. Trastornado yo de júbilo, cierro el pico y dejo hablar al ínclito don Santos, mi salvador y Mecenas:

«Esa plaza me la dio Ruiz Zorrilla para mi amigo y paisano don Rufino José Novillo, esposo de esta dama que nos honra con su presencia, y como ha sido destinado al Gobierno civil de Bajadoz, dispongo yo del puesto vacante, según práctica usual en nuestro panfuncionarismo burocrático. Cuando tú entraste, querido Tito, estaba yo discurriendo a quién daría la modesta breva. ¡Mira con qué oportunidad y buena sombra entraste en el café esta tarde! Lo que te digo: hay minutos decisivos en la vida de los hombres públicos o de los que aspiran a tales. Es uno providencia sin saberlo, y tú, al encaminar aquí tus pasos, venías empujado por el ángel de tu guarda.» Volvime yo entonces hacia doña Penélope, y violentándome para no darle un estrecho abrazo y besar sus mejillas, un poquito pintadas, le dije: «Señora mía, permítame usted que celebre con toda el alma el ascenso de su digno esposo, recompensa justa, mas no correspondiente a sus méritos insignes. Como supongo que usted le acompañará, mi alegría se nubla, pues quisiera poder expresar a usted mi gratitud aquí, día por día...

—No, no; yo no voy. Mi marido puede ir donde quiera; cuanto más lejos mejor —dijo vivamente la señora, acentuando su palabra con guiños y muequecillas que no dejaban duda de sus sentimientos conyugales—. De Madrid al Cielo... Yo no he nacido para provinciana... Aquí tengo mi centro, mis trabajos humildes, y un nombre que no carece de resonancia, aunque me esté mal el decirlo...»

Selló sus labios un alarde de modestia, tan falsa como el rosicler de sus mejillas. Pero don Santos se apresuró a desvirtuar aquella discreción postiza, diciéndome: «Tú habrás leído algunas composiciones de esta señora en *La Ilustración Federal*. Firma con el seudónimo de *Rosa Patria*... Y de sus artículos *Conciencia libre* y *La hora del Apocalipsis* también tendrás conocimiento.»

Aunque era la primera vez que oía citar aquellas creaciones en verso y prosa, yo las alabé hiperbólicamente cual si las supiera de memoria, y ella, volviéndose hacia mí, dando a mis ojos la convexidad blanda de su pechuga y a mi nariz el perfume barato que usaba, me dijo con tierna voz: «Yo sí que le admiro a usted hace tiempo, señor don Tito. El discurso irónico que pronunció usted en Durango es una pieza oratoria por la que merece el título de Cicerón humorístico. ¡Con qué gracia se burló el orador de aquel público de avutardas católicas y de gansos absolutistas! Cien veces he leído su plan de *Imperio Hispano-Pontificio* relamiéndome de gusto. Tiene usted mucho talento, señor Tito. Está usted llamado a ser pronto un hombre público eminente al par que ilustre pensador.»

Un ratito estuvimos incensándonos mutuamente, cambiando alabanzas, gratitudes y mil floreos empalagosos... Atardecía. Se iba aclarando la piña de los contertulios de don Santos. Uno de los señores graves desfiló, dejando tras sí una estela de necedades sentenciosas; el otro agarró un periódico. Yo aproveché la clara para concertar con mi amigo lo que más me interesaba. Convinimos en que al día siguiente iríamos juntos al Ministerio para que me extendieran la credencial y tomar posesión del cargo lo más pronto posible. En esto la señora se despidió de nosotros. «Tengo que ir —nos dijo— a la tienda de Clement... Ahí, calle de Carretas, donde ahora estará, seguro, seguro, mi Rufino comprando las corbatas que quiere llevarse a Badajoz para hacer el pollo en aquella culta ciudad. Hemos quedado en vernos allí: son las cinco. Me temo que si no estoy presente escoja las formas y colorines más estrepitosos. Tiene mi marido un gusto de mil demonios. Si le dejo, sale a la calle hecho un guacamayo...» Al despedirse agotó su arsenal de remilgos, ojeadas y meneos para ofrecerme su casa, su persona, en el concepto literario y político, aceptándome como auxiliar o comadrón para los futuros alumbramientos de su fantasía. Viéndola salir por entre las mesas, pude apreciar que era pequeña de cuerpo, gordezuela y fofa, viva de andadura, suelta de ademanes, y tan desahogada de lengua que a lo largo del café iba disparando dicharachos a un lado y a otro.

Dejadme tomar aliento para que pueda contaros, con la debida pausa y sentido, dos hechos muy importantes que van entrelazados estrechamente en esta veraz historia. El uno es el caso y circunstancias de mi metimiento afectivo con doña Candelaria. El otro es la ruidosa y descomunal crisis del

24 de febrero, a los trece días del establecimiento de la República. ¡Aún no asábamos y ya pringábamos!

III

Por no cansar a mis buenos lectores con prolijidades impertinentes, omito el empalagoso tramitar que me llevó a la intimidad con la estrafalaria señora del café de las Columnas, a quien podía designar escogiendo *ad libitum* cualquiera de los tres nombres que le aplicaba la turbada sociedad de su tiempo: *Penélope* por lo masónico, *Rosa Patria* por lo literario y *Candelaria* conforme al santo Crisma.

Tres días mal contados, incluyendo entre ellos el de la partida de su esposo para Badajoz, me bastaron para posesionarme de su hogar modesto y amenizar en él mis días tediosos y agasajar mis noches heladas. Noticias pocas y precisas os daré de la familia de Candelaria. Componíanla sus tres crías, dos varoncillos pequeños y una chavala graciosa y parlera que ya rayaba en los ocho años; y su madre doña Belén, matrona espigada, tiesa y diligente, que llevaba el gobierno de la casa. Por la buena mano de esta mujer, su pulcritud y vivacidad, la casa estaba bien apañadita, y solo tenía trazas de leonera el gabinete en que había instalado su laboratorio poético y prosaico la fecunda y jamás cansada propagandista. Gracias a la providente abuela, los niños andaban bien cuidados y limpios, la comida siempre a punto, y en la casa no sufrían grave ofensa la vista y el olfato.

Despojada del *doña* que le ponía la vecindad, Belén estaba más en carácter y lucía en toda su plenitud las cualidades domésticas. En elogio suyo debo decir que a su hija idolatraba, creyendo que había venido al mundo para desacreditar y extinguir la raza de las mujeres ñoñas, encogidas, pánfilas y santurronas. La densidad analfabética de su cerebro no le dejaba espacio más que para la admiración del portentoso talento de Candelaria. Se maravillaba de verla escribir con desenfrenado rasgueo de pluma, y cuando los garrapatos o patas de mosca volvían de la imprenta transformados en letra de molde, que la pobre señora entendía tanto como si fuera escritura chinesca, contemplábalos atónita cual si fueran arte de magia o brujería. «No sé a quién sale esta chica —decía—, porque el bailarín de su padre, que esté en gloria, no escribía más que con los pies.»

La idea extremadamente lisonjera del mérito de Candelaria excluía en la madre toda severidad. A fuerza de admirar el talento, no paraba mientes en las flaquezas de su hija, ni en sus desórdenes y extravagancias, que la diferenciaban de todo el personal de su sexo en aquella época. Creía Belén que andando los años y siguiendo en aquel ajetreo de pluma adquiriría *Rosa Patria* fama universal, reinando al fin, por la fuerza de su entendimiento, sobre la turbamulta de hombrachos enclenques y desaboridos que mangoneaban en la sociedad. Sin participar del delirante optimismo maternal, yo veía en *Penélope* algo extraordinario que se cernía sobre sus extravagancias, sobre su inquietud ratonil, su mala prosa, sus versos ripiosos y cojitrancos. Lo que me agradaba en ella era su valentía, su desprecio de la vigente organización social y la desvergüenza, en cierto modo graciosa, con que daba la cara a las rechiflas y burletas de las demás señoras y aun de muchos hombres.

Cuando la intimidad abrió el sagrario de sus secretos artísticos, *Rosa Patria* me dio a conocer todo el material inédito de sus obras poéticas, así los ensayos balbucientes como las odas pindáricas y laberínticas, con tendencias patrioteras, y la verdad, todo ello me pareció medianejo. La prosa, menos mal: aunque deslavazada, tejida de lugares comunes, se dejaba leer. Sus apóstrofes campanudos y sus chupinazos finales buscaban la emoción del lector ingenuo, y cumplidamente lo conseguían. Mi posición junto a ella obligábame a mostrarme admirador de tal fecundidad farragosa; lo que yo realmente estimaba era, como antes digo, la bravura desaprensiva con que se adelantaba medio siglo al curso de la Historia. Guardábame yo de decirle que predicaba para gentes que aún tardarían un rato en nacer. Mi egoísmo manteníala en su ilusión mentirosa, recreándose tan solo en los atractivos personales de aquella singular *Diosa Razón*. Me encantaban su linda dentadura, los hoyuelos de sus mejillas, sus negros ojos, el donaire o garabato que en su rostro picante corregía o retocaba la dudosa hermosura.

Completaré la figura de Candelaria con unas pinceladas psicológicas. Era vanidosilla, ligera de cascos y de buen corazón. Un solo rencor turbaba la placidez de su carácter. Odiaba sencillamente a su marido, a quien tenía por el más vulgar de los hombres, cominero, fisgón, refractario a toda poesía y a toda literatura. De aquel odio participaba doña Belén, y cuando hija y madre se ponían a contar las impertinencias y chinchorrerías del tal don Rufino, acababan pidiendo a Dios que le tuviera hasta la eternidad en Badajoz o en el quinto infierno.

Una sola vez vi yo al marido de mi amiga en su casa, disponiéndose a partir para Extremadura, y me pareció persona insignificante, soplado de presunción, sin que lograra con su hinchada tiesura disfrazar su crasa vulgaridad. Era regordete, adiposo; se pintaba el bigote, según decían, con el tizne de la sartén, y su cabeza encanecida abultaba mucho por la gran cantidad de aglomerada estopa que tenía dentro. Discurría trabajosamente, cual si prensara las ideas, y de sus labios salían perezosas y lentas las palabras como gotas de aceite. Habituado a la somnolencia de las oficinas, no sabía más que atar y desatar los fárragos expedientiles. Entre los varios papeles que la sociedad reparte para la representación de la humana comedia, don Rufino escogió el más apropiado a su vacío cacumen, el papel de *hombre serio*, y lo desempeñaba compitiendo con los más acreditados guardacantones.

El ridículo funcionario se burlaba estúpidamente de su mujer, que, sin poseer dotes excepcionales era junto a tal zopenco un prodigio de la naturaleza. Candelaria se cobraba de aquel menosprecio injusto proclamando a voces que su esposo era una excelente bestia para tirar de un carro o dar vueltas a una noria. Nunca pude entender cómo existió noviazgo y matrimonio entre dos criaturas tan diferentes. Alguien me indicó después que ello fue obra del difunto padre de la escritora, del cual se dijo que, bailarín consumado, tenía los juanetes en el entendimiento.

Cuando Candelaria y yo llegábamos a una intimidad que no había de ser duradera, frecuentaba la casa uno de aquellos varones graves que vi junto a don Santos La Hoz en el café de las Columnas. Era un pobre hombre que, después de haber consumido sus mejores años trabajando en vanos periódicos como redactor financiero, andaba rondando la naciente República y haciéndonos el oso para ver si cogía un destinejo, como los que gozó en tiempo de González Brabo. Los que esto lean reconocerán a don Basilio Andrés de la Caña, que en la redacción de un diario ya fenecido desmenuzaba el presupuesto del Gobierno, y acumulando cifras a su antojo armaba el mazacote del presupuesto de oposición, para uso de cuatro papanatas que sin leer sus artículos, semejantes a una pared de ladrillo, le dieron fama de hacendista y diploma de hombre serio. Era de abultada presencia, calvoroto, nariz cortísima, poco mayor que una almendra, y montadas sobre ella unas gafas de présbita muy fuertes.

Andaba mi hombre a la sazón flaco de bolsillo y desguarnecido de ropa. Buscaba un cocido y algo más, principio y postre; y no había tecla que no tocase para remediar sus atrasadas escaseces. Antigua era su amistad con los progenitores de Candelaria, y lejos de burlarse de esta, la mimaba, alentaba sus aficiones, y con sanos y cariñosos consejos quería guiar sus talentos por el camino de la seriedad. Entre tanto no se descuidaba en admitir las invitaciones que hija y madre le hacían para que cenase o comiese con ellas. Más de una vez nos reuníamos los cuatro en torno a la mesa, bien abastecida de sabrosos manjares caseros. De las innumerables majaderías que oí al don Basilio una y otra noche, transcribo algunas para ornamento de esta historia:

«Fíjate en lo que te digo, Candela. Ya sabes que te quiero paternalmente y admiro tus bellas facultades. Lo que has escrito estos días está muy bien. Tu imaginación chispea; tu sensibilidad imprime calor a los pensamientos. Atinadísimo lo que dices de *la libertad igual para todos*, del derecho al trabajo y a la educación, del gobierno por el pueblo y para el pueblo, de abolir la pena de muerte, las quintas y el estanco de la sal. Pero todo eso, que es lindísimo y tornasolado, no será eficaz mientras no tengamos un buen sistema de hacienda y un rigor escrupuloso en las prácticas administrativas. Escríbenos una serie de estudios sobre cuestiones tan amenas como los Derechos Reales, el Catastro, la unificación de las Deudas, la circulación fiduciaria, los Bonos del Tesoro, etc., etc. Tu pluma galana puede presentar estas cuestiones bajo prismas brillantísimos y hasta poéticos. Tú puedes dar encanto a las materias más áridas, como por ejemplo, a la extinción de la langosta, al enyesado de los vinos y a las relaciones del Tesoro con el Banco... De esto y de todo lo relativo a la Hacienda te daré cuantos datos necesites, cifras, cálculos... te haré un presupuesto verdad, no como los que presenta el Gobierno.»

Si en algún punto de la perorata mostraba Candelarita cierto escepticismo chancero, al fin la vi como contagiada de la seriedad del sabio profesor de finanzas. La vivaracha propagandista entraba por todo, y era capaz de poner en octavas reales los presupuestos del Estado. Otro día llegó el ciudadano

De la Caña desconcertado y asustadico, trayéndonos la noticia de la crisis del primer Gobierno de la República. Leed aquí sus palabras, que revelaban una emoción triste, casi fúnebre: «Vean ustedes lo que pasa, y pásmense como yo. A los trece días de instaurada la forma republicana ya la tenéis en peligro de muerte. Este señor Martos, en connivencia con los ministros procedentes del *amadeísmo*, y que hoy se llaman Radicales, quiere arrojar del Gobierno a los republicanos Pi, Salmerón, Figueras y Castelar. Aunque esto es un desavío para mí, porque ya mis amigos habían recabado del señor Echegaray mi colocación en Hacienda, me tengo por hombre sincero y justo, y sostengo que el designio de Martos es a modo de un golpe de Estado. Ya sabéis que yo soy muy claro y que gusto de poner los puntos sobre las íes. Afirmo, pues, que lo que quiere mi don Cristino es una dictadura. ¿Te has enterado tú, Candela, de lo que es dictadura? Es el gobierno de un solo hombre, sin más ley que su voluntad o su capricho. Agarra la pluma, hija mía, y enjareta un artículo condenando los desenfrenos de la ambición, el fanatismo del yo...»

Como don Basilio dijese, entre otras cosas, que había gentío y tropas en el Congreso, abandoné corriendo la casa (Costanilla de los Desamparados) para leer en la vía pública la página histórica. Esta no fue sangrienta, ni siquiera de mediana emoción. En la plaza de las Cortes me encontré a Rojo Arias, que me introdujo en el Congreso. Apenas di algunos pasos hacia el Salón de Conferencias, rodeado me vi de amigos que me refirieron el argumento de la ópera cómica cuya representación había empezado. En el despacho presidencial y en el de los ministros hormigueaban los hombres públicos, y entre uno y otro departamento cruzábanse mensajes, recados y comisiones portadores de recetas y formulillas emolientes. Parte de la tropa requerida por Martos se agazapaba en el sótano, y otra parte permanecía en la calle, dispuestas a sostener lo que don Basilio llamaba *el fanatismo del yo*.

A media tarde oí decir que a don Cristino no se le cocía la torta de la dictadura. Una cosa era predicar, como él lo hacía, con soberbio estilo, y otra dar la cara a los hechos con bravura y agallas. No adelantó nada con llenar de tropas los Ministerios de Gobernación y Hacienda; sus propios amigos, viendo que el presidente de la Asamblea quería conducirles por los bordes de un precipicio, echáronse atrás, dieron la razón a los republicanos, y el fiero complot terminó con un frío desenlace de lamentaciones, disculpas y alguna que otra nota jocunda. La Milicia Nacional republicana se echó a la calle en defensa de los suyos; pero no hubo necesidad de romper el fuego, porque dentro de la Cámara quedó Martos domado y vencido, aunque guardándose para mejor ocasión sus pinitos de Bonaparte. A prima noche, cuando volví a mi casa, supe la solución de la crisis. Continuaban los cuatro ministros republicanos; a Echegaray sustituyó Tutau; a Córdoba, Acosta; a Beránger, Oreiro; don Eduardo Chao y don Cristóbal Sorní entraron en Fomento y Ultramar.

Sin inquietarme gran cosa del cambalache de ministros, fui a ver a Candelaria, a quien no encontré. Díjome su madre que había ido con don Santos al Club de la calle de la Hiedra, donde el tema de la crisis convocó a toda la turbamulta exaltada y parlera. No estaba yo de humor para soportar el ambiente caldeado de aquel hervidero de pasiones, y me lancé a recorrer los barrios del Sur, desde Santa Isabel a las Vistillas. Sentía yo en mi ser por aquellos días una como evolución de mis gustos y costumbres. Me agradaba sobremanera la vagancia por calles, travesías y plazuelas, viendo rostros que aun siendo desconocidos me parecían familiares, recogiendo al paso jirones de diálogos, apóstrofes o frases picarescas, tropezando con grupos amorosos, secreteantes, o con pendencias y ruidosas broncas. Esta deambulación solitaria me avivaba el entendimiento y me sugería ideas luminosas con más vigor que pudieran hacerlo las tertulias de amigos y las lecturas más interesantes.

Retirábame a mi casa fatigado, alta ya la noche, y al otro día, a la hora reglamentaria, iba puntualmente a mi oficina en Gobernación, pues me complacía ganar mi sustento, y el trajín burocrático no me desagradaba. Destináronme a la Secretaría particular del Subsecretario, don José de Carvajal, a quien muchos de los que me leen habrán seguramente conocido, hombre de gallarda y noble presencia, hermosa cabeza, perfil semítico, luenga barba espesa, ademanes señoriles y trato muy afable. Si en la tribuna lucía como brillante orador, en la conversación privada cautivaba por su amenidad, dicción correcta, y un ceceo blando y meloso. A todos los que allí servíamos nos trataba con miramiento, y a mí me distinguía particularmente, atribuyéndome cualidades que no tengo, y colmándome de elogios cuando interpretaba a su gusto los trabajos epistolares de mi incumbencia.

Aunque muy a gusto con jefe tan simpático, aspiraba yo a prestar mis humildes servicios lo más cerca posible de Pi y Margall, por quien sentía veneración fanática. El mismo Carvajal me deparó lo que yo deseaba, enviándome al despacho del ministro para redactar urgente correspondencia. Halleme, pues, frente al santo de mi mayor devoción, el cual, visto de cerca, modificó la idea que de él tenía yo y conmigo el vulgo. No era un hombre glacial; no era la estatua de la reflexión imperturbable como parecía indicarlo la escasa movilidad de sus facciones, su austera faz, su barba gris, su boca sin sonrisa, y sus anteojos que aguzaban la penetración de la mirada.

Era en verdad el apóstol del federalismo un hombre afectuoso, reposado, esclavo del método. Lo primero que me encargó fue algunas cartas citando a su despacho a varios personajes, y otra para don Eduardo Benot, con mayor extensión y conceptos más delicados. Cuando le llevé esta la corrigió, hízola casi de nuevo, redactándola de su puño y letra. Llegada la hora de tomar alimento, llamó a un ordenanza para que le trajeran del café Oriental su almuerzo, el cual, según después observé, era el mismo todos los días. En la propia mesa de su despacho le sirvieron una chuleta con patatas, una ración de queso Gruyère y un vaso de cerveza de Santa Bárbara. Cuando vino el mozo del café a recoger el servicio, don Francisco le pagó de su bolsillo, y seguimos trabajando.

IV

Toda la marejada, todos los dimes y diretes que se produjeron entre la Asamblea Nacional y el Gobierno, cuando este quiso disolver las Cámaras para convocar Cortes Constituyentes, se iban reflejando en el despacho de mi jefe, y aunque yo no presencié las frecuentes entrevistas con Figueras, Salmerón, Orense, Estévanez y otros primates de la República, se vio bien claro que los federales ganaban la partida. Martos, con su guerrilla de cimbrios, quedaba por segunda vez vencido. El 4 de marzo se leyó en las Cortes un Proyecto de Ley, suspendiendo las sesiones y convocando las Constituyentes para el 1.º de mayo. La Asamblea Nacional debía continuar deliberando hasta votarse definitivamente las Leyes de Abolición de la Esclavitud, de las Matrículas de Mar y sostenimiento de cincuenta Batallones Francos.

Aunque en Gobernación había yo visto a mi amigo Estévanez más de una vez, rabiaba por encontrarme con él a solas para oír de su boca opiniones y juicios que me orientaran acerca de la situación. Una tarde le visité en su morada oficial, y me recibió tan alegre y afable como antes, cuando me refería sus andanzas facciosas en Sierra Morena. En la puerta de su despacho vi el cartelito que le dio fama en aquellos días y que revelaba en don Nicolás tanto ingenio como entereza. El papelito, pegado con obleas, decía *mutatis mutandis: Aquí no se dan destinos, ni recomendaciones, ni dinero, ni nada.* Hablando con mi amigo de esta humorada, me dijo riendo: «No creas, Tito, que se compone de republicanos la nube de pedigüeños. Son más bien los cesantes de los partidos viejos, el detritus de la política, los innumerables moscones aburridos y famélicos que hacen imposible la vida oficial. He tenido que ahuyentarlos con esa tufarada de azufre. A pesar del cartelito vuelven, zumban y pican.»

Las numerosas y pesadas visitas que el gobernador recibía no le permitieron platicar conmigo todo lo que ambos deseáramos. Volví por la noche, y comiendo juntos pudimos charlar largo rato. No me franqueó, como era natural, el arca de los secretos graves que sin duda poseía, pero algo me dijo que puedo comunicar a mi buen público. Copiaré sus palabras para mejor inteligencia: «No soy grato a todo el patriciado del republicanismo. Algunos, que me han tratado a fondo, no desconfían de mí; otros me tienen por agitador levantisco que por un quítame allá esas pajas se lanza a vías de hecho... Ya me irán conociendo. Yo les conozco a todos, y sé que en los republicanos de gran talla no es todo concordia. Hay entre ellos resquemores, celeras...»

Como juicio general de la situación me dijo esto: «En los sucesos a que dio lugar la ambición de Martos, se inició un síntoma malsano que podrá tomar proporciones peligrosísimas si a tiempo no se le sofoca. Tenían los Radicales preparado en Barcelona un pronunciamiento de bajo vuelo contra la República. ¿Por qué se malogró el movimiento? Porque la tropa no quiso obedecer a los jefes. Dicen que ha sido la indisciplina contra la indisciplina; o de otro modo, que los leales han sido los soldados y clases. Verdad; pero roto el nervio del Ejército, que es la subordinación, no sabemos a dónde esto podrá llegar... Militarmente hablando, querido Tito, la situación es débil y lo será más si no sale un caudillo... Yo te pregunto: ¿sabes tú dónde está ese caudillo?»

Ambos callamos meditabundos... No sé si fue aquel día u otro cuando me contó los disparates que los corresponsales venidos de París enviaban a la prensa francesa. Uno de ellos dijo en su periódico: «La República ha caído en un desenfreno espantoso. Castelar se ha visto obligado a nombrar gobernador civil de Madrid a un *monsieur Estévanez* que se lo exigió navaja en mano. Este *monsieur*, muy conocido en las tabernas, no sabe leer ni escribir.» Otro corresponsal, por cierto amigo de don Eduardo Chao, mandó una crónica razonable; pero en París, para dar color romántico y medioeval a las cosas de España, la retocaron con estos monstruosos chafarrinones: «Madrid es una ciudad de la Edad Media, sin alumbrado público, salvo los faroles mortecinos que alumbran imágenes religiosas, esculturas en general de imponderable mérito; porque hay hornacinas, algunas muy artísticas, en todas las callejuelas... Ayer pasó por la Puerta del Sol un batallón de Nacionales, cuya banda de música, por cierto notabilísima, tocaba la Marsellesa. El público se descubría respetuosamente al pasar los gastadores vistiendo el hábito de San Francisco.»

En el desempeño de su cargo desplegaba don Nicolás una diligencia y celo admirables. Visitábale yo con frecuencia, y una noche advertí que se acostaba con las botas puestas, por la necesidad de acudir prontamente a cualquier tumulto que surgiese en la vía pública. Apartado de toda lucha activa, me concretaba yo a cumplir mis deberes burocráticos y a presenciar con tristeza el desconcierto que en todo el país reinaba. Los radicales procedentes del amadeísmo dieron a conservadores y alfonsinos el ejemplo de socavar la situación. El carlismo presentaba cada día nuevos focos de guerra. Los generales de la República eran pocos y malos. Todo el generalato de cuartel era hostil al régimen republicano. En Madrid, que considerábamos como resumen de los sentimientos de la Nación, rara vez veíamos caras que no expresasen una desconfianza severa de nuestros mal comprendidos ideales. Las noticias de Cuba traían mayor zozobra al ánimo turbado de los españoles de todas clases. A mi parecer, la media docena de hombres que simbolizaban el nuevo sistema de Gobierno, lucían como faros luminosos en la esfera del ideal; mas en la acción se apagaban sus indecisas voluntades.

En el correr de los días de marzo fueron menos frecuentes mis visitas a Candelaria Penélope. Leí sus furibundos ataques a *La Roma Papal* y unas *Consideraciones sobre la equidad tributaria*, escritas en prosa poética y seguramente inspiradas por don Basilio Andrés de la Caña. Este logró ser colocado en la Dirección de la Deuda por el señor Tutau, feliz acontecimiento que nos libró del acoso y majaderías pretensioniles del sesudo financiero, quien al fin encontraba la caverna burocrática que por derecho de seriedad le correspondía.

Como ya os he dicho, me fui retirando *por escalones* de la intimidad de *Rosa Patria*, no porque su persona me disgustara, sino porque se me hacía muy penosa la obligación de alabar sus escritos, y más aún la de colaborar en ellos. Para romper este vínculo de carácter periodístico y literario tenía que romper también el amoroso, y ello vino tan bien concertado por la suerte que poco tuve que hacer para recobrar mi libertad. Una noche, nos enredamos en agria disputa sobre los reparos que puse a un articulazo que ella escribió con el título *El Papado en camisa*, y a una poesía truculenta que denominaba *Ven pronto, guillotina*.

Mis prudentes razones la pincharon en lo más sensible de su vanidad. Rabiosilla, me dijo que yo era un ignorante y que mis ideas no iban con las del siglo. Contestéle con acrimonia. De palabra en palabra llegamos al espasmo de la ira... De súbito, agarró Candelaria el tintero y me lo tiró a la cabeza, causándome el doble estropicio de levantarme un chichón en la frente y de mojarme de tinta toda la cara y la parte visible de mi alba camisa... Supe contenerme, y aunque me había puesto como un calamar, vi en tal ultraje más ridiculez que afrenta. Llenándome de filosofía me agarré a la profunda sentencia de uno de los siete sabios de Grecia, Bías, que legó a la humanidad todo su saber en este consejo: *Aprovecha la ocasión*.

Tomando actitud de severa dignidad, me levanté y le dije: «Señora; mi caballerosidad me ordena que solo conteste a usted con una retirada silenciosa. Adiós.» Frenética, respondió Candelaria con chillidos, y en esto entró la tarasca de doña Belén, vociferando como una endemoniada y lanzando sus manos disformes al alcance de mi cara. Entre sus gritos pude distinguir estos conceptos: «Vaya usted de aquí, silbante. Ya le tengo dicho a mi niña que se apañe con un hombre, no con un mico desaborido, gorrón y más tronado que arpa vieja. Váyase a llenar el buche a otra parte, don Titiritaño de los demonios.» Salí combinando la dignidad con la prisa para librarme de las manos de aquella bestia desmandada. Candelaria me despidió con bramidos mezclados de un reír espasmódico. Oí estas frases: «Adiós, pigmeo; busca una pigmea que te sufra... Lárgate pronto, Calomarde... Ji, ji... *pae* Claret... Ji, ji... piojo de la reacción... Ji, ji...»

Corrí a mi casa a mudarme de ropa, y cuando cenaba, sin apetito, Ido del Sagrario me dio una noticia muy desagradable. El marido de Obdulia, destinado a Filipinas, había salido ya para Barcelona llevándose a su mujer... Empapada mi alma en el recuerdo de Obdulia, y perseguido por su cara imagen, me lancé a la calle, que era mi alivio y mi descanso en las horas nocturnas, hastiado de las conversaciones ociosas y de la turbulencia social. Arrojábame yo en el laberinto de las calles como en los brazos de una madre cariñosa. Trotando a ratos, moderando el paso cuando me acomodaba, recorría largas distancias entre sombras de muros y claridades de tiendas, oyendo las voces o el hálito no más de la vida matritense. Me metí aquella noche por la calle del Olmo, pasé a la del Calvario; no sé cómo entré en Ministriles, donde sentí tras de mí pisadas que me parecieron las de Obdulia... Me volví, y era un clérigo que me fue siguiendo hasta la calle de Lavapiés.

Con marcha irregular llegué a la plazuela de Lavapiés, donde me detuve ante un grupo de hombres que disputaban en alta voz. Uno de ellos exclamó: «¡La República para los republicanos!» Al entrar en la calle del Tribulete pasé por una taberna a punto que salían de ella estas voces: «Para generales, Contreras. No hay otro como él.» Poco más allá, dos mujeres gordas le decían a un guardia de Orden Público: «¿Por qué no *afusiláis* a ese Martos?» Andando, andando, me metí en la calle del Amparo. Subiendo por ella, vi que bajaba un hombre... ¡Ay; era Aquilino de la Hinojosa!... Cuando ya estaba cerca me detuve como cortándole el paso. Él también se paró cual si quisiera reconocerme. No era *Jinojo*, y sentí que no lo fuera. Nos flechamos con fugaz mirada recelosa, y él siguió calle abajo, yo calle arriba.

Continuando mi ronda entré en un estanco, pienso que en Mesón de Paredes, a comprar cigarrillos. En el breve rato que allí estuve, rasgaron mi oído estas palabras, que dijo la estanquera hablando con otra mujer: «Se fueron a Filipinas, sí señora; pero al llegar a Barcelona... lo sé por la Ciriaca... Ella se le escapó, y el muy judío tuvo que embarcarse solo.» Me detuve anheloso de oír algo más; pero se interpusieron otros compradores y me quedé *in albis*. Medio trastornado volví a la calle, y al salir a la plaza del Progreso vi una mujer, dos mujeres, grupos de mujeres, y todas ellas me parecían reproducción fiel de Obdulia, o más bien la propia Obdulia multiplicada... Giré en torno mío; di pasos adelante, pasos atrás, y atontado tuve que agarrarme a la verja del jardinillo para no caerme... Repuesto de aquel mareo, me dirigí como una flecha hacia la calle de Barrionuevo, donde Aquilino vivía y de donde seguramente salió el matrimonio para su viaje a Barcelona. Me asaltó la idea de que en dicha calle podía yo encontrar algún indicio... Recorriéndola dos o tres veces en toda su longitud, así pensaba: «Y esa Ciriaca que ha dado la noticia, ¿quién será? Ciriaca, ¿dónde estás?»

Convencido de la inutilidad de mis pesquisas, me metí por la Concepción Jerónima. Pasé por delante de la tienda y casa de mi ex-barragana María de la Cabeza Ventosa de San José. *¡Oh témpora, oh mores!* La tienda estaba cerrada. En uno de los balcones del principal había luz. ¿Qué estaría tramando la que fue mi señora y tirana?... Del portal salieron dos señores en quienes reconocí a don Francisco Bringas y a don Plácido Estupiñá. Eran los contertulios de Cabeza en la era feliz de mi prepotencia en la casa... Pasaron sin reparar en mí. Pesqué al vuelo esta gangosa frase de uno de ellos: «Y Zorrilla en Tablada. Tráiganlo de una vez, que si no, vamos a tener aquí la hecatombe hache...»

Seguí hasta la calle del Sacramento, que siempre me cautivaba porque allí vivió mi Obdulia cuando estuvo al servicio de la señora marquesa de Navalcarazo. Pisando las aceras de la calle solitaria vibraba en mi oído la tierna voz de Obdulia, repitiendo aquella frase patética y un poquito cursi: *Si oyes contar de un náufrago la historia...* De pronto me encontré junto a una boca de alcantarilla, abierta, por la cual salía una ronda de poceros que terminaban su servicio en aquellas profundidades. Uno de ellos, calzado con altas y gruesas botas, estaba ya fuera; otro, al asomar la cabeza y hombros por el agujero, soltó estas palabras: «*Vus* lo digo otra vez. La República tiene que ser para los republicanos.» Y en lo hondo del pozo, otra voz subterránea repitió: «Sí, sí; para los republicanos.»

Al llegar a la iglesia del Sacramento vi que de la calle mayor descendían sigilosos, como negros fantasmas, algunos embozados, y se precipitaban en la oscuridad del Pretil de los Consejos. «Estos son masones —me dije— que van a *la Tenida* de esta noche.» En efecto, algunos pasos más arriba me encontré a Nicolás Díaz Pérez, calificado como una de las más altas dignidades entre *los Hijos de la Viuda*. Nos paramos, y él, desembarazando su boca del embozo, me dijo: «Tú que estás en Gobernación, ¿no sabes lo que pasa en Barcelona? Desde hace días la tropa, pasándosela disciplina por las narices, fraterniza con los federales en cafés y paseos públicos. La plana mayor y jefes, aburridos y sin agallas, no se atreven a imponerse a las clases y soldados. O no hay lógica, o pronto tendremos Cantón Catalán. Adiós, amigo; que voy retrasado y no quiero llegar tarde al *Templo*. A ver cuándo se decide usted a *penetrar en nuestros augustos misterios*. Buenas noches, Tito.»

No sé qué le respondí, y continué mi camino sin prisa y sin rumbo. Por la calle del Factor me dirigí hacia el Teatro Real. En la plaza de Isabel II me senté fatigado en un banco del jardincillo, frente a una estatua fea que tenía una careta en la mano. Al poco rato, sentí la atracción del lugar histórico y me acerqué a la tienda de cristales junto a la Costanilla de los Ángeles, que aún conservaba las señales de las balas que unos ridículos demagogos dispararon contra el pobre don Amadeo. Con Obdulia presencié yo el imbécil conato de regicidio. Al día siguiente del suceso, se me apareció *Mariclío* en la puerta de aquella tienda, y hablando familiarmente con ella tuve el gusto de acompañarla hasta la Academia de la Historia. ¿Dónde estaba la santa y buena Madre? ¿En qué rincones o burladeros escondía su clásica persona? Imposible que dejara de conocer y calificar las turbulencias del terrible año que corríamos, pues para tal oficio y menesteres habíanla dado el ser los altos Dioses. Si andaba por acá, infatigable en su fisgoneo sublime, ¿por qué a su lado no me llamaba, por qué no requería los servicios de su leal muñeco?

Esta idea se posesionó de mi cerebro con tal intensidad, que perdí el gobierno de mi mente y el aplomo de mi andadura. La cabeza se me iba; mis piernas temblaban; no sabía dónde poner los pies, como si el suelo se moviera con ondas semejantes a las del agua agitada por viento leve. En tal estado avanzaba por la calle del Arenal, no muy concurrida en aquella hora, pues había salido ya el público del Teatro de Oriente. Los quiebros que yo hacía y las eses que iba trazando debieron de sorprender a los pocos transeúntes, porque sentí risas burlonas... Indudablemente el suelo se movía, la tierra temblaba; no por oscilación telúrica, sino por tremendos golpes que daba sobre ella el pisar de un ser invisible, que por la pesadumbre de sus pies debía de ser tan grande como la vieja torre de Santa Cruz... Con esta sugestión terrible, precedido de los pasos de la figura gigantesca sustraída por arte mágico a la visión humana, llegué a la Puerta del Sol; avancé por ella tambaleándome, porque allí los pasos formidables del ingente fantasma imprimían al suelo una trepidación honda y convulsiva...

El invisible caminante, que era sin duda como una montaña con pies, se dirigió a Gobernación. No acierto a expresar mi asombro cuando sentí, no puedo decir vi, que la pesadilla andante entraba en el Ministerio. ¿Por dónde, si aquella puerta no tenía cabida para uno solo de sus talones?... Yo también entré tropezando, y en la escalinata del zaguán caí desvanecido. Un guardia civil y un portero acudieron en mi auxilio. Bajó en aquel momento un telegrafista amigo mío que me llevó a mi casa.

V

Cuando yo caía en mi camastro al término de una de estas largas y fatigosas peregrinaciones que solían acabar en desvarío sonambulismo, lo mismo que soltaba mi ropa dejándola a un lado, soltaba mis imaginaciones y pensamientos, echándolos de mí uno tras otro, hasta caer en profundo sueño. Dormía, descansaba, y al despertar la siguiente mañana, antes que la ropa volvían a mí las ideas de la noche anterior. Primero llegaba una, después dos o tres rondaban mi cerebro, y al fin iban entrando todas. Pensé yo entonces que durante mi sueño las ideas y los hechos pasados velaban en torno mío, esperando que yo despertase para volver a su jaula.

Levanteme un día con sinfín de cosas imaginarias y reales dentro de mi pajarera cerebral. No me pidáis que puntualice el día, porque en mi mollera entra cuanto existe menos las fechas. Nunca he podido disciplinar, ya lo sabéis, el dietario de los acontecimientos, sobre todo cuando no son de esos que llevan bien determinada la efemérides... Pues señor, me fui a la oficina a pesar de ser domingo, y al entrar me dijeron los compañeros que el ministro, don Francisco Pi y Margall, se había pasado la madrugada anterior agarrado al telégrafo. ¿Qué pasaba? Pues que los rumores de alzamiento en Barcelona se habían confirmado. Ya sabíamos que la tropa, dominada en absoluto por los Comités federales y convertida en instrumento de la Diputación provincial, aspiraba nada menos que a proclamar el Estado Catalán.

Al instante vio nuestro jefe los gravísimos inconvenientes de tal precipitación. No se podía consentir que los pueblos establecieran por sí y ante sí el régimen federativo, anticipándose a lo que era facultad y obra de las Cortes Constituyentes, aún no reunidas. De la parte acá del hilo telegráfico hablaba Pi y Margall con la serenidad reflexiva propia de su exquisito temperamento. De la parte allá vociferaban los federales barceloneses, conjurados para proveerse del Cantón que les correspondía con arreglo al catecismo autonómico. Gastó don Francisco enorme dosis de su fuerte dialéctica para convencer a los amigos de la inoportunidad el imprudencia de tal resolución. Nunca vino tan a pelo el aforismo de que *no por mucho madrugar, etc...*

Atento a conjurar todos los peligros, don Francisco ordenó la incomunicación telegráfica de Barcelona con el resto de España, y previno contra el movimiento a los gobernadores de las provincias limítrofes... Hallábame yo en el despacho de mi jefe don José Carvajal, escribiendo al dictado cartas urgentes, cuando entró el secretario de Figueras señor Rubaudonadéu, y por él supimos que aquel mismo día partiría para Barcelona el presidente del Poder Ejecutivo. Poco después pasé al salón grande del Ministerio y vi a Figueras, Castelar y Salmerón que salían del despacho del ministro, acompañados por este. Las caras de todos revelaban tranquilidad. Don Francisco les dijo al despedirse: *Por fortuna, hemos deshecho la borrasca antes que estallase.* Y Castelar, risueño, añadió este comento breve: *Ahora, señores, hasta otra.*

Volvió a reinar en la Secretaría del Ministerio el sosiego burocrático. Durante largo rato oíase tan solo el rasguear de las plumas... Sigo mi cuento declarando que después de conjurado aquel conflicto, por hábil maniobra de Pi y Margall, adquirió cierta fortaleza el Gobierno republicano. Pero como quedaba en pie la hostilidad solapada de los Radicales, con el inquieto don Cristino a la cabeza, continuaron los días azarosos. La naciente República no tenía momento seguro, y todo su tiempo dedicábalo a quitar las chinitas que ponía en su camino la displicente Asamblea Nacional, formada con todo el detrito de las pasiones monárquicas. Al fin, en un día de marzo, hacia el 20 o 22, se consiguió que suspendiera la Cámara sus sesiones, después de votar la abolición de la esclavitud en Puerto Rico y otras importantes leyes.

Pero los conjurados inventaron el enredijo de una Comisión Permanente, que no servía más que para embrollar, entorpecer y aburrir a todo el mundo. De tanta y tanta pejiguera se habrían librado los republicanos si desde el primer día (24 de febrero) en que apareció el serpentón monárquico-radical le hubieran cortado, con certero golpe, la cabeza. Así lo pensaba yo, y si no me lo estorbase mi respeto al gran Pi y Margall, le habría dicho: «Si usted, mi señor don Francisco, y sus compañeros, hubieran volcado con un audaz gesto revolucionario la Asamblea llamada Nacional, quitando de en medio a puntapiés a toda esta caterva de ambiciosos egoístas, tendrían despejado el terreno para fundar desahogadamente el régimen nuevo. No se pasa de aquello a esto sin cerrar con cien llaves el arca de los escrúpulos, aplicando calmantes heroicos a las conciencias demasiado irritables.»

Repitiéronse en abril las mismas dificultades y las propias luchas. En mis paseos melancólicos y en la soledad de mi hospedaje me entretenía yo en aconsejar mentalmente a los ministros y proponerles la mejor línea de conducta. «Yo entiendo de Política, señores míos —les decía con el pensamiento— porque entiendo de Historia. Y no aprendí esta ciencia en los libros, sino de labios de la propia divinidad que recoge y transmite todo lo que concierne a la ciencia de los hechos humanos. La Historia me ha llevado en sus brazos, en sus bolsillos y en su regazo augusto. La llamo mi madre, no sé dónde se ha metido, y la buscaré por toda la redondez de este suelo ibérico, dejado de la mano de Dios.»

Vagaba yo una noche por las inmediaciones de la iglesia de San Sebastián, cuando sentí un ligero paso y el siseo de una vocecilla que me llamaba. Volvíme rápidamente creyendo que pudiera ser *Mariclío* y... ¡ábrete, tierra, y trágame!... Era Candelaria. Llegose a mí con ademán afectuoso, y estrechándome las manos se arrancó con estas frases: «¡Ay, Tito chiquitín, qué ganas tenía de verte!... No has querido volver a casa... ¡qué tonto!... No creí que lo tomaras tan por la tremenda. Yo te esperaba para pedirte perdón por aquel arrebato. Te tiré el tintero sin darme cuenta de ello. Te habría tirado un clavel o una rosa si los hubiera tenido a mano. Toda la noche estuve llora que te llora. En fin, ya me estás perdonando; pronto, pronto...»

Balbuciente le di las gracias; aseguré que no le guardaba rencor, y quise abreviar la entrevista con el pretexto de ocupaciones perentorias en mi casa. Pero ella hizo presa en mi brazo, tirando de mí hacia la plaza del Ángel. Tanto como sus tirones me redujeron a la obediencia sus tiernas palabras: «No, Tito; ya que he tenido la suerte de encontrarte, no te suelto. Hazme el favor... Ea, no seas tonto. No me desaires... ¡Mira que...! Acompáñame un ratito al café de San Sebastián. Quiero enseñarte dos artículos que llevo aquí. Son muy vibrantes, ya verás. Ven. En el café están don Santos, Luis Blanc, Antoñete Pérez y otros amigos.» Me dejé llevar. La resistencia pugnaría con mi delicadeza y buena educación. Entramos... Heme aquí en la tertulia de aquellos bravos patriotas. Sénteme junto a *Penélope*, que antes de que le trajeran café desenvainó su manuscrito y comenzó a leer. Era una soflama violentísima que titulaba *Delirium tremens*, y en ella sacudía de lo lindo a los martistas y al propio don Cristino, aplicándoles toda clase de improperios y chanzas mortificantes. A media lectura advertí que *Rosa Patria-Penélope* habíase apropiado los latinajos que el periodismo de aquella época iba poniendo de moda. Al final de un párrafo, refiriendo las ridículas pretensiones de los señores de la Asamblea Nacional, escribía: ¿*Risum teneatis*?

Terminada la lectura, sirvieron a Candelaria el café en vaso. Lo endulzó con dos o tres terrones, y se guardó los demás en un hondo bolsillo. Todos hacíamos lo mismo; mas la escritora, por privilegio de su sexo, requisaba sobre el mármol los terrones dispersos para aumentar el acopio de azúcar y llevárselo a su casa... Don Santos departía con Antonio Pérez, Balbona y Castañé en una mesa próxima, y cuando *Rosa Patria* tiró de papeles para leernos a Luis Blanc y a mí el segundo de sus artículos, la vaga atención que en la lectura ponía yo dejó en libertad a mis ojos para extenderse por las profundidades del café lleno de gente. Algunas mesas más adentro vi un rostro de mujer cuyas miradas vinieron al encuentro de las mías. No tardé en reconocerla: era Delfina Gil, la industriosa confitera y empresaria de pompas fúnebres. Pronto advertí que mi antigua dama y consejera deseaba hablar conmigo. Claramente me lo decía con sonrisas y mohines de su linda boca. Bajo estas impresiones corría, lenta y susurrante, la lectura del artículo candelaresco, cuyo título era *Un dogal para los cimbrios*, y que después de poner a estos como ropa de pascuas, acababa con el tremendo anatema: *lasciate ogni speranza*.

Como las tertulias cafeteras pugnaban cada día más con mi gusto y costumbres, abrevié cuanto pude mi permanencia en aquel lugar de vagancia sedentaria. Alabé con piadoso calor los escritos de doña Candelaria, y quedando con ella en equívocas apariencias de reconciliación, me despedí de todos prometiéndoles volver otra noche a matar el tiempo en tan agradable peña. Interneme un poco para saludar a Delfina, la cual, agradeciéndome la fineza, me preguntó si seguía yo viviendo en la misma casa (calle del Amor de Dios), pues tenía que hablarme a solas y con urgencia. Díjele que no había cambiado de domicilio y... Adiós, adiós... Hasta mañana.

Pasó la noche, pasaron las primeras horas matutinas; y cuando estaba yo arreglándome para echarme a las calles, emergió en mi gabinete la señora dulce y funeraria de negro totalmente vestida, entapujada con tupido velo que se levantó al entrar, mostrándome la interesante blandura de su rostro. En la mano traía rosario y librito de misa, señal de que venía de cumplir sus obligaciones beatíficas en Montserrat o en las Niñas de Loreto.

«No debía yo tener ningún trato contigo —me dijo con melindre, sentándose en mi arrumbado sofá— porque estás muy echado a perder, Tito. ¿Qué esperas tú de esa cuadrilla de barrabases?... Repito que no mereces que yo te hable: eres un secuaz de la monserga federala que quiere acabar con las venerandas creencias y con toda ley humana y divina... A pesar de todo, te conservo alguna estimación, porque fuera de lo político eres hombre de buenas partes; estimo también a tu familia, y por ella y por ti vengo a decirte que estés preparado para el peligro, o te escondas y huyas, si no quieres perecer. De hoy a mañana ocurrirán en Madrid cosas tremendas. Vendrá el barrido de toda esta pillería que quiere dividir a España en cantones con *autonosuyas* y el *pato comunicativo* y *burrateral*. Ponte en salvo, Tito, que ya los buenos se han cansado de aguantar tantos ultrajes y locuras... Por humanidad te aconsejo que prevengas también a los de arriba, al Pi, al Figueras y demás diablos que quieren traernos acá el Infierno; díselo también al borrachín de Estévanez. Que se oculten, que se metan en la carbonera o escapen a correr... La sarracina será tal, que si los leales cogen a los pájaros gordos del arrastrado federalismo les machacarán de firme, y el pedazo más grande que quede de ellos será de este tamaño...»

Solté yo la risa, no sin pensar que detrás de aquellas imbecilidades bullía tal vez una maquinación verdadera, un nuevo plan o postrer esfuerzo de los desesperados martistas. Ya sabía yo que la viuda boyante estaba en estrechas relaciones con la *cimbrería*. Una hermana suya, a la sazón estanquera, sirvió algunos años en casa de Sardoal, y su primo Filiberto Gil mandaba una compañía de los Milicianos tildados de monárquicos. Algo le contaron a mi amiga, algo de proyectada conjura o bullanga llegó a sus oídos, y ella lo abultó con su disparada imaginación y criterio chabacano. Afecté credulidad para inducirla a que me diese más detalles. Pero se limitó a decirme que no le pidiera más claridad: su deber era prevenirme para defender mi vida, y no revelar planes que había sabido por los conductos más reservados. La causa de España, la causa del orden, la causa de Dios, exigían la discreción de todos los buenos.

Inquieto por los avisos de aquella tarasca que de la vida libidinosa había pasado a vida de farándula mística, y que, según rumores, hociqueaba con clérigos y mayordomos de Cofradía, me fui a ver a Estévanez. No le encontré en su oficina, pero media hora después le vi entrar en mi Ministerio. Encerrose con Pi, y allá se fue también Carvajal. La duración de la conferencia nos dio a entender que algo ocurría. Salió Estévanez, y entraron luego dos coroneles de la Milicia, acompañados de Rubaudonadéu. Mi trabajo me impidió llevar nota de las muchas personas que aquel día conferenciaron con el ministro. Todo confirmaba el temor de próximas alteraciones del orden público...

Por la noche tuve la suerte de encontrar al gobernador en su despacho. Comía precipitadamente para echarse a la calle. Salimos juntos, y le acompañé en su coche a la estación de Atocha. Hablando por el camino, advertí que aquel hombre, tan sereno ante el peligro, mostraba la inquietud natural ante lo desconocido. No fue conmigo demasiado sincero, ni podía serlo, por la reserva que le imponía su cargo. Procuraré reunir y ajustar las diversas expresiones que oí de sus labios, y combinarlas artísticamente conforme a la ley de la narración histórica, que permite extraer de la verdad de los caracteres la verdad de las manifestaciones orales. La conjura que me anunció Delfina era cierta. Los despechados radicales asambleístas contaban con Pavía, Capitán general de Madrid; con la guarnición, que no era muy numerosa, y con los batallones monárquicos de la Milicia Nacional. Creían tener de su parte a la Guardia civil, y confiaban ciegamente en la Artillería. Separados del servicio los jefes y oficiales facultativos por efecto de la desatinada disolución del Cuerpo en las postrimerías del reinado de don Amadeo, mandaban los regimientos individuos de las armas generales que temían de la República una reorganización contraria a sus conveniencias.

De lo que se tramaba tuvo noticia Estévanez al mediodía. Cuando fue a ver a Pi, ya este había recibido confidencias del caso. Ocupáronse de las medidas necesarias para cortar el paso a la sublevación, que por noticias fidedignas era indefectible programa para el siguiente día, 23 de abril. El rostro estatuario de don Francisco Pi y Margall no sufrió en su coloración ni en sus líneas la menor mudanza mientras enumeraba los poderosos elementos de que disponían los contrarios. Estévanez le dijo: «Aun contando ellos con todo lo que quieran, yo le respondo a usted de que nos sostendremos treinta horas... Si nos derrotaran en Madrid, y eso habría que verlo, fíjese usted, don Francisco, en que disponemos de todo el servicio de trenes en el Norte y Mediodía, y en treinta horas podemos traer sesenta mil federales castellanos, aragoneses, catalanes, valencianos, manchegos... Ordene usted que vayan esta misma noche a los puntos que fijaremos, comisionados con poderes amplios para convocar y acumular sobre Madrid, sin necesidad de aviso telegráfico, las muchedumbres republicanas de media España, o de España entera si fuese menester.»

Precisamente a despedir a esos comisionados iba don Nicolás a la estación de Atocha. El acto, de corta duración y de apariencias familiares, no dio motivo a curiosidad ni comentarios. De la estación fui con mi amigo a visitas, que atribuí a la necesidad perentoria de despertar las fuerzas populares y disponerlas para la lucha. Estuvimos en la Ronda de Atocha, en las Peñuelas, en la calle de Santa Ana. Como él subía solo a las casas, dejándome en el coche, no puedo asegurar a qué personas visitaba. Pero mi conocimiento de la gente de coraje me bastaría para designar sus nombres sin miedo a equivocarme.

De la calle de Santa Ana fuimos a la del Ave María y de allí a la plazuela de Antón Martín, donde nos apeamos los dos; yo llamé al sereno, y este abrió la puerta de la casa de Santiso. Ya era más de la una. Invitome Estévanez a subir con él, mas yo no creí discreto presenciar conferencias tan delicadas, y como estaba tan cerca de mi casa y me sentía fatigadísimo, le pedí permiso para retirarme. Al despedirme, el grande hombre que miraba con serenidad desdeñosa la negra faz de las revoluciones y afrontaba risueño y altivo las contingencias erizadas de peligros, me dijo así: «Mañana a estas horas, o quizás al caer de la tarde, podrás ver por ti mismo que hemos ganado la partida y que han escapado o están hechos polvo los enemigos de la República. Buenas noches, y duerme tranquilo.»

En esto de la tranquilidad del sueño no pude obedecer al gobernador, porque pasé una noche horrible, sin pegar los ojos, dando vueltas en mi duro camastro. Cualquier ruido de la calle se me antojaba estruendo de lejanos tiros, cañonazos o voladuras. La claridad de los faroles de la calle entraba en mi alcoba, y mi abrasada mente la convertía en resplandores de incendio. Aunque yo estaba acostumbrado a los tremebundos ronquidos de mi patrón, Ido del Sagrario, aquella noche me sonaban como acompasados gritos de la plebe furiosa invadiendo las calles.

VI

Del ligero sueño que pude conciliar en las primeras horas del día me despertaron Nicanora y su marido con estas alarmantes voces: «Levántese, señor don Tito, que hay revolución.» A toda prisa me vestí, y mandé que me trajeran mi desayuno. Mientras lo tomaba, el honrado psicólogo Ido inició la historia verbal de aquel nefasto día: «Desde el amanecer están pasando por Antón Martín Milicianos armados. Van a sus puestos, van a su deber, van a la muerte... ¡Oh España! ¿qué haces, qué piensas, qué imaginas? Tejes y destejes tu existencia. Tu destino es correr tropezando y vivir muriendo... Como le digo, toda la Milicia Nacional está en armas. En la plaza de Santa Ana he visto al *Carbonerín* con el batallón de *Lanuza*. Por la calle de las Huertas va un gentío inmenso chillando, y Milicianos a la carrera. Oí que en la Puerta del Sol está la Artillería. ¿Qué pasa? Que la Historia de España ha salido de paseo. Es muy callejera esa señora...»

En esto, mi patrona, que había salido un momento, volvió con las manos en la cabeza gritando: «Vete pronto a la compra, José, que si te descuidas nos quedaremos hoy sin comer. ¡Virgen de la Paloma, ya están esos diablos de Antón Martín armando las barricadas!» Salimos disparados Ido y yo. En Antón Martín no había barricadas, pero sí brazos ávidos de levantarlas y bocas de ambos sexos que las pedían a gritos. Mi patrón corrió con fuertes trancos a proveerse de comestibles, y yo, arrastrado por una corriente tumultuosa, me fui a la plaza de Santa Ana, donde los voluntarios del batallón de *Lanuza*, mandados por Felipe Fernández (el *Carbonerín*) y don José Cristóbal Sorní, ministro de Ultramar, ocupaban el Teatro del príncipe y las entradas de las calles próximas. Parte de esta fuerza, la más cuidada de las Milicias republicanas, llevaba uniforme: guerrera garibaldina de paño gris, pantalón con franja verde, polainas, y gorra colorada con visera de charol, de que les vino el mote de *botellas lacradas*. El armamento de la Milicia Nacional era carabina *Berdan*. Solo los batallones de la Latina usaban *Remington*.

Por lo que vi y por lo que me contaron puedo fijar la situación de las fuerzas republicanas. Los batallones de Antón Martín, mandados por Ponce de León y Clemente Gutiérrez, ocuparon el teatro de Variedades, calle de la Magdalena; los voluntarios de la Latina, uno de cuyos jefes era Antonio Castañé, ocupaban el teatro de Novedades y los puntos estratégicos de las plazas de la Cebada y Progreso. En las Milicias de los barrios del Sur eran escasos los uniformes; casi todos los combatientes iban de paisano, sin otro distintivo que la gorra colorada... La Red de San Luis y la plaza de Santo Domingo estaban guarnecidas por fuertes núcleos de las Milicias republicanas, y pueblo armado de escopetas y trabucos. Varios edificios de las calles mayor y Alcalá, como el Ministerio de Hacienda y el Depósito Hidrográfico, escondían retenes de guardias de Orden Público. En las Salesas situó Estévanez bastante fuerza, al mando de Enrique Faura, si no recuerdo mal. Lo mismo hizo en las dos estaciones del ferrocarril, dejando una considerable reserva en la Plaza mayor.

Los Milicianos monárquicos, que eran más de cuatro mil hombres, se hallaban reunidos desde primera hora de la mañana en las inmediaciones de la Plaza de Toros Vieja, a la salida de la Puerta de Alcalá, con el pretexto de pasar una revista. A su frente estaba el señor Marina, jefe de la Milicia Nacional por su calidad de alcalde de Madrid. Vestían estos Milicianos un pulido uniforme semejante al del Ejército, con quepis, correaje blanco y carabinas *Berdan*. Los más vistosos eran los batallones del Centro y de la Audiencia, y en todos ellos abundaban los empleados municipales. Pronto se vio que los jefes de la Milicia monárquica no se distinguían por sus luces estratégicas, y desde el momento en que se *enchiqueraron* en la Plaza de Toros su causa estaba perdida.

Las fuerzas del Ejército permanecían en los cuarteles, y aunque se dijo que algunos generales apoyarían a los Milicianos monárquicos, ninguno de ellos se atrevió a dar la cara. La Guardia Civil no contrarió los planes del gobernador, y después de las cuatro de la tarde no era difícil vaticinar el triunfo de la República. El Gobierno puso una columna de fuerzas de Infantería, Caballería y Artillería a las órdenes del brigadier Carmona, jefe de Estado mayor de los Voluntarios de la República. Don Baltasar Hidalgo, nombrado minutos antes Capitán general de Castilla la Nueva en sustitución de Pavía, transmitió órdenes a parques y cuarteles. Rodaron los cañones por las calles, y... No pasó más. Los *enchiquerados* de la Plaza de Toros ya no podían dar otro grito que el de *¡sálvese el que pueda!*

Agregándome a los voluntarios de *Lanuza* me fui de la plaza de Santa Ana a la de las Cortes. Se efectuó esta movilización para poner sitio a los batallones primero y segundo de Milicianos realistas del distrito del Centro, mandados por Simón Pérez, dueño del Bazar de la Unión, y por Martínez Brau, propietario de una famosa pescadería de la calle mayor, que estaban desde por la mañana dentro del palacio de Medinaceli. Ocuparon los republicanos el marmóreo portal anchuroso, tomando posiciones a lo largo del edificio hasta el Prado, y en la calle de San Agustín y plazuela de Jesús. El enemigo quedó embotellado perfectamente. No debía de tener muchas ganas de romper las hostilidades: apenas veíamos asomar tímidamente algún quepis por las bohardillas o ventanas altas.

En esto llegó Estévanez y con él me colé en el Congreso, donde los individuos de la Permanente celebraban sesión en franca rebeldía contra el Gobierno. Apenas entramos, un diputado dijo a don Nicolás: «Los rebeldes no somos nosotros; lo es el Gobierno. Si lo fuéramos nosotros, ahora mismo nos apoderaríamos de usted.» Tranquilo y sonriente contestó el gobernador: «Eso es lo que yo quisiera, porque acabo de hacer testamento, y no tardarían en venir diez mil hombres a sacarme.» Dicho esto entró a ver al presidente de la Asamblea, don Francisco Salmerón, ofreciéndole fuerzas de la Guardia Civil para custodiar la Cámara. No fue aceptada la oferta.

En el bullicio del Salón de Conferencias perdí de vista a Estévanez, y metiéndome en los corrillos pude enterarme de lo que en la sesión había pasado. Asistieron los individuos de la Comisión Permanente y casi todos los ministros. Planteó el debate Echegaray, sosteniendo que la elección de Cortes Constituyentes no debía efectuarse hasta que la legalidad estuviera totalmente asegurada. Con gallarda elocuencia le contestó Salmerón, deshaciendo los argumentos del ilustre matemático. Habló Rivero contra Salmerón. Intervino Castelar, y apenas comenzado su discurso se presentó en la Cámara el ministro de la Guerra, quien, sin pedir la palabra, increpó la actitud de los batallones monárquicos de la Milicia en la Plaza de Toros. Saltó el marqués de Sardoal, vociferando con vehemencia desaforada... Pidieron los ministros que se suspendiese la sesión hasta restablecer el orden... La controversia degeneró en agria disputa, llegándose, no sin trabajo, al acuerdo de interrumpir el debate, mas no la sesión.

Permitidme ahora que, retrocediendo en mi relato, cuente un suceso que a mi parecer iguala en interés histórico al trozo parlamentario que acabo de trasladar a estas páginas. Dudo mucho que uno y otro hecho sean merecedores de pasar a la posteridad; pero allá va el mío, de índole privada, emparejado con el de carácter público. A eso de la una, almorcé en una tasca de la calle de la Visitación judías con salchicha y un vaso de vino. Allí alterné con los dos *Carbonerines*, Juan de Murviedro, Langarica, Félix

Lallave, cantero; Enrique Díez (*Moisés*), revendedor de billetes de teatro, y otros que merecen mención en esta historia.

Con tan escaso alimento pude resistir todo el día, y al caer de la tarde salí del Congreso con Moreno Rodríguez y Díaz Quintero a curiosear hacia el Prado, Cibeles y Puerta de Alcalá. Así pude enterarme del fracaso y desbandada en que vino a parar la truculenta rebeldía de los Milicianos monárquicos. Estos recibieron a tiros la columna del brigadier Carmona. Contestaron al fuego los soldados, y como a los candorosos realistas se les había hecho creer que el Ejército no dispararía contra ellos, cuando vieron que las bromas se trocaban en veras estalló el pánico y salieron de estampía, unos hacia la Fuente del Berro, otros por detrás del Retiro en dirección del Olivar de Atocha, y no faltó quien se escondiese en los chiqueros de la Plaza. Los fugitivos iban soltando las armas, los quepis, y cuanto les estorbase para correr más aprisa, incluso las elegantes guerreras, que solo les habían servido para camelar a criadas y nodrizas. De aquel bélico rigodón resultaron tres heridos leves y muerto un pobre cochero, a quien alcanzó una bala perdida.

Quedaba el nudo de Medinaceli, que se desató por sí solo ya entrada la noche. Los Voluntarios monárquicos, en malhora encastillados en el palacio ducal, salieron mohínos y silenciosos sin que los federales les maltratasen, porque el Gobierno había enviado fuerzas de la Guardia Civil para evitar las represalias, natural desahogo de la irritación de los ánimos. Los que se rendían sin disparar un tiro desalojaron la plaza mansamente, dejando sus carabinas en el portal, y calladitos se fueron a sus casas, eludiendo disputas y camorras callejeras.

La segunda Compañía del batallón de *Lanuza* entró en el Congreso, y en los alrededores del edificio se acumularon, a toda prisa, grandes muchedumbres armadas. Los señores de la Permanente levantaron la sesión con premura vergonzosa. En los pasillos de la Cámara se advirtió el trajín de la desbandada. Los primeros en salir hiciéronlo sin dificultad; otros hubieron de escapar furtivamente; algunos valiéndose de disfraces. Rivero y Becerra, por ser muy conocidos, se ocultaron en los sótanos. Los demás fueron saliendo acompañados por Nicolás Salmerón, por Castelar, por Sorní, por el propio gobernador. Nadie les atropelló, nadie les insultó. Oyeron tan solo

45

al aparecer en la calle algunos silbidos. Federales y Radicales quedaban en disposición de entablar futuras inteligencias... ¡Todos amigos!... ¡Siempre amigos!...

Terminado lo del Congreso, podría decirse que cayó el telón sobre la histórica jornada del 23 de abril; pero aún quedaba un fin de fiesta para regocijo del público. Los voluntarios de *Lanuza*, apostados desde el café de la Iberia a la Plaza de las Cortes, pasaron el rato dispersando unas turbas de señoritos impertinentes y molestos que invadían la Carrera de San Jerónimo. Eran la flor juvenil del alfonsismo y de la radicalería unitaria, de esos que ordinariamente llamamos *pollos líquidos* y que en aquellos tiempos designábamos con el remoquete de *silbantes*. Poco trabajo costó espantarlos; se metían en los portales, en las tiendas que aún estaban a media puerta, y los más corrían a escape por las bocacalles, de donde les vino un nuevo apodo. Se les llamó el *Batallón Ligero... De pies.*

Media noche era por filo cuando cenábamos en la taberna de Juan Niembro (calle de los Negros), Anastasio Martínez, librero de la calle del Arenal; *el Quito* (Francisco Berenguer), dueño de una buñolería; Alejo Villesano, sastre; José Duplau (*Pelusa*), carpintero, héroes de aquel día, y un servidor de ustedes que no fue héroe, sino curioso entrometido y aprendiz de narrador. Cada cual citaba y encarecía con infantiles aspavientos lo que había visto, y los incidentes en que había mostrado su marcial arrojo. Nuestra cena fue sopas de ajo, *batallón*, escabeche en ensalada y morapio sin tasa. No habíamos llegado a la total enumeración de tan prolijas hazañas, cuando entró el simpático Virgilio Llanos, *henchido de noticias*, según dijo, y se apresuró a desembucharlas gozoso en nuestros oídos. Ya sabéis que era muy amigo de Estévanez y se codeaba con elevados personajes del federalismo. En las primeras horas de la mañana de aquel día, se le confió un delicado espionaje en las inmediaciones del hotel del duque de la Torre, calle de Serrano. Tan bien desempeñó el ojeo encomendado a su sagacidad, que no se le escapó ningún personaje de los que acudieron al misterioso concilio en la morada del duque.

Por el mismo orden con que les vio entrar los fue citando Virgilio en nuestro cenáculo tabernario. Helos aquí: los ayudantes del general, O'Lawlor y Ahumada, el conde de Valmaseda, Topete, Letona, Baldrich,

Bassols, Gándara, Gasset, Ros de Olano, Caballero de Rodas. Del elemento civil fueron Borrego, Albareda, y otros que a mi parecer iban en representación de Sagasta, Martos y Rivero, los cuales se quedaron achantaditos en sus respectivas casas viéndolas venir. Oída esta cáfila de nombres, tan sonoros como vacíos, todos los presentes celebraron con mayor ingenuidad la victoria federal contra tal piña de pomposos y coruscantes figurones.

En el resto de la noche fueron llegando otros amigos de las Milicias Republicanas. Entre ellos Balbona (*Tachuela*), Cantera (*Cojo de las Peñuelas*), Santiago Gutiérrez (*el Pasiego*), uno de los Quintines, y más y más. Enaltecida hasta las nubes la importancia de la victoria, hiciéronse lenguas de la generosidad de los vencedores. La sangre no enrojeció las calles; nadie fue molestado; los llamados prohombres, que en el Congreso hicieron cuanto podían para aplastar la República, fueron conducidos a sus casas con refinada cortesía y miramiento; los espadones que se reunieron en casa del duque de la Torre se quedaron tan frescos, y si al poco tiempo pasaron la frontera fue para conspirar a sus anchas; los *silbantes* no tuvieron ningún deterioro en sus personas ni en su elegante vestimenta; el único que sufrió algún desavío, Becerra, a quien llevaron preso al Gobierno civil, fue puesto en libertad con apretones de manos y palmaditas en la espalda.

Camino de mi casa, casi al rayar el día, iba yo reconstruyendo en mi mente todo lo que había visto y oído, y entre las sábanas de mi lecho hice juicio sintético de la jornada del 23 de abril de 1873. No tuvo nada de epopeya; no fue tragedia ni drama; creí encontrar la clasificación exacta diputándola como entretenida zarzuela, con música netamente madrileña del popular Barbieri. No hubo choques sangrientos ni encarnizadas peleas, ni atronó los aires el horrísono estruendo de los cañones. El *acto* del Congreso fue un paso de comedia lírico-parlamentaria, con un concertante final en que desafinaron todos los *virtuosos*. Los *actos* de la calle fueron un continuo ir y venir de nutridas comparsas, que disparaban vítores y exclamaciones de sorpresa o de júbilo. Otras comparsas mejor vestidas salían corriendo por el foro, y se tiraban al foso o se subían al telar. Concluía la obra con un gran coro de generosidades ridículas y alilíes de victoria, sin luto por ninguna de las dos partes.

Así no se pasa de un régimen de mentiras, de arbitrariedades, de desprecio de la ley, de caciquismo y nepotismo, a un régimen que pretende encarnar la verdad, la pureza, y abrir ancho cauce a las corrientes de vida gloriosa y feliz. Aplicando mi corto criterio a los hechos de aquel día, pensé que el 24 de abril estaba la vida nacional lo mismo que antes estuvo, y que las seculares fuerzas que habían querido resolver el problema del porvenir no habían hecho más que exhibirse sin chocar en dura pelea, dispuestas a proseguir, el día menos pensado, la teatral batalla... ¡Solución de amiguitos, querella de dicharachos en un inmenso patio de *Tócame-Roque*, simulacro de guerra y paces entre compadres bonachones!

Agrego a la página histórica el estrambote de una escena de que no tuve conocimiento hasta el día 25, y que no altera sustancialmente mi juicio de aquellos vulgares acontecimientos. Parece que en la madrugada del 24 se produjo en el Gobierno algún conato de severidad contra el duque de la Torre y los demás santones monárquicos. Ya clareaba el día cuando Castelar, con rostro afligido, se presentó en el despacho del gobernador y le dijo: «Amigo Estévanez, si una persona que a usted le hubiera salvado la vida se hallara hoy en peligro inminente, ¿qué haría usted?» La respuesta de don Nicolás fue la que a todo varón honrado y generoso correspondía: «Pues vaya usted —añadió don Emilio— al hotel del general Serrano, métalo en su coche y llévelo a la Embajada inglesa.» Así se hizo, y... Aquí paz y después gloria.

VII

Tan rendido, tan agotado de fuerzas me dejó el ajetreo del 23, que no pude salir de casa hasta el segundo día. En la mañana de este, hallándome anegado en la cobranza de los atrasos que el sueño me debía, mi pobre cuerpo fue sacudido por una mano vigorosa. Desperté, y vi ante mí la imagen un tanto grotesca de mi amigo y algo pariente Telesforo del Portillo, más conocido por *Sebo*, el cual me atronó los oídos con estas estridentes palabras: «Levántate, hijo mío, y ven en ayuda de este hombre honrado que hoy es víctima de las envidias y malos quereres. Asómbrate y llénate de coraje. Acabo de recibir mi cesantía del puesto que desempeñaba en la Dirección de Penales.»

Ayudándome a salir del lecho y a vestirme, prosiguió así su matraca: «Ya sé que eres uña y carne de Pi y Margall... Lo sé por Fabiana, que es amiga de la lavandera de don Joaquín Pi Margall, hermano del don Francisco... No vengas ahora con repulgos, haciéndote el modestito. El ministro de la Gobernación ha puesto en ti toda su confianza...» Protesté. Mis negativas me valieron tanto como si quisiese atajar con razones las cornadas de un toro de Miura. *Sebo* insistió de esta manera: «Me han dejado cesante por soplos y delaciones de algún enemigo insidioso... Que si he sido alfonsino, que si era confidente de Martos, que si llevé recaditos al duque de la Torre... Todo falso, querido Tito, maquinación infame de los *perturbadores de oficio*... Porque has de saber que yo soy federal; *más federal que Riego*... Las nuevas ideas me han conquistado; si lo dudas habla con Roque Barcia, con quien me reúno todas las noches en el café de Venecia. Precisamente anoche estuvimos trazando las lindes *sinalagmáticas* de los futuros Cantones...»

Levantado ya y vestido, corté la palabra de *Sebo*, que me rasgaba los oídos como el estridor de una corneta destemplada. Ni yo poseía la confianza de mi jefe ilustre, ni osaría recomendarle ningún asunto de personal. Loco estaba quien tal creyera. Lo único que hacer podría era llegarme a Estévanez y... Interrumpiome Telesforo descompuesto, diciéndome: «No, no; Estévanez no, que ese me ha tomado tirria por creer que yo me opuse a que fuera gobernador...»

Trabajo me costó librarme de aquel tábano molesto... Salimos juntos, y en la calle pude sacudírmelo, con la patraña de que trabajaría por su reposición. ¡Dios de los buenos, en qué fatigas se veía un hombre tan insignificante como el hijo de mi madre! ¡Pobre de mí; los necesitados de protección buscaban sombra en este mezquino arbusto, el último ciudadano de España!... En la oficina pude enterarme de que mi jefe, don Francisco Pi y Margall, presidente interino del Poder Ejecutivo en ausencia de Figueras, había disuelto por decreto la Comisión Permanente de la Asamblea Nacional. De la misma forma disolvió los batallones de Milicianos que estuvieron el 23 en la Plaza de Toros y en el palacio de Medinaceli, y otras unidades orgánicas de Artillería, Zapadores y Caballería. Leí la expresiva alocución que dirigió a las Milicias Republicanas y a la guarnición de Madrid, felicitándolas por su actitud patriótica en los pasados disturbios. Estos documentos, que vinieron a enriquecer la copiosa literatura política coleccionada en la *Gaceta*, resultaban muy bonitos, pero no amansaron el oleaje tempestuoso que, iniciado en Madrid, iba extendiéndose por toda la superficie nacional.

De labios del propio don Francisco Pi oí una frase que conservo en mi memoria: «En el telégrafo central siento el latido de las provincias, y encuentro a las más republicanas poseídas de una exaltación calenturienta.» Los partidos derrotados el 23 de abril por el federalismo, tomaban las posiciones que mejor les convenían. Los Radicales conspiraban allegando voluntades en el Ejército y fuera de él. Los Carlistas, envalentonados por el barullo reinante, multiplicaban sus medios de guerra. Reverdecían como planta bien fecundada las esperanzas de los Alfonsinos. Los Monárquicos defensores del principio en forma impersonal, acrecían con la ridícula bandera del Rey X el desbarajuste hispánico. En tanto, el federalismo, perdida la cohesión en que le mantuvo la lucha con un enemigo poderoso, se dividía después del triunfo, y en su seno caldeado surgieron, a más de los intransigentes y benévolos de marras, los Pactistas convencionales, los Comunistas, y otras variantes del intenso latir que oía don Francisco desde el aparato telegráfico de Gobernación.

Durante el período electoral, que no fue tan turbulento como se creía, no cesaban de salir de Madrid las familias monárquicas y reaccionarias de más viso, generales de cuartel, banqueros, bolsistas, todo el elemento que llamaban sensato y la flor y nata de la *gente de orden*. Con esta emigración, que atestaba diariamente los trenes, el dinero español enriquecía de lo lindo a los fondistas y aposentadores de Biarritz. En aquellos febriles días de mayo, pasaba yo la mayor parte de mi tiempo rondando el sentir y el pensar de mis conciudadanos; palpaba los corazones; intentaba penetrar con agudos interrogatorios en los cerebros enardecidos. De este pesquisar minucioso y constante saqué la impresión de hallarme en un pueblo de locos.

El desatinado *Sebo*, que no cesaba de acosarme solicitando la protección que yo no le podía dar, escribía artículos hidrofóbicos en *La Igualdad*, periódico sostenido según rumor público con dineros monárquicos. Tan loco como *Sebo*, si bien con diferente modo y estilo, estaba don Basilio Andrés de la Caña, que una y otra vez solicitó *mi valioso influjo* para que le destinaran a Filipinas. «Esta será mi jugada definitiva para redondearme —me decía el hombre serio, frotándose las manos—. Ya ve usted: jubilación a los treinta años de servicios con los cuatro quintos... Sueldo de Ultramar. Si se me pide mi credo político, diré que el federalismo no me desagrada; pero acá se queda toda esta faramalla si consigo pasar el charco... Ya sé que el ministro de Ultramar, don José Cristóbal Sorní, no le niega a usted nada. Si usted le habla por mí como espero, dígale que respondo de poner como una seda la contabilidad en aquel Archipiélago.»

Aún no había conseguido librarme de este cínife, cuando vino otro con trompetilla y picadura mortificantes. ¿Sabéis quién era? Pues aquel Modesto Alberique que fue mi sucesor en el afecto y tálamo de doña María de la Cabeza. Nunca vi mayor desvergüenza. Venía a mí con una carta de la tendera frescachona, y pretendía del ministro de Fomento una plaza de inspector de Instrucción pública en provincias. Del sentido de la carta y de las palabras del que fue mi mortal enemigo, saqué la consecuencia de que doña Cabeza, hastiada de aquel gandul, quería lanzarle de su lado. «Sabemos de buena tinta —me dijo Alberique, haciéndose de mieles— que el ministro de Fomento don Eduardo Chao no hace nada sin consultar con usted. Pídale mi plaza, y soy hombre feliz. Volveré por aquí mañana si no le molesto.»

Apenas levantó el vuelo aquel cernícalo, vi entrar en mi gabinete ¡oh sorpresa indecible! a Candelaria y su madre, que cayeron sobre mí cogiéndome cada una por un brazo, y entre aterrorizadas y llorosas me soltaron estas tremebundas razones: «¡Tito, Tito; cataclismo en casa... Se nos cae el cielo encima... Rufino ha pedido su traslado a Madrid!... ¡Ay Dios mío, Virgen del Sagrario, válganos el Ser Supremo!... Por lo que más quieras háblale hoy mismo a tu grande amigo Pi y Margall, que no te niega nada... Que no lo trasladen, que lo lleven más lejos, a las islas Chinchas, al Polo Norte, al Polo Sur...» Yo cogía el cielo con las manos, yo me sentía contagiado de la general locura. ¿De dónde diablos había salido la leyenda calumnioso-burlesca de mi poder omnímodo y de mi influjo con todos los ministros?

Cansado ya de negar dicha leyenda, entrome de súbito un fuerte apetito de darla por verdadera. Invadió mi alma el placer del embuste, el regocijo de la humorada y de la expansión cómica. ¿Qué hice? Pues declararme generoso protector de todos, y pródigo de las mercedes oficiales. A *Sebo*, a

Caña, a Modesto Alberique, a Candelaria, y a cuantos después vinieron con la misma solfa, les dije complaciente y risueño que sí, que sí, que sí; que yo era el bienhechor prolífico de todo el género humano.

Vinieron otros, compañeros míos de oficina, amigos que conocí en la redacción de *El Tribunal del Pueblo*, parientes lejanos, tipos diferentes con quienes tuve ligero trato en los dos años de don Amadeo. Mi humilde gabinete no desmerecía en aquellas mañanas del despacho de un empingorotado estadista o de un agente de colocaciones. Metido de hoz y coz en aquella farsa, tenía momentos en que me parecía verdad tanta mentira. Una noche me acosté destemplado y algo febril; tuve pesadillas desatinadas, y cerca ya del día soñé que era presidente del Poder Ejecutivo, con tal precisión de detalles y tal claridad en los objetos y personas que me rodeaban, que ya despierto permanecían en mi cerebro las visiones como la misma realidad.

Cuando me hallaba ya vestido y preparado para *las audiencias*, el primer visitante fue un sacerdote anciano y venerable en quien al punto reconocí a don Hilario de la Peña. Asombro y alegría me causó su aparición en mi cuarto. Sus primeras palabras reveláronme torpeza de dicción, como amago de parálisis; su andar era pausado y doliente. Advertí en su ropa menos pulcritud de la que ostentaba cuando hice con él amistad en su casa de la calle de San Leonardo. Al sentarse, la lentitud del juego de piernas y una mueca de sufrimiento eran señal cierta de que el buen señor declinaba de la vejez terne a la senectud desmayada. Dándome un palmetazo en la rodilla, me habló de esta manera:

«Ya sabe usted, señor don Tito, que soy obispo. Recibí el nombramiento un domingo de Carnaval, no recuerdo la fecha. Yo no solicité tal honor ni entró jamás en mis planes gobernar una diócesis... Pero ello vino porque Dios así lo quiso. Testigo es usted de que yo me resistí siempre... Pero debo acatar los designios de... los altos designios... Perdone usted, Tito; tengo la cabeza un poco ida. Las ideas se me escapan, las palabras no me obedecen, y...

—Sosiéguese, don Hilario —le dije tocándole en el hombro—. Hable con reposo. Acaricie las ideas para que no se vayan volando, y agarre las palabras por una letra para sujetarlas al pensamiento... Desde febrero último sé que tiene usted mitra, báculo, anillo, pectoral, y toda la vestimenta de un señor Prelado. No le falta más que...

—Sí, sí; Roma, esa maldita Roma, que no acaba de despachar mi preconización. Por eso he venido...

—Descuide usted; yo me encargo de activar el asunto. Veré al ministro de Gracia y Justicia hoy mismo. ¡Ah! Con Salmerón no juega la Curia romana. ¡No faltaba más!»

Elevó el santo varón sus miradas al techo, mostrándome en alto las palmas de sus manos como en señal de gratitud, y yo, atento en aquel instante a satisfacer una curiosidad ardiente, le solté la pregunta que me retozaba en los labios desde que le vi llegar a mi presencia: «¿Y *Graziella*, señor don Hilario; *Graziella*, sigue con usted?» Quedose el buen clérigo suspenso, como si buscara en los desvanes de su memoria un objeto perdido. Nos miramos un rato sin saber qué decirnos.

«¡Ah... ya! —exclamó don Hilario con leve sonrisa—. Dispense usted, amigo Tito... Es que la memoria también se me va. Hay momentos en que me encuentro totalmente vacío de memoria. Pero ella vuelve. Ha vuelto. Aquí la tengo. ¿Me preguntaba usted si *Graziella*...?

—¿Sigue con usted? Desearía verla.

—Ahora me cuida Celestina Tirado, una santa que lleva recados de la Tierra al Cielo y los trae del Cielo a la Tierra. *Graziellita*... Está sirviendo en una casa...

—¿Dónde? ¿Qué casa es ésa?

—Espérese usted un poco —dijo don Hilario, mirando al suelo y llevándose el dedo índice a la boca—. Esa perra de memoria se me ha escapado otra vez... Pero ya vuelve... Ya la tengo... La italiana graciosa está hoy al servicio de las Nueve Musas.»

Quedé absorto, movido a intensa compasión, pensando que las potencias mentales del pobre don Hilario se hallaban en lamentable anarquía.

«¿Qué Musas son esas? —le dije—. Serán tal vez señoras de carne y hueso que han tomado el nombre de las hermanitas de Apolo para embromar a la gente.

—No sé, no sé —respondió el cura, queriendo atrapar en el aire con su mano temblorosa las ideas que revoloteaban en derredor de su cabeza—.

Las vi una noche... ¿Qué noche fue, Dios mío? Las vi cual máscaras griegas, en procesión solemne, llevando ramas de mirto y laurel... Vuelvo a mi asunto, Tito. Me ha prometido usted hablar a Salmerón...

—Esté usted tranquilo, don Hilario. Nicolás no me niega nada... Las Nueve Musas, quiero decir Roma, cederá, y tendremos un obispo a la moderna, liberal y racionalista.

—Yo no solicité la mitra; pero, una vez metido en este fregado episcopal, no he de quedar en ridículo ante mis feligreses. Debe usted decir al bueno de Salmerón, y a Castelar si le ve, que considero perfectamente compatibles el dogma católico y... ¿cómo se llama eso?... la República *sinalag*... No puedo con esta palabra, que es como un gatito: me araña la lengua cuando quiero atraparla.

—Será usted el primer revolucionario del Catolicismo.

—Usted lo ha dicho —respondió el buen cura, demostrando con risa infantil su desconcierto cerebral—. En cuanto yo trinque el báculo, repartiré buenos golpes a un lado y otro. Lo primero será suprimir en mi diócesis el celibato eclesiástico, quiéralo o no el Santo padre. Mandaré a todos mis clérigos que se casen inmediatamente con sus amas, y al que no me obedezca le retiraré las licencias... Los ordenados *in sacris* no deben limitarse a la cura de almas; Dios quiere que se dediquen a procrear, practicando el *crescite et multiplicamini*. Refundiré las Comunidades de uno y otro sexo, organizando los conventos con parejas de frailes y monjas que prediquen el santo dogma, y procreen, y procreen...

—Admirable doctrina, señor don Hilario, que hará inmortal su nombre.

—Y haré más, más... Espérese un poco, amigo, que se me ha escapado la idea... Ya la cogí. Declararé de texto en mi Seminario mi grande *Historia del Clero Mozárabe*, que usted conoce... Magna obra, ¿verdad? En ella consagro un tomo entero a la Institución de las Barraganas.»

Viéndole en actitud de levantarse, no quise dejarle partir sin que me diera noticias más concretas de *Graziella* y del lugar donde se encontraba. Pero a mis preguntas no contestó sino con gestos denunciadores de la fugaz deserción de su memoria. No insistí, y reiterándole mi promesa de hablar a Salmerón aquella misma tarde, ayudéle a ponerse en pie, no sin que el esfuerzo muscular le arrancase doloridos ayes. Salió renqueando, apoyado en su grueso bastón. Mis patrones, que habían fisgoneado la visita, le salieron al paso. Don Hilario les echó gravemente la bendición, alargando dos dedos de su mano derecha. Nicanora y Rosita se arrodillaron para besarle la mano. Cogido del brazo le llevé yo hasta la puerta, y encargué a Ido que bajase con él la escalera, hasta dejarle en el coche que le había traído.

VIII

Cuanto más arreciaba contra mí la caterva de pretendientes, con mayor desenfado me iba yo metiendo en el delirio de arrojar sobre todos la lluvia de oro de mis generosas ofertas. En esta rarísima situación psíquica llegué a extremos verdaderamente morbosos. Llenaba mi espíritu un intensísimo sentimiento paternal. Sin duda sufría yo un ataque de altruismo en su forma más aguda y frenética. Antes de referir los casos más extraordinarios de mi dolencia, traeré a estas páginas sucesos públicos que por obligación, no por gusto, debo comunicar a mis parroquianos. Asistí en 1.º de junio a la apertura de las Cortes Constituyentes y a las sesiones del examen de actas; vi la turbamulta de flamantes diputados, caras inocentes, caras de honrada convicción y sinceridad candorosa, caras de rurales novatos, con visajes de marrullería y destellos de ambición. En su estreno, las Constituyentes fueron bautizadas por un profesional del chiste con el apodo de *tren de tercera*; grande necedad e injusticia, pues el pueblo español dio su representación a bastantes hombres de gran mérito, como a su tiempo se verá.

En los escaños vi a los políticos viejos y jóvenes, que se sustrajeron al retraimiento acordado por todos los partidos no federales: Ríos Rosas, Salaverría, Becerra, Labra, Padial, San Román, Elduayen, Esteban Collantes, Canalejas, León y Castillo, Mansi, marqués de la Florida, Romero Robledo, Fernández Villaverde, Silvela y algunos más. De los que tuvieron arte y parte en la Revolución de septiembre se quedaron sin acta Rivero, Martos, Sagasta, el duque de la Torre, Topete, Malcampo y Ayala.

Vuelvo a mi manía de grandezas para deciros que a lo mejor me abordaban en los pasillos del Congreso sujetos desconocidos para mí, diputados algunos, y llevándome aparte me decían con sigilo: «Amigo don Tito, ya sé que usted tiene vara alta con Pi y Margall...»; o bien: «No me niegue usted, señor Liviano, que Figueras le quiere a usted como a un hijo...» Otro salía con esta tecla: «¡Por Dios, don Proteo! Hable usted de mi asunto a Nicolás Salmerón. Yo le trato; pero no tengo con él la confianza que usted.» Y uno que parecía venido de las Batuecas se descolgó con esta tocata: «Me dirijo a usted en nombre de un grupo de federales de ley. Sabemos que está usted encargado de redactar el proyecto de Constitución. Que sea muy radical, amigo, atrozmente radical. Hay que destruirlo todo sin compasión y levantar de nueva planta el edificio político y social...» Yo contestaba siempre, con bondad inefable: «Cuente usted conmigo... Deme usted la nota... Lo tomaré como cosa propia... Será usted complacido... Pierda cuidado... Etc...» Como broma podía pasar; pero el día en que la realidad cayese sobre mí, tendría que poner tierra por medio, o me asesinarían en cuanto saliera a la calle.

Abrasado de impaciencia por tener noticias de *Graziella* y de Obdulia, me fui a ver a Celestina Tirado, ama de gobierno del obispo reformador y casamentero de curas don Hilario de la Peña. Continuaba viviendo este señor en la holgona y cómoda casa de la calle de San Leonardo. Allí le encontré sentadito y agasajado entre mantas, escribiendo en la mesa de su biblioteca, en la cual los libros y papeles rivalizaban en desorden caótico con el caletre del pobre anciano. Saludome este con afable sonrisa, y, después de echarme la bendición, siguió redactando el *Boletín Eclesiástico* de su diócesis, como si ya no estuviera presente.

A punto entró el ama de gobierno, mostrándome sus afectos como en los días en que nos conocimos. No tardé en formular con apremio las preguntas que motivaban mi visita; mas la pícara, en vez de contestarme con la debida prontitud, saltó con esta requisitoria: «Ya sabemos que el señor Titín es el alma de este Gobierno federalucho. En los Ministerios no se hace sino lo que quiere esta buena pieza. Yo me alegro de verle tan por las nubes... Y voy a lo mío: he casado a mi niña; mi yerno es un cuitado, Pepe Verdugo, hijo del mandadero de las monjas de ahí enfrente. El pobrecillo no tiene sobre qué caerse muerto. Mis hijos viven con los padres de él, orilla del convento, y me están comiendo un codo... Bueno, pues yo quiero que me dé usted para mi Pepito una plaza en la Administración de los Reales Sitios, La Granja con preferencia, pues allí, de la poda y del aprovechamiento de yerbas sacan los empleados su buen cocido con gallina y jamón para todo el año.»

Mi respuesta, ya lo suponéis, fue que contara con el destinejo, y ella, cual si ya lo tuviera en la mano, reventaba de satisfacción. Reiteradas mis preguntas, sacome al pasillo para explicarse con más libertad, y ved aquí cómo lo hizo: «La *Graziella*, que como usted recordará tiene los demonios en el cuerpo y es sabedora de cosas mágicas o hechiceras, se apartó de este buen señor por mandato de unas divinidades, que a mi parecer están emparentadas con las ánimas del otro mundo... Esa diabla toma, cuando le conviene, naturaleza o hechura mundana, y con tal figuración está trabajando ahora de *suripanta* en el teatro de Las Musas, calle de las Aguas...» Por lo tocante a Obdulia, solo sabía que no quiso embarcar en Barcelona y que escribió a la marquesa de Navalcarazo, pidiéndole recursos para venir a Madrid. De esto hacía más de un mes. No me dio más noticias.

Y heme ahora, lectores amados, feligreses píos en estos divinos oficios de la Historia (ya veis que imito al obispo cismático y saladísimo), heme aquí repito, aunque sean cargantes tantos *hemes*, en la calle de las Aguas buscando el teatro de las Musas, que reconocí al fin en una fachada de almacén o cocherón, en parte cubierta de carteles desteñidos y rasgados por el tiempo y la chiquillería vagabunda. La puerta estaba abierta. Entré. No vi a nadie. Di palmadas, voces, y al cabo, de la oscuridad de un pasillo entorpecido por rimeros de bastidores y de trastos polvorientos, salió un hombre en quien al punto reconocí con estupor a Serafín de San José, el esposo de doña Cabeza. Su figura era lastimosa; su rostro, famélico y displicente. En breves palabras me dijo que la compañía se había disuelto, que él fue dos meses *representante*, un mes *visador*, y a la sazón, para que no pereciera de necesidad, le tenían de guarda del oficio. Estas explicaciones biográficas las empalmó con estotras de mayor interés: «Ya sé por Cabeza que es usted el hombre más *pudiente* de España. Tengo entendido que le escribió, contestándole usted que podía contar con la plaza. Ya sabe, guardia de Orden Público, o agente de la Secreta. Para otra cosa no serviré; mas para esos oficios soy que ni pintado... Cuando le vi entrar, señor don Tito, creí que me traía el nombramiento.

—Hoy no te lo traigo, Serafín —le dije—. Otro día lo tendrás. Pero te advierto que te doy la plaza por complacer a tu señora, nada más que por eso, porque... Debo decírtelo... En el registro de la Policía, en el Gobierno

Civil, estás anotado como sospechoso... Y hay algo peor, Serafín: te han señalado como uno de los que en el Club de la Hiedra se juramentaron para matar a Pi, a Salmerón, y no sé si a Manolo Becerra.»

Oído esto, se iluminó con centelleos de indignación el rostro macilento de Serafín. Elevó sus descarnados brazos a la altura de la cabeza, y de su boca húmeda y temblante salió esta protesta iracunda: «¡Qué me parta un rayo, señor Tito; que ahora mismo me quede tieso en este portalón si yo he matado jamás a ningún cristiano, ni siquiera a una picotera mosca! Es calumnia... Tengo enemigos que le llevan a Cabeza la fábula de que soy un disolvente, un anárquico y un *sanculoto*... Cabeza no me quiere. Para que vea usted lo mala que es, ayer fui a su tienda, donde se están alistando los que forman la Corporación de *Vecinos honrados* del distrito de la Audiencia para defender el orden y la propiedad, y apenas me vio entrar salió como una furia con la vara de medir, y me echó a la calle con estos lenguarajos indecentes: *Ni tú eres vecino, ni honrado, ni tienes más comercio abierto al público que las Vistillas o la Fuente de la Teja*. En fin, usted que la conoce bien sabe que es una víbora y...»

Le atajé en esta quejumbre amarga, ansioso de abordar pronto mi asunto. Y de *Graziella*, ¿qué? Respondiome que por este nombre no la conocía, y yo, después de darle las señas de su talle y rostro, añadí para completar la filiación que su voz era dengosa, con marcado acento italiano. «¡Ay, don Tito! —dijo el esmirriado San José—. Todas las pécoras que pasan por estas tablas son género averiado, y por el habla no las podemos distinguir. Si tiene usted interés en saber si estuvo aquí esa castaña pilonga, véngase conmigo al cuarto del que fue primer actor en una corta temporada de verso, don Hermógenes Cadalso, que hacía como los ángeles *La carcajada* y *Los pobres de Madrid*, y verá los retratos de casi todo el mujerío que ha pasado por este coliseo.»

Subí con Serafín por desvencijadas escaleras lóbregas a una estancia asquerosa, cuyas paredes estaban llenas de recortes de periódicos y de toscos dibujos a pluma, fijados con engrudo. Eran retratos en caricatura de mujeres alegres o de actrices despechugadas, feos y groserotes, del peor estilo de aquellos tiempos en que era embrionario el arte de ilustrar periódicos. Por tales mamarrachos no podía yo reconstruir el aire y fisonomía de una persona determinada. Retireme del horrible teatro, dejando a Serafín de San José una propineja para que disfrutase por algunas horas la alegría del beber, y le aseguré que vestiría muy pronto el honroso uniforme de Orden Público.

A escape me fui al Congreso, donde teníamos aquel día elección de presidente interino y de Mesa provisional. Se me olvidó decir que el 1.º de junio, durante la solemne sesión de apertura, hubo gran desfile de tropas regulares y de Milicias, entremezcladas y confundidas para expresar con mayor realce la fraternidad entre el Ejército y los ciudadanos. Al pórtico del Palacio de las Leyes salieron muchos constituyentes, el Gobierno y el Cuerpo Diplomático. Estruendosos fueron los vítores y aclamaciones, así en los desfilantes como en la muchedumbre que los contemplaba. Una nota desagradable advirtieron algunos en el momento culminante de aquel entusiasmo. Se dijo, yo no lo vi, que ciertos oficiales y voluntarios intransigentes de la Milicia, al aclamar frenéticamente la República Federal, se pasaban la mano extendida por el cuello mirando a los ministros, como si recordaran el uso de la guillotina para castigar la debilidad, la cobardía o la traición. De esta insolencia no bien comprobada se habló toda la tarde, y alguien aseguró que tendría castigo severo. Pero Figueras y Pi quitaron importancia a la broma descortés, y nada se hizo.

Elegido presidente interino de las Cortes Constituyentes fue don José María Orense, marqués de Albaida. En la discusión del Reglamento ocurrieron incidencias graciosas. Un diputado protestó iracundo de que le llamaran Su *Señoría*; fue un descuido del presidente, pues la Cámara había acordado que el único tratamiento fuera *Ciudadano tal, Ciudadano cual*... Otro padre de la Patria propuso la supresión de los maceros, que consideraba como un signo de atavismo repugnante. Y un tercero pidió en largo discurso que se tapizara con terciopelo de otro color el escaño de los ministros, pues lo de *banco azul* recordaba los desafueros de la Monarquía... El día 7 se eligió la Mesa definitiva. Después de constituidas las Cortes, aprobaron una Ley declarando la República Democrática Federal como forma de Gobierno en España, y surgió una crisis, que era la cuarta en los fastos de aquella República.

No necesito decir que en mis tardes del Congreso me vi asaltado por nuevos y más engorrosos pretendientes, a los cuales mi furibundo altruismo colmaba de risueñas esperanzas. Pero lo más chusco fue que una tarde, atravesando la Plaza de las Cortes para irme a mi casa, vi que hacia mí venía con los brazos abiertos don Basilio Andrés de la Caña. «Este tío viene a estrangularme —me dije sobresaltado—. ¡Dios me valga!» Pero lo que hizo el hombre fue abrazarme con ternura, clamando así: «¡Gracias, gracias, imponderable Tito, el hombre más influyente de estos Reinos... O de estos Cantones! A usted debo mi felicidad; a usted debo mi plaza. Hoy me han dicho que mañana se firmará el nombramiento. Ya veo que Sorní le baila a usted el agua... Otro abrazo... Otro...» La desbordada emoción del financiero me sofocaba; sus apretujones me molían los huesos, y su aliento, que no era fragancia de rosas ni de ámbar, me revolvía el estómago. Quiso acompañarme hasta mi casa; pero le insté a que me dejara solo, y felicitándole con exagerado calor, apreté a correr por la calle de San Agustín.

Pues ahora veréis otro milagro. A la mañana siguiente entró en mi *sala de audiencias*, mejor será decir *despacho presidencial*, la bestia de doña Belén, madre de Candelaria. La introdujo Ido del Sagrario, con cierto aire ceremonioso y empaque de Portero mayor o Sumiller de Cortina. Venía la pobre mujer a darme las gracias por haberse conseguido lo que yo pedí al ministro de la Gobernación, tocante al chinche de Rufino. Don Francisco Pi me había complacido al instante. Bien se veía que era yo su ojito derecho. No solo negó al maldito yerno el traslado a Madrid, sino que le ha mandado más lejos, a una provincia que llaman *Güelba*, allá donde San Pedro perdió las alpargatas. Luego me abrazó y estuvo a dos dedos de besarme, diciendo: «¡Bien por Tito, el hombre del gran poder!... Y ahora, chiquitín de mi alma, no me voy de su casa sin pedirle algo para mí. Un estanco en buen sitio, calle mayor, Arenal o Carretas.» Y yo, espléndido y magnánimo, le dije: «Mejor será en la Puerta del Sol, doña Belén. Lo pediré esta misma tarde...»

Las sesiones de las Constituyentes me atraían, y las más de las tardes las pasaba en la Tribuna de la Prensa, entretenido con el espectáculo de indescriptible confusión que daban los padres de la Patria. El individualismo sin freno, el flujo y reflujo de opiniones, desde las más sesudas a las más extravagantes, y la funesta espontaneidad de tantos oradores, enloquecían al espectador e imposibilitaban las funciones históricas. Días y noches transcurrieron sin que las Cortes dilucidaran en qué forma se había de nombrar Ministerio: si los ministros debían ser elegidos separadamente por el voto de cada diputado, o si era más conveniente autorizar a Figueras o a Pi para presentar la lista del nuevo Gobierno. Acordados y desechados fueron todos los sistemas. Era un juego pueril, que causara risa si no nos moviese a grandísima pena.

La composición de la Cámara era de una divisibilidad aterradora. Formaban la Derecha distintas castas de Benévolos; la Izquierda los Intransigentes, fraccionados en heteróclitos grupos: federales pactistas, orgánicos, simplemente autónomos o descentralizadores, federales con vistas al colectivismo, y otros que arrancaban con los criterios más extravagantes. El Centro era un arco iris con todos los colores del espectro solar del republicanismo. Nombrado un Ministerio, se deshizo al instante. El señor Tatau desenvainó unos proyectos de Hacienda que fueron conceptuados como declaración de la bancarrota nacional. En aquellos días apareció el famoso pasquín *¿Quién es Pedregal?*, que revelaba tanta grosería como ignorancia por tratarse de un hombre de relevante mérito, así por su grande inteligencia como por su acrisolada honradez.

De la caótica confusión salió al fin el acuerdo razonable de autorizar a Figueras para que continuara con sus ministros al frente del Poder Ejecutivo. ¡Aclamaciones y vítores ensalzando la unión de los republicanos!... Pasado un día, nuestro gozo en un pozo. El marqués de Albaida dimite la Presidencia de las Cortes. Renovación del barullo, que toca ya en la vesania. Después de varias sesiones diurnas y nocturnas, se faculta de nuevo a Figueras para formar Gabinete, sin someter la lista de ministros a la aprobación de la Cámara. Empezaron las consultas y los ridículos cabildeos. Castelar quería convencer a Salmerón, Salmerón a Carvajal, Carvajal al demonio coronado...

En esto vino el estruendo final de la chispeante función de fuegos artificiales. Don Estanislao Figueras, enojado por la frialdad de Pi y Margall en una entrevista que ambos tuvieron, cogió el tren sin decir nada a nadie, y de un tirón se plantó en Francia. Inaudito suceso, caso de flagrante deserción que nadie pudo explicar en aquellos días. ¿Qué motivó esta fuga? ¿El hastío, el miedo, la convicción de la vacuidad bullanguera de las Constituyentes?

De todo hubo un poco; pero ninguna de estas razones pudo absolver al presidente de su insana conducta. ¡Qué chasco nos dio, a cuantos verdaderamente le amábamos, aquel hombre tan entendido, ingenioso y simpático! Fue orador insigne, y en su carácter la vivacidad y exquisito trato llenaban el espacio que dejaba vacío la falta de entereza. Doy a este breve juicio un sentido necrológico, porque aquel día murió políticamente don Estanislao Figueras.

Hasta pasadas veinticuatro horas no se tuvo noticia cierta de la fuga del que había sido figura eminente de la primera República española. La estupenda nueva partió del Banco Azul; corrió los escaños con hondo murmullo; subió a las tribunas; propagose con eléctrica velocidad por todo el edificio. Del estupor que sentí ante suceso tan grave, que era el mayor descrédito de la Causa, me puse malo. Al despedirme de mis amigos en la Tribuna de la Prensa, no podía tenerme en pie. Salí tambaleándome, y al llegar a la escalera, asaltó mi alma un horroroso pánico creyendo que se desplomaba el edificio. Furibundos golpes, como de grandes peñas que hirieran los peldaños, me recordaron la sugestión morbosa que padecí una noche transitando por la calle del Arenal y Puerta del Sol. Eran los pasos de una gigantesca figura invisible... Creí que la escalera se convertía en astillas. A mi parecer bajé rodando, a gatas, o no sé cómo... Pensé que el aire de la calle me despejaría la cabeza; pero no fue así.

En Floridablanca, Plaza de las Cortes y calle del Prado, el tremendo andar del ser misterioso hacía trepidar el suelo. Inclinábanse las paredes de las casas, como haciendo cortesías. Guiado por los pasos del fantasma entré en la calle del León. La terrible quimera, que no impresionaba mi vista sino mi oído, se desvaneció cuando me aproximé a la Academia de la Historia... Recobrada mi normalidad, se me ocurrió meterme en la portería de la docta casa y preguntar por *doña Mariana*. Los porteros, asombrados de mi pregunta, no me dieron razón.

IX

Sin salir de casa en tres días, enfermo del ánimo más que del cuerpo, supe que el Capitán general de Madrid señor Socías, al tener noticia de la huida de Figueras, ordenó a varios generales y brigadieres amigos suyos que se pusieran al frente de las fuerzas de la guarnición, sin excluir a la Guardia Civil. Pero en tanto, Estévanez ofició a la Benemérita ordenándole que fusilara a los que intentasen arrastrarla a un pronunciamiento. Echáronse a la calle los Voluntarios de la República; prodújose la consiguiente aglomeración de pueblo junto al Congreso y las tan acreditadas aclamaciones al federalismo.

Las Cortes, reunidas en sesión secreta, acordaron nombrar nuevo Gobierno por directa elección de cada uno de los ministros, conforme al sistema de los Intransigentes. Y entonces ocurrió uno de los hechos más singulares de aquellos singularísimos tiempos. La Guardia Civil, que se había declarado sostén de las Cortes Constituyentes, desplegó su fuerza frente al cuartel de la calle de Serrano, y sin meterse a designar personas exigió la inmediata formación del Ministerio. Muchos republicanos de primera fila negáronse a admitir cartera bajo esta presión humillante. Al fin, quitando y poniendo nombres, el laborioso parto dio al mundo la lista del nuevo Gabinete: Presidencia y Gobernación, Pi Margall; Guerra, Estévanez; Ultramar, Sorní; Estado, Muro; Marina, Anrich; Gracia y Justicia, Fernando González; Hacienda, Ladico; Fomento, Benot.

Aparto mi atención de estas cosas y casos, de notoria insignificancia en la vida general de la humanidad, para fijarla en los sucesos que personalmente me incumben, y que considero de suma trascendencia en la pura región del espíritu. Introducida solemnemente por Ido del Sagrario, se presentó una mañana en mi *despacho presidencial* Celestina Tirado, a quien mi chambelán debió de tomar por dama de alcurnia según las zalemas que le hizo al traerla a mi presencia. Venía la buena mujer con rostro alegre a darme las gracias por la colocación de su yerno Pepito Verdugo. Pasmada de la prontitud con que el ministro accedió a mi petición, no sabía cómo alabarme y enaltecer mi augusto poderío. Estrechome las manos efusivamente, y se sentó en el destartalado sofá, cuyos muelles rotos herían las nalgas de todo visitante que cayera sobre ellos.

Después de los saludos y plácemes recíprocos le pregunté por don Hilario, del cual me dijo que su vejez era una infancia locuaz y juguetona. A ratos se entretenía con los chirimbolos de su investidura episcopal, báculo, pectoral y anillo. En sus accesos de presunción, se encasquetaba la mitra y salía por los pasillos echando bendiciones a fantásticas muchedumbres piadosas. Cansado de este trajín, permanecía largo rato sentadito en su sillón cantando antífonas, mientras con sus dedos reumáticos intentaba tocar castañuelas. Lamentábame yo de esta dolorosa crisis de senectud que desvirtuaba la personalidad de tan grave sujeto, cuando Celestina, no sin cierta cortedad y muequecillas equivalentes al exordio de una cuestión delicada, me habló de esta manera. Atención, amigos, que ello es grave:

«Yo quisiera, señor don Tito, demostrarle a usted mi agradecimiento con algún favor tan grande como el que usted me ha hecho. Aunque hace tiempo dejé aquel oficio mío, mal mirado de la gente y como quien dice vergonzoso, de higos a brevas lo ejerzo todavía, cuando se trata de personas de circunstancias a quienes estimo de veras. Ya sé que desde primeros de año no tiene usted mujer, y sin el pasatiempo y halago de mujer, está usted desconsolado, aburrido y...

—Así es, Celestina —le dije sin ocultar mi desabrimiento—. Desde que se me fue Obdulia vivo en tristeza deprimente, sin arrestos para nada. Mi soledad es la causa de esta hipocondría que no tiene más consuelo que el vagar nocturno por las calles. Las alucinaciones terribles que trastornan mi cerebro, provienen de la suspensión indefinida del trato amoroso. El amor es la vida, el amor es la luz, la savia de la existencia. De modo que si usted viene a proponerme una mujercita de buenas condiciones...

—No es mujer ni mujercita —declaró Celestina en tono triunfal—; es una dama.»

Al oír dama miré a la corredora de amoríos silencioso, suspenso y turulato... En la confusión de mi mente se destacó la idea de que me ofrecía Celestina un arreglo desigual, inaceptable. No se avenía con mis cortos posibles el disfrute de una señora encopetada por su alcurnia o por su riqueza. A esto contestó la sutil zurcidora que había dicho dama, no precisamente por la posición o el rango que hoy tenía la tal, sino por su nacimiento que era muy alto, y así lo declaraban su noble fachada y rostro. Luego añadió que yo encubría mi condición verdadera, haciéndome el modestito y alojándome en una casa de huéspedes de cuarta clase. No me valían tapujos. Mi buena mano para sacar destinos era señal de mi gran poder. «Y en todo caso —agregó la Tirado, mudando de postura en el sofá por el daño que le hacían los malditos muelles—, cuando le dan la breva no pida la berza. Si la señora que le digo se conforma con usted tal como es, ¿a qué viene el ponerle peros? Es como aquel que dijo: doyte el gazapo y pides el sapo.

—Pero vamos a cuentas, Celestina —indiqué yo, dejándome querer—. Esa señora ¿se conforma conmigo tal como soy? Si es así, sin duda me conoce, sabe que...

—Naturalmente, le conoce de vista... Le conoce por la fama de sus buenas partes, de su talento, de su poder. Para mí que se trae alguna pretensión que solo usted puede conseguir de esos padrotes federales.

—Entendámonos. ¿Se trata de que yo dé mi apoyo a un favor político difícil de lograr, o se trata de un pacto amoroso como los muchos que usted ha negociado felizmente en su larga profesión, que yo no califico de vergonzosa, sino de muy necesaria en la República, como dijo Cervantes?

—De ambas cosas hablo, como que van metiditas la una en la otra. Sé lo que digo. Soy muy ducha, muy corrida en lo tocante al ayuntar las voluntades de hombre y mujer.

—¡Pues aquí está el hombre; aquí está el corazón enamorado! —exclamé yo entregándome al sugestivo juego de la tratante en líos—. Vengan pormenores. Venga el nombre de esa señora.

—¿El nombre?... No debo decírselo todavía. A su tiempo lo sabrá; no vaya usted tan aprisa.

—¿Es bonita?

—¿Bonita?... Ja, ja... Con esa palabra no se puede pintar su hermosura. La pinto yo diciendo que es lo mismito que una diosa.

—¿Es alta?

—Lo bastante talluda para no ser baja... Ni delgada ni gruesa. Ojos como luceros, facciones perfectas, boca tan linda cuando calla como cuando habla; blancura que deslumbra; pechos, manos y pies en proporción. Todo es proporción en esa criatura, y por esa igualdad en todas sus partes, incluso en las que tocan al alma, digo que es mujer única... No hay otra como ella.»

Oído esto, estalló dentro de mí un súbito incendio, pasión fulminante que me hizo saltar de la silla, y plantándome frente a Celestina, con altas voces y dramático gesto, le dije: «¿Es que ha venido usted a volverme loco, Celestina, o me toma por un visionario capaz de creer esas patrañas de mujeres diosas y criaturas perfectas?»

Levantose risueña la *proxenetes*, llevándose la mano a la parte lastimada por los rotos muelles del sofá, y me contestó con estas graves razones: «No he venido a volverle loco, señor don Tito, sino a proponerle la felicidad. Por hoy no le digo más; esto ha sido poner los primeros puntos al negocio... Déjeme ir. Hago falta en casa, donde he dejado solo a mi obispito. Tenga paciencia. Otro día seguiremos tratando.»

Se fue la pícara con paso ligero. Cuando la vi desaparecer, agarré violentamente a Ido por un brazo y le dije: «Esa mujer que sale de casa, ¿es en realidad de verdad Celestina Tirado, o una visión, un engaño de mis ojos?

—Esa pájara deshonesta —me contestó con hueca voz mi patrón— es una tal que hace años vivía del comercio de reses femeninas. La conocí siendo manceba de un amigo mío, don Pedro Polo, cura y maestro de párvulos.»

Me encerré en mi cuarto, y largo rato estuve dando vueltas en él como una fiera enjaulada. Hallábame en plena rotación cerebral, atormentado por los singulares fenómenos psíquicos que me rodeaban. ¿Cómo explicarme el hecho de que acudieran a mí sinfín de pretendientes, creyéndome poseedor de influencia omnímoda? Y si esto no tenía sentido común, ¿qué debía yo pensar del loco altruismo con que yo me brindaba graciosamente a sostener y apoyar tales pretensiones? Pues luego venía lo más inaudito, lo verdaderamente milagroso, y era que todos los postulantes obtenían lo que solicitaban, resultando que mi supuesto influjo y poder eran en la realidad verdaderos, sin que yo hiciera gestión alguna ni de ello me cuidara. Cuantos confiaron ciegamente en mi soñado favoritismo fueron después a darme las gracias. ¿Qué significaba esto, Señor? ¿Era yo, sin saberlo, un genio benéfico, o actuaba por mí la mano de algún numen recóndito? Y de aquella mujer cuya belleza igualaba a la de las diosas, ¿qué debía yo pensar? ¿Y cómo siendo perfecta de cuerpo y alma solicitaba por tan baja tercería mi valimiento y mi amor?

El giro mental de estas ideas en mi caldeado cacumen fue decreciendo en velocidad a medida que se gastaba el inicial impulso que le dio movimiento. Al parar de la rueda invadió mi ser una fría calma que me trajo todos los resortes de la lógica, y arrojándome en mi lecho razoné de esta suerte mi estado anímico: «En este mundo, que no sé qué mundo es, vivimos rodeados de espíritus benéficos o maléficos que dirigen nuestros actos, estimulan nuestras pasiones, y vienen a ser como una proyección sobrenatural de nosotros mismos. A las veces, no nos dejan hacer lo que queremos; a las veces, hacen ellos lo que nosotros deseamos. Ellos son nosotros, y lo que llamamos nuestro yo es el yo infinito de todos y de cada uno de ellos... Esta es la fija, Tito, y mientras las cosas vengan por el lado benigno y placentero, déjate llevar.» Puse término a tales meditaciones afirmando que era imposible distinguir mi conciencia de la conciencia universal.

Meciéndome en el columpio de estas ondulantes filosofías, empalmé las horas del 11 con las del 12 de junio, hasta que me sacó de mi éxtasis un recado de Nicolás Estévanez, que habiendo cambiado el bastón de gobernador civil por la cartera de Guerra, me llamaba al Palacio de Buenavista. Por ocupaciones perentorias en mi oficina de Gobernación tardé dos días en visitar a mi grande amigo. Cuando fui a verle, advertí desde que nos saludamos que en el nuevo y peliagudo cargo no había perdido el hombre su simpática jovialidad, contenida siempre dentro de la discreción y el buen gusto. Después de reiterarle mis felicitaciones, díjele que todos esperábamos grandes cosas de su iniciativa en Guerra, y él me contestó con buena sombra: «¡Pero hijo mío, si he venido precisamente a no hacer nada! Así me lo dijo Castelar cuando quisieron traerme a este beaterio. Bastante trabajo será defenderme de los enemigos que me han salido desde que vine a Guerra. El general Socías, que nos ha querido obsequiar con un golpecito de Estado, anda celoso porque no le dieron esta cartera, que según dice le corresponde.

—De don Fernando Pierrad, Subsecretario y ministro interino, se dijo que no le daría a usted posesión como no se la pidiese a tiros.

—No hay tal. Enteramente solo vine a tomar posesión, y Pierrad me hizo entrega del cargo de una manera correctísima. Se miente mucho. El público apetece el folletín histórico. Quiere sangre, jarana, duelos, motines, y nosotros tratamos de ir escapando sin darle nada de eso. Nuestra República, recién nacida y un poquito enclenque por haber venido al mundo antes de tiempo con auxilio de comadrones inexpertos, requiere cuidados exquisitos. Resulta que la Madre España no puede darle la teta; su leche es escasa y mala. ¿Le daremos biberón? ¿Podrá ser amamantada por una loba como Rómulo y Remo? Yo, si me dejaran, iría a los desiertos de África en busca de una buena leona tetuda, rolliza y feroz, que nos criase a la Niña... Pero no están los tiempos para bromas, Tito, y aunque aquí no debo hacer nada, me paso el día firmando...»

Entró el coronel Carrafa, Subsecretario, amigo íntimo del ministro; entraron otros jefes cargados de papeles, y yo me arrimé a los cristales de un balcón y me distraje mirando los árboles del parque. Ya comprenderéis que desde mi entrevista con la Tirado, mi pensamiento se escapaba a cada instante en persecución de la imagen de aquella hembra misteriosa, que me pedía protección ofreciéndome sus divinos pedazos. Ante los amenos jardines, y el trozo de caserío, y el grande espacio de cielo que veía desde el balcón de Buenavista, hice a Celestina Tirado esta ardorosa pregunta: «¿Pero cuándo he de saber el nombre y condición de esa diosa?» Y algo más pregunté a la maldita corredora: «¿Es casada, es viuda o soltera?»

La Celestina con quien yo hablaba era una nube, cuyos bordes reproducían el perfil aquilino de la Tirado. Naturalmente, la nube no me contestó, y continuaba fija sobre la torre y veleta del palacio de Alcañices. Terminado el despacho, me dijo el ministro que en el Gobierno Civil había dejado firmada la credencial para Serafín de San José, añadiendo que su mayor gusto era complacerme en todo, pues me tenía por uno de sus amigos más leales...

No necesito indicar que salí muy satisfecho de la visita... Aquella noche y al día siguiente, en el café, en la calle y en algún sitio de recreo, no cesé de recibir expresiones de gratitud y ofertas de recompensar mi favor con cuantos servicios pudieran prestarme los agradecidos. *Sebo*, Alberique y otros muchos, paisanos, militares, curas y aun diputados del montón, excitaron en mí de una manera loca lo que don Basilio llamaba *el fanatismo del yo*... Al retirarme a casa, ya muy tarde, sentí en mi alma el retroceso del entusiasmo vanidosillo creado por éxitos tan fabulosos: «Guarda, Tito —me dije—, y no te deslumbres hasta ver en qué para esto.»

Cavilando a toda hora en los manejos de aquellos vagorosos espíritus que me favorecían con su amistad, pasé lo restante del mes de junio, entre San Antonio y San Pedro. No fueron para mí muy divertidos aquellos días, los mayores del año y los que más inducen al placer de vivir. Mientras mis convecinos reían, yo rabiaba. Cuantas veces intenté obtener de Celestina concretas noticias de la dama que conmigo quería entenderse, quedé defraudado. A mi anhelo de saber el nombre de mi bella incógnita no quiso dar satisfacción, alegando razones que más bien eran ridículos pretextos. ¡Por la cornamenta de Luzbel, ya me estaba cargando la mensajera de amores! ¿Se divertía conmigo mostrándome una piedra preciosa y apartándola de mi mano cuando yo quería cogerla?

De estas ansias mías, entremezcladas con lentas horas de tedio, me consolaba asistiendo a las sesiones de Cortes, más que por gusto mío, por ayudar a unos buenos muchachos que hacían el extracto y crónicas parlamentarias para varios periódicos. Presencié la embestida que dio el general Socías a mi amigo Estévanez; si destemplado estuvo el general, el ministro hizo alarde de una moderación que algunos creyeron excesiva. Oí religiosamente y extracté el discurso de Pi exponiendo el programa de su Gobierno. La síntesis era esta: no podían de ningún modo emprenderse las reformas económicas mientras no estuviera hecha la Constitución Federal a que había de ajustarse el nuevo Presupuesto; las políticas de más trascendencia serían consignadas en la Constitución; mas era necesario ir derechos a separar la Iglesia del Estado, establecer la enseñanza gratuita y obligatoria, reorganizar el régimen colonial y abolir la esclavitud en Cuba. Respecto a cuestiones sociales afirmó la necesidad de implantar las mejoras ya realizadas en otros países, y las que fueran necesarias para proteger a las mujeres, regular el trabajo de los niños y vender los bienes nacionales en beneficio de los proletarios.

No fue del agrado de los Intransigentes esta última parte del discurso de Pi, y el marqués de Albaida no se mordió la lengua para mostrar su enojo, añadiendo que ya desconfiaba de las Constituyentes y que se iba a su casa. Por segunda o tercera vez le oí su familiar alegación contra el cuarto del cartero, el estanco del tabaco, la Lotería, los Aranceles judiciales y los Consumos... Las Cortes eligieron presidente a Salmerón. No estaba yo aquel día para discursos, y antes de que acabara el suyo don Nicolás, salí pitando hacia la calle de San Leonardo, con el alevoso pensamiento de estrangular a Celestina si no me decía... ¡Y con qué mala pata llegué, Señor!...

El pobrecito don Hilario estaba gravemente enfermo... Entré; le vi en su lecho, con dos curas por cada lado, que sin duda le hablaban de la deliciosa eternidad que en el Cielo se le tenía dispuesta... Aprovechando un momento propicio, saqué a Celestina al pasillo y le dije: «Estoy en ascuas. Vengo a que me diga usted de una vez...

—¡Por la gloria de este santo varón, señor don Tito! —replicó con acento lacrimoso—. ¿Le parece que estoy yo ahora para tratar de cosas tan mundanas, tocantes al deleite, como quien dice?

—Una palabra no más, Celestina. ¿Es casada, viuda o soltera?

—¡Dale con el melindre, dale con que si le sobra o le falta! De esta boca pecadora no quiere salirme la respuesta, porque tengo el pensamiento en Dios y en el alma de ese venturado que ya quiere subir a la Gloria... ¡Ay, Gloria, para mí te deseo!... Hoy le traeremos a Su Divina Majestad, y en esta hora *solene* no está una para que le hablen de pecados ni de...» No acabó la frase. Llamada con fuerte voz por uno de los clérigos, corrió a la estancia... Comprendiendo la inoportunidad de mi visita, presuroso cogí la calle.

Las sesiones parlamentarias me proporcionaron en días sucesivos no pocos ratos de interés. Los Intransigentes armaban grescas cada martes y cada lunes. Una tarde leyó el diputado Bernardo García un pasquín o cartelón que los federales del bronce habían fijado en las puertas de los Clubs y en muchas esquinas. El cartel decía: «Pueblo Soberano: la República peligra. Los diputados de las Constituyentes no tienen valor cívico ni abnegación patriótica para salvar a España. Si hoy mismo no se forma un Gobierno valiente ¡salva tú a la Patria, Pueblo Soberano!» Protestas, apóstrofes duros y espantable chillería.

Días adelante, después de diferentes controversias enconadísimas, de un gran discurso de Pi planteando a las Cortes la cuestión de confianza, de otro discurso de Castelar, de un conato de crisis, y de veinte mil desazones y trapatiestas, los diputados Armentia, Echevarría, Olave, Taillet y otros que no recuerdo, se subieron a las barbas de don Francisco Pi, proponiendo a las Cortes que se declarasen en *Convención Nacional*, y eligieran de su seno un *Comité de Salud Pública*. Esta proposición fue desechada, y los Intransigentes presentaron luego otra y otras.

Hastiado de tanto delirar, me volví a lo mío, y lo mío fue que, según informes que tuve la víspera de San Pedro, don Hilario no se murió del grave arrechucho que parecía definitivo pasaporte para recibir el premio de sus virtudes y de sus facultades procreadoras... Acudí allá, y me le encontré sentadito en su cama, risueño, vividor, jugando con dos gatines muy monos... Corrí a la cocina, donde estaba el ama de gobierno machacando en el almirez. Llegar a su lado y espetarle mis preguntas, fue obra de segundos. Y ella, machaca que machaca, me dijo con retintín: «Sí, sí; contenta tiene usted a la señora.»

X

Mi perplejidad al oír la frase de Celestina duró segundos no más. Luego la emprendí con ella en esta forma: «¿Qué es eso, se burla usted de mí? Pues sepa que no lo aguanto. Ándese con cuidado, que tengo mal genio.

—¡En buena ocasión viene usted con sus rabietas! —me dijo secamente, poniéndose en jarras—. ¿Le parece al don Fuguilla que está una para incomodarse y para reñir en un día como este? Sepa el cascarrabias que hoy, para celebrar la mejoría de mi santo señor, he ido a confesar y he tomado la comunión. Conque pocas bromas, amigo. No se me hable hoy de nada que me encienda la cólera, ni de nada que tenga olor de pecados. Ya, cuando le vi entrar, cometí sin pensarlo un pecadillo de habladuría al soltar el chisme de que la señora... tal y qué sé yo...

—Me dio usted a entender que estaba descontenta de mí.

—Pues con toda mi alma en la boca y con toda la limpieza que hoy, gracias a Dios, llevo en mi conciencia, le digo al pequeño don Tito que la señora tiene ya noticia de sus trapicheos con María de la Cabeza, la Felipa, la Lucrecia, la de Durango, esta otra que vende cajas de muertos, la Obdulia, y eche usted *céteras y céteras*... En todo esto no ve la señora más que el melindre de usted y su fuego natural. Por lo que no pasa es porque sea usted, como le han dicho, un hombre de creencias *ateístas*, o verbigracia, anticatólicas. Si quiere usted agradar a la señora, váyase a misa todos los días, que ella lo sabrá, sin que nadie se lo cuente, por los duendes angélicos...»

Me entró tal arrebato que agarré la tabla de picar carne, y a punto estuve de estampársela en la cabeza... Afortunadamente me contuve a tiempo. Valía más tomarlo a risa; tales desatinos no merecían mi cólera.

«Hoy no está usted en sus cabales, Celestina —le dije—. La santidad, tomada en ciertos días a grandes tragos, como hace usted, suele subirse a la cabeza. Me voy, no sin advertirle que como siga usted burlándose de mí ya le ajustaré las cuentas.» Desde la cocina a la puerta saludé a dos curas que entraban, y oí la voz cascada de don Hilario cantando *Alleluia, Alleluia*...

De este arrechucho me alivió el desastre del Ministerio, que fue como si cayera de manos de un niño la caja de juguetes de barro, rodando por el suelo las figuras desportilladas. No me causaba pena Estévanez, pues bien conocía yo sus ganas de soltar la carga, ni José Fernando González, hombre de gran mérito que habría hecho mucho si le dejaran mimbres y tiempo; sentí la catástrofe por el insignificante, honrado y candoroso Ladico, que pasó por Hacienda sin pena ni gloria. A ese buen señor, por cuatro palabras que dijo una tarde en el banco azul, le arreé un desmesurado bombo en las Crónicas que yo hacía para no sé qué periódico. Quedó el hombre tan agradecido, que me buscó en los pasillos de la Cámara, hizo que me presentaran a él, y me dio las gracias con extremadas demostraciones de amistad. No es necesario decir que despachó favorablemente todas las recomendaciones que mis espíritus familiares le hacían en nombre mío...

Del origen de su candidatura para ministro se contaron cosas chuscas. Vagaba el hombre, solitario, por el Salón de Conferencias, acordándose de su patria lejana (Mahón) y de su establecimiento comercial, cuando llegó un amigo y le soltó esta bomba: «Ladico; acaban de elegirle a usted para la Cartera de Hacienda.» Por de pronto no dio crédito a lo que oía; mas cuando se persuadió de que era cierto, la sorpresa le tuvo suspenso y mudo largo rato... Su primer cuidado fue poner un telegrama a su esposa, y al día siguiente, un mallorquín amigo de la familia recibió otro despacho concebido en estos términos: «Estoy en una ansiedad muy grande. Dígame si mi marido se ha vuelto loco. Me asegura que le han hecho ministro de Hacienda.» Era don Teodoro Ladico un buen hombre, sencillo y modesto; entendía de negocios, y manejaba los libros de contabilidad como experto comerciante.

La salida de Benot fue ciertamente lamentable. Varón recto y de poderosas iniciativas, de seguir en Fomento hubiera hecho mucho más que las Leyes regularizando el trabajo de las mujeres y los niños, y la creación del Instituto Geográfico y Estadístico... Ved ahora la lista de las nuevas figuras con que Pi y Margall sustituyó a las que habían rodado por el suelo: Maisonnave, Estado; Gil Berges, Gracia y Justicia; general González, Guerra; Pérez Costales, Fomento; Carvajal, Hacienda; Súñer y Capdevila, Ultramar. El único que quedó del Gobierno anterior fue Anrich, ministro de Marina, el cual, poco después, tuvo a bien pasarse a los carlistas. El programa de Pi y Margall, al presentar a las Cortes el nuevo Gabinete, se condensaba en estas dos palabras: Orden, Gobierno.

Aterrado por el crecimiento de la insurrección carlista, el Gobierno solicitó el asenso de las Cortes para tomar desde luego todas las medidas extraordinarias que exigiese la gravísima dolencia de la Nación. Solo halló resistencias en el grupo de los Intransigentes, que ante la idea de ver suspendidas las garantías constitucionales, pusieron el grito en el cielo, acusando a Pi de atentar contra la Democracia y el principio Federal.

En las enconadas discusiones que con este motivo se produjeron, tuvo el Gobierno un brioso refuerzo con la súbita presencia en Madrid del diputado Antonio Orense, hijo del marqués de Albaida. Se daba el caso extraordinario de que este noble anciano acaudillase el grupo más demagógico de la Cámara, y el hijo, mozo y muy baqueteado ya en la política y en la guerra, fuese uno de los gubernamentales más convencidos y discretos. En la guerra franco-prusiana batalló en la legión de garibaldinos. Ya proclamada la República en España, organizó un batallón para combatir a los carlistas, y en esta campaña tuvo ocasión de apreciar hechos mil de que eran responsables los Intransigentes por su conducta ante la indisciplina militar.

Fuerte con los datos que le dio la realidad por él observada, Antonio Orense refirió casos vergonzosos, y revolviéndose contra los federales fanáticos arrojó sobre ellos estas tremendas acusaciones: «La Patria se pierde; se pierde también la República. ¿Sabéis por qué? Porque habéis venido a demostrar que cuando aquí reinaban los Borbones nadie se atrevió a levantar la cabeza, y todos eran siervos humildes, mientras ahora que se nos ha dado la República, todos se atreven a insurreccionarse. ¡Ya sé yo que si estuviéramos bajo el yugo oprobioso de las dominaciones Borbónicas, no tendríamos tantos héroes de barricada!»

Trinaron y tronaron los Intransigentes con agrias y roncas voces; mas la filípica de Antonio Orense llevó la persuasión a todos los diputados, menos al padre del orador y a la partida de locos furiosos que le tenía por jefe y profeta. El que más alborotaba con la palabra y con el gesto era Casalduero, diputado por Brihuega. Entre los más inteligentes debo señalar a Díaz Quintero y a Ramón Cala, ambos amigos míos. Tal vehemencia y furor empleaban en su acción parlamentaria, que los que no les conocían juzgábanles como hombres atrabiliarios y feroces, absolutamente intratables en sociedad. Nada menos cierto. Tanto Quintero como Cala eran fuera de la política caracteres de dulce trato, fáciles a la amistad, esquivos para todo lo que no fuera correcto y digno. Detrás de sus vociferaciones no lució nunca la menor chispa de ambición. Mantuviéronse incorruptibles en toda su vida política: ni por nada ni por nadie cedían un ápice de su intransigencia huraña. De ellos decía Nicolás Estévanez que eran los energúmenos más angelicales que había conocido.

En tanto, los Voluntarios de la República, vistiendo de continuo innecesariamente el uniforme, se paseaban por Madrid arrastrando los sables, y sin que nadie los llamara se metían en el Congreso a pasar la tarde, como si aquello fuera un Casino. Por no sé qué inconveniencia del gobernador civil don Juan Hidalgo se armó recia trapisonda en las Cortes. Vino luego la votación definitiva del Proyecto de Ley que el Gobierno creía indispensable para dominar la guerra carlista. Terminado el acto, pidió la palabra con solemnidad pontifical el marqués de Albaida, y habló así: «Me levanto únicamente a decir que, visto lo que sanciona esta Cámara y la conducta del Gobierno, la minoría se retira de estos bancos.» Los diputados vieron con más jovialidad que indignación el éxodo aparatoso de treinta señores, precedidos por el honrado patriarca de la Intransigencia don José María Orense.

El mandadero de las *Servitas* de la calle de San Leonardo, Cástulo Verdugo, consuegro de Celestina, me trajo una mañana la noticia de que había muerto a media noche el santo varón don Hilario de la Peña... El pobrecito cura había pasado tranquilo la prima noche, acompañado de sus amigos los clérigos de la vecina parroquia. De pronto le entró comezón de risa, ganas de juego; pidió que le llevaran los gatitos, metidos dentro de su bonete. Luego le dio por llorar. Atribulada, Celestina le hizo el dúo, y los sacerdotes amigos rezaron quedito. Uno de ellos, don Mariano Medialdea, varón docto, perito en muertes, anunció que su querido amigo llegaría dentro de pocos instantes a la presencia del Señor. En efecto, tranquila y dulce fue la agonía del cura venerado y amable que supo cumplir sus deberes, y si se excedió generosa y humanamente en el amor, no dio jamás entrada en su alma grande a ninguna clase de rencores.

Sin alteración intensa en la faz, risueña la boca, fatigoso el aliento, pronunciando retazos de locuciones infantiles y truncadas palabras de indescifrable sentido; haciendo caricias con inquietos dedos a las cabezas y patitas de los graciosos gatines, fue resbalando hacia la negra divisoria entre la vida terrena y la eternidad... Cuando le trajeron la Extremaunción, que recibió sin enterarse de ello, los buenos amigos sacerdotes juzgaron decoroso retirar de las manos del moribundo los mininos, que tanto en sus últimos días le divirtieron y embelesaron... Momentos antes de expirar se vio que los dedos trémulos arañaban la sábana, requiriendo su juguete... Don Mariano Medialdea le acercó uno de los animalitos, y en la última vibración muscular de los dedos yertos de don Hilario quedó prendida la blanda oreja del micho travieso... Oyose un leve mayido, y... *Requiescat.*

Como no podía ir al entierro porque en la oficina se nos había ordenado asistencia puntual, visité antes de las dos la casa mortuoria. En la biblioteca, convertida en capilla ardiente, yacía el difunto don Hilario vestido con lujosa ropa sacerdotal. Su rostro expresaba el infinito sosiego del sueño de un hombre justo. Las llamas oscilantes de la doble hilera de hachones repartían su triste claridad entre el varón muerto y las innumerables personas que lo velaban. Conté como unas veinte mujeres enlutadas, luctuosas; algunas, jóvenes y bonitas, otras, adolescentes, casi niñas. Entre ellas vi, sentados o de rodillas, unos cuantos hombres de cierta edad, y mocetones guapos, acompañados de algunos pequeñuelos.

Todo esto lo contemplé silencioso desde la puerta, pues no quise internarme en la biblioteca por no turbar el tranquilo dolor de aquella buena gente. Cerca y de espaldas a mí estaba una mujer que al ponerse en pie mostró un cuerpo esbeltísimo, perfecto, de una proporción exquisita... No pude ver más. La hermosa figura, cuyo rostro me era desconocido, avanzó internándose, y desapareció al otro lado de la cama imperial. En esto salió Celestina, lacrimosa, afilada la nariz y afiladas todas las facciones de tanto llorar. Retirándonos al pasillo hablamos un momento:

ELLA. ¡Qué desdicha, don Tito! Aunque hace días lo veíamos venir, yo no tengo consuelo. Créame usted, era un santo.

YO. Un santo, sí. Ahora se aprecia todo el bien que hizo. La casa está llena de gente agradecida y piadosa.

ELLA. Todos los que usted ve son familia del señor.

YO. Ya está claro, Celestina. Por familia se entiende los hijos y las hijas del patriarca que ha fenecido anoche.

ELLA. No he dicho hijos mismamente... Mas tampoco negaré que lo sean los más y las más que aquí se ven. Y, en fin, sea lo que fuere, yo vuelvo a decir que era y es un santo. Muchos de los que están en los altares no sirven para descalzarle el zapato.

YO. Estamos de acuerdo. Yo también digo que...

ELLA. Basta ya, que no es ocasión de habladurías... Váyase a su Ministerio, y no falte al funeral, que será lucidísimo. Mañana habrá misas en San Marcos. Véngase.

Allá me fui tempranito, no precisamente movido del deseo de sacar pronto del purgatorio el alma de don Hilario (pues si este era un santo, los sufragios holgaban), sino más bien cediendo a la irresistible atracción de un interés profano. Entré en la parroquia. En diferentes capillas se celebraban oficios de difuntos. Reconocí los que me interesaban por la asistencia de algunas personas que había visto el anterior día en la casa mortuoria. No cesaba yo de atisbar las mujeres vestidas de negro, arrodilladas de espaldas a mí. La escasa luz del templo no favorecía mis investigaciones. Por fin, se aclaró el recinto. El Sol vino en mi ayuda despejando el cielo y metiendo rayos de luz por los altos ventanales... Allí estaba: era ella, la figura estatuaria que vi en la cámara ardiente. No podía ser otra. Adquirí la certeza cuando se puso en pie terminadas las misas. Aguardé ansioso la salida para poder verla de frente; pero tardó un rato, porque se puso a charlar con otra señora; luego se agregaron dos niñas y un monaguillo.

Cuando observé que el grupo parecía próximo a disolverse tomé posiciones, calculé distancias para coger al paso a la incógnita y aún no bien vista belleza... Llegó el momento. La ideal figura enlutada describió una suave curva para recorrer el camino desde la capilla a la puerta de la calle. ¡Ay de mí! Cuantas perfecciones había forjado mi fantasía pensando en ella, resultaron desvirtuadas por la realidad. ¡Qué asombro de mujer! Como dijo Celestina, el secreto de su extraordinaria belleza era la extraordinaria proporción.

Presa de un vértigo de galantería, de cariño, fui andando junto a ella, y luego me adelanté algunos pasos para poder ofrecerle agua bendita. En este acto quise poner tanta finura como respeto, y me resultó la comunicación más espiritual y ultraterrena que yo pudiera soñar. Tomó ella el agua, y se cruzó la frente con la cabritilla negra que forraba sus dedos. No puedo asegurar que me miró. Con una ligera inclinación de cabeza diome las gracias. Cuando abrí la puerta del cancel para que saliera, llevose a la boca el devocionario, como queriendo ocultar una leve sonrisa con que se dignaba obsequiarme. Fue una chispa de luz caída del cielo a la tierra.

Salí tras ella y la seguí con ojos ávidos. ¡Qué talle, qué manos y pies! ¡Qué discretas anchuras donde la naturaleza, no el indumento, las ponía! ¡Qué cabeza, qué andares, qué aire de diosa!... Aceché su paso por la acera de enfrente, sospechando que volvería el rostro para mirarme. Me equivoqué... Al verla doblar la esquina de la calle de San Bernardino, metime de nuevo en la iglesia. Todo mi anhelo era apoderarme de Celestina Tirado, que charlaba con el sacristán y unas viejas santurronas. Esperé un ratito... le eché la zarpa. Olvidado del respeto que a la santidad del lugar debía, la llevé aparte, y con toda la fogosidad de mi alma, le dije: «Ya la he visto. Tenía usted razón. No es mujer; es una diosa.

—Cállese la boca, don Tito —me contestó poniéndose máscara de humildad compungida—. Repare que estamos en la iglesia. ¿Le parece a usted que es este sitio propio para hablar de diosas y embelecos mundanos? Ya que no tiene devoción, tenga recato y respete mi conciencia... que hoy la llevo tapadita con crespones.

—Solo una cosa le preguntaré, Celestina. ¿Es hija del difunto?

—¡Ay, ay! ¡Por Jesús vivo, no me ruborice, no me hable de hijos, porque hablar de hijos es hablar de pecados! Hasta que pase el novenario, ni en mi pensamiento ni en mi boca hallará usted idea ni palabra que me recuerden aquel oficio... ¡Fuera de mí toda la tercería infame! Quiero ser buena. ¡Señor, déjame ser buena!...»

Creyendo que el aire de la calle disiparía sus escrúpulos la saqué de la iglesia, tirándole de un brazo... En la calle me dijo: «No sea terco... Repito que no sé si es hija o no es hija.

—Las facciones de la dama reproducen las del padre... Lo he visto.

—¡Huy, huy! ¡Vaya con la sarta de pecados que este hombre mundano me quiere restregar en la conciencia!

—Dígame una sola cosa. ¿Dónde vive?

—¡Jesús; San José bendito! ¡Ya quiere ir...! No, no; nada sé. Mientras dure el novenario no me llamo Celestina, me llamo andana. Déjeme en paz.»

Diciéndolo se metió en su casa, y apretó a correr portal adentro y escaleras arriba. Entré yo detrás de ella, y desde los primeros peldaños la despedí con desaforados gritos: «¡Farsante, hipócrita, corredora del Infierno! Lo que tú callas, Dios o el diablo me lo dirán.»

XI

Desorientado anduve algunos días, sin que mis investigaciones me dieran la luz que deseaba. Envuelta en tinieblas permanecía la dama incógnita, pues ni el sacristán de San Marcos, ni las beatas de la parroquia, ni el mandadero de las *Servitas*, ni ningún bicho viviente supo señalarme el rastro por donde podía encontrar la hermosa res que se me había perdido. Vagas noticias adquirí del testamento de don Hilario. La casa en que este murió pasó a ser propiedad de una doña Leonor Ruiz del Macho, toledana, cincuentona, al parecer sobrina del santo varón. Lo primero que hizo esta buena señora fue plantar en la calle a Celestina Tirado. A otra heredera joven de buen ver, aunque algo paleta, le tocaron dos casas en Toledo y un Cigarral. Los cuantiosos bienes raíces que el cura poseía en los términos de Illescas y Torrijos los repartió entre individuos de ambos sexos y de diferentes edades, cuyo parentesco con el testador no estaba claramente definido.

Aprisionado mi espíritu en el afán de aquel ojeo amoroso, abandoné Cortes, amigos, oficina, para volver de nuevo ante la esfinge sutil, burlona y rufianesca, a quien encontré en la travesía de la Parada, no en su antigua casa (donde subsistía el obrador de zurcidos y enredos, bajo el gobierno de una que llamaban *la Bernardona*), sino en la taberna de la misma calle, propiedad de su hermano Ginés Tirado. Sorprendiome ver a la mala hembra despojada ya de su traje de luto y con un pañuelo rojo por la cabeza. Junto a un velador tabernario, en compañía de otra mujer y de un cochero de punto, charlaba entre vasos de cerveza y caña. Al verme llegar, sus contertulios dejaron libres las dos banquetas. En una me senté yo, y entablé con Celestina este diálogo vivo:

«Terminado el novenario —le dije—, ya puede usted abrir la boca y no tenerme en el aire, como el zancarrón de Mahoma.

—¡Ay don Tito de mi alma! —exclamó echando un gran suspiro que trajo a mi nariz vapores vinosos—. No puede usted hacerse cargo de la pena que me ahoga. Figúrese... El señor que está en gloria, y yo se la deseo por toda la eternidad, no se ha portado con esta fiel cristiana como era debido. Por los servicios que le presté, cuidándole con tanto mimo como lo hubiera hecho con los hijos de mis entrañas, esperaba yo que lo menos, lo menos que podía dejarme era un par de Cigarrales de los cuatro que en Toledo poseía y que, según dicen malas lenguas, los afanó de una vieja ricacha con quien tuvo que ver... ¡Ay, Dios mío! Mi congoja y amargura por esta ingratitud y esta desconsideración son tales, don Tito, que me paso los días llorando y rabiando, y no encuentro mejor alivio de este sofoco que un par de copitas por mañana y tarde, y de añadidura unos traguitos de caña, que le recomiendo si tiene pesares y rencorcillos que ahogar... Pues verá... Por todos mis trabajos y sacrificios, por todas las porquerías que le limpiaba... y hay que ver, don Tito, lo que es un viejo con los muelles flojos... por la honradez mía en el gobierno de la casa y demás, me ha dejado, ¡pásmese usted!, la cochinada de cuatro mil reales. Cuando lo supe me volé; eché de mi cuerpo el luto; no he vuelto a pisar la casa, ni la parroquia, ni el convento de las monjitas... que son unas bribonas, para que usted lo sepa... pues cuando ya estaba el pobre señor con una pata en el sarcófago, por medio del capellán, que es otro pillastre, le sacaron un legado de diez mil duros. ¿Qué le parece? ¡Oh mundo falaz, mundo hipócrita y *contraproducente!*

—Por lo que voy viendo, Celestina, le ha resultado a usted fallido el cambiar el corretaje de amores por la vida beata.

—Lo hice no más que por casar a la niña, bien lo sabe Dios. Don Hilario fue el que me metió en cristiandad. Me escarabajeaba la conciencia, fui a confesarme con él, y me catequizó. La verdad, no me pesa haber dado a mi alma un limpión general con el zorro y plumero de tanto rezo y tanta penitencia. Pero ya no más. Casé a la niña. Gracias a usted que me colocó a Pepito, ya están los dos como dos ángeles, comiendo de la leña y de los pastos de La Granja. ¡Dios se lo premiará a usted, don Tito!... Y ya hemos hablado bastante de lo mío... Ahora, usted dirá.

—Debe comprender que estoy loco, Celestina. Me tiene usted en horrible incertidumbre, sin contestar a nada de lo que le pregunté.

—Pues ahora ¡ay qué pena! no puedo decirle nada que sea de su gusto. Le ofrecí lo que sabe porque en aquellos días creía tenerlo en mi mano pecadora. Ya no lo está, don Tito; ya se nos ha escapado la diosa.

—Explíqueme eso, yo se lo suplico. Empiezo por no saber el nombre de...

—La llaman *Floriana*... ¿Tiene usted noticia de una señora gorda que ha heredado la casa del difunto cura y vive ya en ella, una tal doña Leonor Ruiz del Macho? Pues esa, que fue ama de don Hilario a poco de cantar misa, y después tuvo que ver con un canónigo de Toledo, otro de Ciudad Real y con varios figurones de Madrid, dedicándose ya vieja a parear corazones por todo lo alto, ha colocado a Floriana con un señor muy rico, carcunda él y mayordomo del *Alumbrado* y *Vela*.»

Quedé pasmado, no muy convencido de la veracidad de lo que aquella pícara y rencorosa mujer me decía. Necesitaba más explicaciones. ¿Dónde vivía Floriana? Vaciló un rato Celestina y apuró despacio medio chico de vino, como si se tomara tiempo para encontrar la respuesta. Por fin, estirando el concepto, me dijo: «Dónde vivía puedo decirle; dónde vive no. Pero antes ha de saber usted una *circunstancia* que se me había olvidado: Floriana es maestra de escuela. Estudió en la Normal con buenas notas y sacó título. Diéronle la escuela de niñas de la calle de Rodas. A más del sueldo tenía la pensioncita que le pasaba don Hilario. Hacía vida recogida y honesta, desasnando chiquillas. Alguna vez me mandaba allá mi amo a llevarle la pensión y algún regalito. Era su hija según decían. Yo no lo aseguro, porque la madre, una marquesa viuda y guapa de alto copete, amiga espiritual del curita, se divertía también con un caballero muy elegante, diplomático y qué sé yo qué... Una de las veces que fui a ver a Floriana de parte de mi señor, me habló de usted con mucho retintín. Por ella supe que es usted el hombre de más poder en la política y el de mayor metimiento en los despachos de todos los ministros. Luego me dijo: «Si yo conociera a ese señor, le pediría que hablase por mí en Fomento para que me dieran colocación en un colegio de los buenos...»

—Acabe usted, Celestina. Esa vida laboriosa y modesta, que tiene para mí mayores encantos que la hermosura, ¿ha terminado ya?

—Sí, señor; antes de que muriera don Hilario, voló la pájara. De ello no me pida usted cuentas a mí, sino a esa doña Leonor, que es una tal y una cual.

—Según eso, ¿ya no encontraré a Floriana en la calle de Rodas?

—Búsquela usted en algún palaciote o en un principal de mucho lujo, con la mar de balcones a la calle.»

Aturdido y meditabundo, me anegaba en un mar de pensamientos melancólicos. En buena parte del cuento de Celestina advertí color y acento de verdad; pero algo había que me pareció mentiroso. Sospechaba que no fue doña Leonor, sino la propia Celestina, quien hizo el negocio de tercería con el caballero beato. Silencioso clavé en ella una mirada inquisitiva, y con el pensamiento le dije: «Yo sabré la verdad, hembra satánica, y si me has engañado me lo pagarás con tu vida.»

Dos días invertí en indagaciones que creía precisas antes de abocarme nuevamente con la sagaz Tirado. En la escuela de la calle de Rodas no encontré más que albañiles, porque estaba el edificio en obra, y en vacaciones la maestra y las niñas. Nadie me dio razón de Floriana. Recorrí las calles inmediatas Peña de Francia, Santiago el Verde y Huerta del Bayo, interrogando a las porteras donde las había, o pegando la hebra con las mujeres que tomaban la fresca en las aceras de sombra, rodeadas de sus chiquillos. Entre tantas comadres parleras encontré algunas que me dieron noticias de una maestra muy guapa que regentó la escuela del barrio. Faltábame saber a dónde se había ido la profesora bonita, y sobre esto, los informes eran tan vagos como contradictorios. Aquí me dijeron que había pasado a otra escuela, en Maravillas; allá, que había heredado algunos miles y estaba en tierra de Toledo; acullá que, asediada por los novios impertinentes que acudían como moscas a la miel de su hermosura, se había metido monja...

Con estos elementos anecdóticos me personé a prima noche en la taberna de Ginés Tirado. La concurrencia de parroquianos era extraordinaria. Celestina no estaba; pero su hermano, asegurándome que bajaría pronto, me llevó a una mesa desocupada, en el ángulo más oscuro del establecimiento. Entre los concurrentes reconocí a muchos con quienes hice conocimiento y breve amistad en la jornada bullanguera del 23 de abril. Allí charlaban y bebían Antonio Merino, profesor de esgrima, Cerrudo, maestro de obras, *Botija*, corredor de vinos, Vicente Morata, cajista, Perico *el de los Mostenses*, y otros que solo conocía de vista.

Cerca de mí, un sujeto leía en alta voz, en ruedo de bebedores, el folleto de Roque Barcia *El Papado ante Jesucristo*, escrito en conceptos bíblicos que eran la forma usual de aquel desatinado evangelista. Comentaban los oyentes con risas o alabanzas las frases de latiguillo que eran la salsa del folleto. Al terminar la lectura, el vocero de don Roque se fijó en mí, y acudiendo a saludarme, me dijo: «Amigo don Tito, dispénseme, no le había visto. Estaba leyendo a estos señores la más grandiosa filípica que se ha escrito contra la Curia Romana. Usted la conocerá.

—Sí, sí; me la sé de memoria —contesté yo, y al decirlo recordé en él a uno de los *Maestros Masones* con quienes tomé café en el de las Columnas, la tarde que hice conocimiento con Candelaria. Era el que en Masonería llevaba el *nombre simbólico de Licurgo*. Sentándose junto a mí sacó un fajo de folletos, y alargome uno con estas corteses palabras: «Tengo el gusto de ofrecer a usted el que acaba de imprimirse, y aún no se ha puesto a la venta. Es precioso, interesantísimo. Vea usted qué título: *¿Quieres oír, pueblo?* o *La cabeza de Barba Azul*.»

Cogí yo el papelejo, y dando a *Licurgo* gracias expresivas, le prometí leerlo inmediatamente, pues me agradaba sobremanera la prosa hebraica del nuevo profeta don Roque. No seguimos porque tuve la suerte de que la entrada súbita de Celestina cortase un coloquio que no podía serme agradable. El tábano de *Licurgo* se fue, zumbando de mesa en mesa, hasta llegar a una donde se apiñaba el grupo más ruidoso de la patriotería del barrio. Solo ante mi corredora, me faltó tiempo para desembuchar lo que tenía que decirle. En efecto, Floriana no vivía ya en la calle de Rodas. Respecto a la ausencia de la linda moza daban las vecinas distintas explicaciones. Ninguna indicó que se hubiera liado con un ricacho carcunda.

«¿Qué tengo yo que ver con las habladurías de aquel barrio, que es el mentidero de la *tía Cotilla*? —respondió la Tirado, tomando el primer sorbo de un medio chico del blanco de Méntrida—. Créame a mí, y siga el consejo que le voy a dar: Desaparte ya su pensamiento de esa mujer, que no será para usted como no ponga toda su influencia con el Gobierno para que le caiga el premio gordo de la Lotería. La Floriana es y será siempre gala para hombres ricos. Si ha de seguir usted en su vida modesta y a la pata la llana, con influencia y todo, arréglese ya de asiento con esa *doña Calendaria* que es mujer barata, pues ella se mantiene con versos, que algunos llaman berzas, se desayuna con periódicos, y se viste con las percalinas amarillas y encarnadas que se usan para colgar los balcones en días de patriotismo.»

Oí con desprecio las exhortaciones de la liosa mujer, y sintiéndome fatigadísimo y con dolor de cabeza, me retiré a mi casa. Pasé la noche compartiendo mis horas entre el sueño y el delirio, atormentado por visiones de la realidad y espejismos de un mundo ilusorio y fantástico. Dolencia grave del ánimo debo más bien llamar a mi pasión ardiente por aquella mujer, apenas vista, y más adorada cuanto mayor era el espacio entre su persona y mis brazos amantes. En la hermosa Floriana veía yo la cifra y resumen de mi existencia, el reposo definitivo de mis ansias de amor, lanzadas a prueba en mil ocasiones sin hallar nunca la ideal satisfacción de ellas.

Entre los disparates con que me mareó Celestina, brilló con fulgor de relámpago una idea práctica. ¿Por qué no utilizaba yo en provecho propio mi omnímodo poder en la esfera oficial? Si a los demás hacía yo felices, ¿por qué no agenciaba para mí la felicidad de ser rico, que me daría la más fácil solución del problema de amor? Tal fue mi vertiginoso delirio en aquella madrugada. Por más vueltas que daba yo en mi abrasado cerebro a la idea y propósito de traer a mis manos el premio gordo de la Lotería, no hallé la manera y forma de entenderme con mis espíritus familiares para que estos dieran positiva realidad a mi loco ensueño. Cuando las luces del nuevo día despejaron mi cabeza, vi con claridad que mi solo recurso era encomendarme con alma y vida a mis aéreos protectores, y ellos me sacarían de penas, ellos me traerían la mujer ideal empleando las divinas artes de su potestad sublime, ultraterrena.

Como en aquellos días no iba yo al Congreso ni parecía por la oficina, apenas pude enterarme de las graves sublevaciones que amenizaron la vida nacional en diferentes provincias. Nicolás Estévanez, única persona que yo visitaba entonces, me contó lo de Málaga que fue, no del tenor, sino del *barítono siguiente*, como decía en su guasón estilo mi amigo Roberto Robert. Los inquietos federales malagueños, ávidos de campar por sus respetos, rompieron todo lazo con el poder central, declarándose francamente autónomos. Cabeza de la insurrección fue un hombre de más osadía que inteligencia, llamado Eduardo Carvajal, tío del ministro de Hacienda. Con las armas viejas requisadas en la Ciudad y las que quitaron a los pocos soldados que el Gobierno envió como guarnición de la plaza, se pusieron en pie de guerra. El travieso jefe de aquel movimiento tenía sin duda relaciones más que amistosas en el mundo oficial de Madrid, porque obtuvo de un empleado secundario de Guerra, sin conocimiento del ministro, una orden para que le entregase cuatro cañones el Parque de Sevilla. Las cosas que entonces se veían en España no se vieron jamás en parte alguna.

Compinchado con amigos de Sevilla se dirigió Eduardo Carvajal a esta ciudad con una partida de mil hombres, entreteniéndose por el camino en cobrar contribuciones y en el merodeo de víveres y caballos. En su marcha siguió sublevando pueblos y afanando fondos municipales hasta regresar a Málaga, donde le recibieron con aclamaciones de triunfo. Su primer cuidado fue establecer el Cantón malagueño. No pudo conseguirlo. Quiso entablar negociaciones con el Gobierno, y como este no le hiciera caso, fue a buscar más ancho campo de acción en Cartagena.

Los intransigentes de Sevilla, imitando el ejemplo de sus hermanos de Málaga, se sublevaron atacando con ardor el Parque, del cual sustrajeron las armas inservibles y viejas que allí existían. Fácilmente se sobrepusieron a la escasísima guarnición de la plaza, y proclamaron con gran solemnidad la independencia de la provincia de Sevilla, formando la indispensable y tan acreditada *Junta Provisional de Gobierno*. Pero los de Utrera no se avenían a depender de Sevilla. Esta mandó contra Utrera una columna que fue rechazada en recio combate, en el cual sufrió cuatrocientas bajas entre muertos y heridos. Por la otra banda, Sanlúcar constituyó también su Cantón, nombrando un *Comité de Salud Pública*, y Cádiz, donde era alcalde el austero patriota Fermín Salvoechea, hizo lo propio. Siguió ardiendo por toda Andalucía el reguero de pólvora, y Osuna, Antequera, Leja, Granada, proclamaron con solemne desahogo y algarabía su santa independencia.

Aunque de mí os burléis, amados lectores, he de deciros que esta descomposición de la patria, este desorden convulsivo, traían a mi alma un regocijo intenso, porque en mi propio ser sentía yo el frenesí de independencia; yo era también obstinado rebelde, y el impulso centrífugo me lanzaba fuera del régimen de mansedumbre y rutinas putrefactas de puro viejas. Yo era también Cantón o quería serlo, fundándolo en el único pacto que mi mente concebía, el trato de amor con la mujer amada.

Érame odioso el pesado matalotaje de leyes que por todas partes nos cercan y aprisionan. Infecto me resultaba el llamado Orden Social, atmósfera demasiado espesa y malsana para mis pulmones. Así, para juzgar los arrebatos facciosos de las ciudades andaluzas, yo ponía mañosamente a un lado la reflexión, y me iba derecho al asunto con mi fantasía sin freno y con el centelleo de la pasión que me abrasaba.

En aquellos días de soledad ensoñadora, mi única placidez era el nocturno ambular por las calles, sin dirección fija. Mis piernas se volvían de acero. Al término de mi excursión no me era fácil decir por dónde había pasado, como no fuera la calle de Rodas y adyacentes, a las que consagraba largo tiempo de mis caminatas. No ponía ya gran atención en los grupos ni en los diálogos, natural expresión de la vida en los lugares de mi tránsito. Más que lo de fuera veía yo lo que en mi interior llevaba, y más que el lenguaje del pueblo me impresionaron, una vez y otra, voces pronunciadas solo para mis oídos, aliento y susurro de seres invisibles que en torno a mi cabeza revoloteaban.

Una noche, después de dos horas de voltijeo inconsciente por una parte de los barrios bajos y otra parte de los medios, me encontré en una calle que reconocí como la que antaño se llamó de la *Inquisición* y hogaño de *Isabel la Católica*. Allí fueron más recias y claras las voces que murmuraban en mis oídos. No podía dudar que los familiares espíritus me decían: «Búscala, búscala... Adelante, pobre Tito.» Seguí, seguí... Por la calle del Álamo llegué a la de los Reyes, y como allí sonara de nuevo el *Búscala*, pensé que mis invisibles amigos querían guiarme a la calle de San Leonardo. Allá me fui como una flecha. Recorrí la calle de arriba abajo y de abajo arriba, deteniéndome varias veces frente a la casa que fue de don Hilario, con la extraña particularidad de que mientras yo contemplaba en éxtasis el edificio, cerrado y sin claridad en sus huecos, las voces misteriosas callaron.

Al ponerme de nuevo en marcha hacia la calle de San Bernardino escuché como un reír gracioso, y luego estas palabras bien claras: «Sigue, Titín enamorado, Titín picaruelo.» Obedecí metiéndome en las calles de Juan de Dios y Limón, alentado por las risueñas voces. Sin saber cómo salí al callejón del Cristo y a la calle de Amaniel, y allí mis aéreos tutelares clamaban, con jácara bulliciosa: «Sigue, Tito; que te quemas, que te quemas.» Así llegué a la plazuela de las Comendadoras de Santiago, y ante la fachada grandota del convento me paré, mirando primero las altas rejas, después la pesada y ostentosa mole de la iglesia. En este punto, las voces que a tal sitio me guiaron resonaban en torno a mis oídos con cháchara de risas, mezcladas de sílabas y modulaciones fugaces. Creí encontrarme dentro de una pajarera.

Pensé que si allí estaba Floriana no sería en calidad de monja, sino de *señora de piso*, que así llaman a las damas principales que en aquel santo retiro buscan sosegado alojamiento y viven recogidas y libres, pudiendo salir a la calle y comunicarse con el mundo. Tras larga expectación me dominó de tal modo la fatiga que no podía ya con mi alma. Pero como al propio tiempo me sujetaban con invencible atracción aquellos lugares, me senté en uno de los escalones del pórtico. Minutos no más transcurrieron entre sentarme y tenderme a lo largo, apoyando mi cabeza en un gastado sillar... La dureza de mi cama no impidió que me sumergiera en un sueño profundísimo... De aquel sopor me sacaron manos vigorosas, que tirando de mí obligáronme a tomar la vertical... Me vi entre dos guardias de Orden Público. Uno de ellos pronunció alborozado mi nombre. Era Serafín de San José.

XII

Dejeme conducir hacia la calle Ancha por mi protegido, a quien vi transformado por el uniforme. De su rostro había desaparecido la expresión famélica, y su mirada y gesto eran de un hombre satisfecho de la vida. Agarrado a su brazo le dije: «Amigo Serafín, el apoyo que te presté espero que me lo pagues ahora con un servicio... Fíjate... Con un servicio que te agradeceré mientras viva. Quiero que me averigües... Fíjate... que me averigües... pero pronto, hoy mismo si puede ser... Fíjate en lo que te digo... que me averigües si en el convento de las Comendadoras de Santiago vive una *señora de piso*, joven y hermosa, que se llama... Fíjate... que se llama *Floriana.*»

Observé que Serafín me oía con atención cariñosa mezclada de lástima. Sin duda, juzgando mal lo entrecortado de mis conceptos y la repetición del *fíjate*, creía que me había sorprendido durmiendo una *jumera*. Antes que él me revelara su pensamiento, yo me arranqué con estas explicaciones: «No soy bebedor, bien lo sabes. Mi sueño era de cansancio, no de embriaguez. Y si mi habla es un tanto premiosa, atribúyelo a la debilidad de mi estómago y que tengo el caletre un poquito trastornado... porque... Fíjate... ¡me pasan unas cosas!... Esta madrugada han venido siguiéndome por las calles unos espíritus... Espíritus buenos y amables que se interesan por mí...»

Por lo que dije de mi trato con entes invisibles y por lo que antes hablé de mi desfallecimiento, el bueno de Serafín, movido a mayor lástima, me invitó a entrar con él en una excelente buñolería de la calle de la Palma, donde daban chocolate además de café económico. Acepté gustoso, que buena falta me hacía reparar mi desmayado cuerpo. Lo primero que me sorprendió al entrar en el cafetín fue la persona del buñolero, en quien reconocí a Indalecio García (*Pajalarga*), Miliciano de los que cercaron el palacio de Medinaceli la noche del 23 de abril y que luego concurrió a nuestra cena y tertulia en la taberna de Juan Niembro. Estuvo el hombre finísimo. Mandó hacer para el guardia y para mí dos chocolates machos, y nos los sirvió con churros exquisitos. La parroquia del establecimiento no era escasa. Vi dos mozas del partido, soñolientas, tres o cuatro chulos aburridos, con altas gorras, y unos trabajadores que tomaban en pie la mañana. Llegaron luego algunos *silbantes*, trasnochadores de prostíbulos y chirlatas, y empezaron a consumir buñuelos y copas de lo fuerte.

En torno a nuestra mesa se formó un ruedo de habladores en el cual descollaba *Pajalarga*, no solo por su estatura sino por su vena oratoria. Era un parlamentario terrible. En los Clubs le rompían a fuerza de tirones la chaqueta, para hacerle callar. Mi presencia le alentó a dirigir su voz a *las masas*, y dando un puñetazo en la mesa, tomó así la palabra: «Yo, señores, soy Federal desde el vientre de mi madre. Ni don Francisco Pi ni el propio Roque Barcia me ganan en federalismo. No me asusto de que los pueblos, viendo que las Cortes se tumban en el surco y el Gobierno espera que las ranas críen pelo para federalizarnos; no me asusto, digo, de que los pueblos se acantonen de por sí, formando sus Consejos particulares de la Salud Pública. ¡Viva Sevilla, viva Málaga, donde hay hombres de coraje que rompen el vínculo y la víncula del unitarismo funesto, incomunicativo y contradictorio! Por lo que no paso, señores, es por lo que están haciendo los falsos *Robespierres* de Alcoy. Y ya que tengo el honor de recibir en este establecimiento al sabio corifeo don Tito, yo le ruego nos diga lo que piensa de esos vituperios que deshonran la Causa...»

Le interrumpí para decirle que ignoraba lo de Alcoy. ¿Cómo había yo de saberlo si acababa de llegar del extranjero? Fraccionada en retazos que salían de diferentes bocas, oí la historia de lo acaecido en la ciudad levantina, que fue como sigue: Los trabajadores de Alcoy, afiliados en su mayor parte a la Internacional, pidieron que se les aumentara el salario en un cincuenta por ciento y que se les declarase dueños de los telares en que trabajaban. Surgió la huelga. El alcalde, señor Albors, que había sido diputado, republicano en las Constituyentes del 69, declaró en un bando la libertad de los huelguistas y de los no huelguistas; es decir, que podía cada cual hacer lo que le viniera en gana... El motín estalla, los trabajadores arrollan la escasa guarnición; pegan fuego al Ayuntamiento, asesinan a todas las personas que odian, matan a trabucazos al alcalde, y arrastran ferozmente su cadáver...

«Gracias que llegó una columna de Voluntarios valencianos, mandada por el general Velarde —dijo *Pajalarga*, arrebatando el vocablo a las demás bocas—. Con esto apretaron a correr aquellos que no son republicanos sino públicos forajidos; pero ya les alcanzará el Velarde y pagarán su culpa esos traidores, renegados, vendidos, señores ¡ah! vendidos al oro de la reacción.

—Para Cantones bien formados, el de Valencia —afirmó un *silbante*—. En la Junta Cantonal figuran el arzobispo y el marqués de Cáceres, jefe de los Alfonsinos.

—También se han acantonado Castellón y Murcia —agregó un albañil—. Lo sé por el ordinario.

—Poco a poco —saltó una de las mozas del partido, metiéndose en el ruedo—. Mi pueblo, que es Alhama de Murcia, no quiere depender de la capital, y ya tiene su Cantoncito para él solo.»

Recobrado mi equilibrio con el lastre de chocolate y churros, me dispuse a marchar a mi casa. Con oficiosa esplendidez, *Pajalarga* no quiso cobrarnos el gasto, y sacándome del ruedo me metió en el rincón más oscuro de la trastienda, donde misteriosamente me dijo: «No me oculte usted, señor don Tito, que ha ido al extranjero con una encomienda de don Francisco, para que los Gobiernos repúblicos de la Francia y de la Suiza metan mano a los carcas y no les dejen pasar la frontera.» Sin negar ni afirmar nada, mi sonrisa bonachona dio a entender al buen *Pajalarga* que estaba en lo cierto; pero tuve cuidado de añadir que el asunto era delicadísimo, y la reserva me obligaba a ser sordo y mudo. Ya hablaríamos, ya hablaríamos...

Hasta la puerta nos acompañó, a Serafín y a mí, el elocuente buñolero. Volviendo a la calle Ancha tomamos el tranvía de Estaciones y Mercados, para ir a la Puerta del Sol. Aproveché la obsequiosa compañía de Serafín, que no me quería dejar hasta mi casa, para reiterarle una y otra vez el encargo de averiguar lo referente a la *señora de piso*, añadiendo el dato importantísimo de que había sido maestra de niñas en la calle de Rodas.

En mi casa encontré a Ido y a toda la familia en grande alarma por mi ausencia. Díjeles que había estado en una reunión política de suma gravedad. Las magulladuras de mi cuerpo, por la dureza del lecho granítico, me pedían a voces la blandura de mi cama, y en ella me metí, sirviéndome de ayuda de cámara el bueno del patrón. Como de costumbre, le dije: «¿Qué hay de cosas, amigo don José?» Y él, alargando su chupado rostro, me contestó con voz funeraria: «Francamente, naturalmente, señor de Tito, poco puedo yo contarle que usted no sepa. Los males que afligen a España se reducen a uno solo, es a saber, que todo lo que sufrimos sería poca cosa si no padeciéramos ese cáncer, esa peste, ese cólera morbo que llamamos indisciplina militar. Yo me horripilo cuando me cuentan que los soldados gritan a sus jefes *¡que bailen, que bailen!* y *¡abajo los galones!*

Pausa. Suspiros de ambos. Ido prosiguió así: «Vea usted el caso del teniente coronel de Llagostera. Entra indisciplinado en Murviedro el batallón de Cazadores de Madrid. Su jefe, hombre de tesón y coraje, dice: "Aunque me juegue la vida, yo meto a estos en cintura". Alardeando de arrojo temerario, ordena a los cabos, sargentos y oficiales que le dejen solo con la fuerza. Después de poner en el suelo su sable y su revólver manda formar el cuadro. Arenga a los soldados con palabras ardientes, invocando el honor, la bandera, la patria, y cuando ya cree tenerlos dominados con su noble entereza, suena un tiro; luego otro y otros. El bravo Martínez Llagostera cayó acribillado a balazos.

—Como ese caso, aunque no tan graves, hay muchos en toda España.

—Y yo pregunto, señor don Tito: sin Ejército disciplinado, ¿cómo vamos a terminar las guerras civiles?

—El tiempo, amigo Ido, que es la cifra y compendio de la disciplina, pues nada puede alterar el régimen pausado de sus horas, sus días y sus años, se encargará de poner término a esas calamidades... Las guerras civiles, combatidas por el cansancio, que es también una forma de disciplina, se acabarán por sí mismas, y todo volverá a su ser y estado natural. ¿Cuándo? A esto no puedo contestarle. Los que vivan mucho lo verán.»

No seguimos porque Ido me recomendó el reposo, y mis nervios y mi cerebro me pedían también disciplina. Al despedir a mi patrón, le dije: «Es posible que duerma todo el día. No dejen entrar a nadie, con una sola excepción. Si viene un guardia de Orden Público que se llama Serafín de San José, despiértenme enseguida. Me traerá un parte, un despacho, un aviso, de más importancia para mí que todas las cuestiones políticas, así nacionales como internacionales o del mundo entero.»

No interrumpió mi descanso la voz deseada de Serafín de San José; pero al llegar la noche, fui sorprendido por otra voz siempre grata para mí. Era Nicolás Estévanez, que se me presentó en casa con propósito firmísimo de llevarme a comer con él. Intenté formular delicada resistencia a la invitación de mi amigo; pero este la repitió con tonos tan terminantes y autoritarios, que me rendí a su bondad un tantico despótica...

Comiendo en Levante, solicitó mi colaboración para un trabajo literario y periodístico. Un diario de París de los más poderosos, le había encargado una información extensa y concienzuda de lo que en España ocurría, y singularmente de los debates parlamentarios. Pagaban con largueza, y exigían que diariamente se mandase un determinado número de cuartillas. «Necesito un ayudante —añadió—, y ese ayudante eres tú. Desde mañana nos vamos al Congreso, yo a los escaños, tú a la tribuna, distribuyéndonos previamente el trabajo. No hay que decir que partiremos también... *El oro francés*, que no nos vendrá mal.»

No sabía yo cómo excusarme de admitir una colaboración que había de serme penosísima por el estado de mi cabeza. Por fin, echando resueltamente por la calle de enmedio, rompí el secreto de mis íntimas aprensiones, ensueños y amorosas ansias, y le conté la fábula poemática o mitológica de la dama invisible, angélica o endemoniada, que era mi ilusión y mi suplicio. La risa que soltó don Nicolás al oír mis peregrinas confidencias me desconcertó más, poniendo mi pensamiento a inconmensurable distancia del suyo.

«Ahora sí que no te suelto, Tito —dijo Estévanez apretándome fuertemente el brazo—. Estás enfermo, y yo soy el médico que ha de curarte. Padeces un romanticismo agudo, que puede ser principio de chifladura crónica. Tu dolencia se manifiesta bien clara en tu estado de languidez babosa, de inquietud delirante, de sutileza del oído que se empeña en traducir al lenguaje vulgar los silbos del aire que pasa, los ruidos de las puertas, y el pisar de los transeúntes. Desde esta noche harás lo que yo te mande: te sujeto al trabajo. El remedio heroico de tu enfermedad es tener tu atención sujeta siempre a cosas prácticas, externas, ajenas a todo lo que compone el reino mentiroso de la imaginación.»

Como lo decía lo hizo desde la mañana siguiente muy temprano. De acuerdo con Ido, me secuestró apenas tomado mi desayuno, y echándome la garra me llevó consigo, antes que pudiera yo largarme a mis habituales correrías. Movido de una intención benéfica y paternal me hizo su esclavo, y yo, sintiendo el hierro que me oprimía, no pude maldecir la mano dura y generosa del amigo entrañable.

Vedme otra vez en el Congreso, amados leyentes míos y hermanos en la comunidad de la Historia; vedme en la Tribuna, rasgando el papel con lápiz velocísimo, para transmitir a luengas tierras lo que a mi parecer no merecía salir de aquel que a cada paso llamaban *augusto recinto*. Extractaba yo los vanos discursos sin poner en ellos más que una fugaz atención mecánica. Casi todos los grupos de la Cámara eran hostiles al Gobierno, por la inacción en que éste permanecía frente a las escandalosas insurrecciones cantonales, y al creciente empuje de los Carlistas. A cada momento salían de los escaños voces de arbitristas proponiendo enérgicas panaceas para curar, con rápido tratamiento, los males de la Nación.

El simpático diputado por Cabuérniga (Santander) don Antonio Fernández Castañeda, propuso que se autorizara al Gobierno para organizar treinta mil voluntarios; el señor Ocón, diputado por Segorbe, pidió que se decretase un impuesto extraordinario de 110 millones de pesetas y que se nombraran comisiones de diputados vasco-navarros y catalanes, investidos de facultades extraordinarias, que acompañasen a los generales en la campaña del Norte. Otro saltó pidiendo que se revisaran las hojas de servicio de los generales, jefes y oficiales...

Con indignación y dolorido acento patriótico trataron de los sucesos de Alcoy, en las sesiones del 11 y 12 de julio. Aura Boronat y Maisonnave, ambos diputados levantinos. Las Cortes *ordenaron* (textual) al Gobierno que procediera con inexorable energía. Los ministros pusieron sus carteras en manos de Pi y Margall, y dos días después, mientras este se ocupaba en amasar y cocer un Gabinete de Conciliación, el señor Prefumo abordó el terrible asunto del alzamiento de Cartagena, precipitado por la flaqueza o traición del gobernador de Murcia señor Altadill y por la indolencia del Gobierno.

A Pi y Margall se le censuraba casi unánimemente porque, investido por las Cortes de facultades extraordinarias para dominar la situación, no quiso aplicarlas en momentos tan críticos. Ante la pavorosa insurrección cantonal, limitábase a dirigir por telégrafo a los gobernadores y alcaldes amonestaciones patrióticas, o saludables máximas de buen Gobierno y de respeto a la ley. Era el hombre inflexible; era la ley misma. Pensaba como yo (lo digo sin vanidad) que la Razón y el Tiempo, las dos fuerzas eternamente disciplinadas e incontrastables, reducirían a los rebeldes a la obediencia, y devolverían a los pueblos su placentera normalidad.

A la defensa de Pi, ausente de las Cortes en aquellos días, salió Carvajal, ministro de Hacienda, que con toda su elocuencia no pudo amansar las iras del señor Prefumo; acudió a la liza el ministro de Ultramar, señor Súñer y Capdevila, y aquí fue Troya. Empezó diciendo que estaba dispuesto a castigar con mano dura, inexorable, a los revoltosos, a los incendiarios y a los asesinos. Un aplauso unánime acogió estas palabras, y aquel hombre talludo y frío, sectario furibundo, que desmintiendo su honrada condición ponía siempre en sus palabras una ironía mefistofélica, prosiguió de esta manera: «Pero, señores, cuando se trata de luchar y de derramar la sangre de mis amigos y de mis correligionarios, declaro que hasta aquí no llega mi heroísmo.» Un diputado le interrumpió preguntando: «¿Y si son facciosos?» El ministro contestó: «Para Su Señoría serán facciosos...» Espantable vocerío y protestas unánimes le obligaron a callar.

Restablecido el orden remató así Súñer su infeliz perorata: «Una cosa es considerarlos facciosos y otra luchar con ellos. Aquí no hay más que dos políticas: o la de ataque o la de concesiones. Pues bien, yo declaro desde este banco que soy partidario para con mis correligionarios, sublevados en Cartagena y en cuantos puntos puedan levantarse, de la política de concesiones.» Nuevo escándalo. Habló Pi, que acababa de llegar al Congreso, y no convenció a nadie. La sesión terminó con borrascosas disputas. La crisis se imponía, y para resolverla, las Cortes dejaron de celebrar sesiones los días 15 y 16 de julio, usando el artificio de figurar falta de número para poder abrirlas.

Me vinieron muy bien los dos días de asueto, pues ya me fatigaba la ímproba labor de comunicar al mundo los alborotos del divertido gallinero de mi patria. Pero mi amigo y médico don Nicolás Estévanez, atento a que mi espíritu no se desligase de las cosas externas para volver a cabalgar locamente por los espacios imaginarios, teníame bien sujeto; llevábame a comer a su casa o al café, y a la caída de la tarde, paseando agradablemente por las afueras, me refería sucesos cómicos y dramáticos en que él intervino; con fácil trazo descriptivo hacía la semblanza de los primates del republicanismo, y de ellos contaba casos y rarezas que desmentían la opinión vulgar de sus caracteres.

De cuanto le oí en aquellas tardes se me ha quedado muy presente el perfil biográfico de Figueras y una interesante anécdota. Reproduzco con la mayor fidelidad posible las propias palabras de Estévanez.

XIII

«Don Estanislao es el hombre más generoso y bueno del mundo. En él no se admira tan solo la virtud pasiva que consiste en no hacer el mal. En su corazón arde el sentimiento de caridad en su grado más efusivo. No acude a él ningún necesitado que no halle consuelo y socorro. Los perseguidos por la justicia que solicitan su compasión, le ven entrar en el Saladero llevándoles el sustento y la esperanza. En los casos difíciles habla con los jueces, revuelve toda la Curia, y no descansa hasta conseguir la libertad del preso. Si para los extraños es misericordioso, para los amigos no tiene límite su bondad. Practica el principio cristiano en toda su pureza, desentendiéndose en absoluto de la liturgia; por lo que resulta, según el criterio de los neos, un ángel impío, un santo anticlerical.

»Ahora te hablaré de su mujer, la pobre doña Josefa Madrignac, que murió en abril, días antes del 23. Era una señora excelente, un modelo de esposas, modelo también de modestia y candor. Amaba tiernamente a su marido, sin que atenuara este cariño la diferencia de ideas religiosas. Su beatería y misticismo la inducían a procurar que su marido, elevado a la Presidencia de la República, dejase en paz a las personas y corporaciones religiosas. Pero Figueras se mostraba reacio. Cansada la angelical señora de sermonear al marido hereje, y no pudiendo, por su sordera, enterarse de las razones que este le daba, escribíale cartitas dulces, cariñosas, impregnadas de piedad, y cuidadosamente se las ponía en los bolsillos de la levita o en el forro del sombrero de copa... No dejaban de afectar al presidente las esquelitas cuando daba con ellas. Ocurrió que en un Consejo de ministros se acordó la exclaustración inmediata de algunas monjas, y este acuerdo fue apoyado por Figueras con toda su energía. A la semana siguiente tratose del mismo asunto en otro Consejo, y don Estanislao, variando de opinión, se mostraba condolido del daño que se iba a causar a las pobrecitas religiosas. Pi y Margall, que le había descubierto el juego, se sonrió diciéndole: *Vamos, Estanislao, ya has recibido carta de la familia. ¿Me dejas registrarte el bolsillo de la levita?* Negó Figueras, un tanto confuso. Aquella misma tarde, al retirarse del banco azul tomando su sombrero, cayó del forro de este una esquelita. Sonrisa general en todo el Ministerio.

»La muerte de la virtuosa y angelical *doña Pepita*, que así la llamaban familiarmente sus amigos, causó grande aflicción a Figueras, que estuvo largos días encerrado en su casa de la *Calle de la Salud*, cuyo rótulo fue sustituido por este otro, kilométrico: *Calle del primer presidente de la República española*... Te contaré ahora cómo fue curado de su dolor el jefe del Estado por la medicina del Tiempo, reparador solícito de las desdichas humanas. Añadiré, para tu total conocimiento del personaje, que además de bueno, misericordioso y caritativo en grado heroico, es Figueras un romántico hasta la médula de los huesos; romántico digo, como tú, y como tú gustoso de la variedad de los afectos que más halagan al hombre. Antes de su viudez se prendó de una bella señorita, y viudo ya y enlutado, el presidente del Poder Ejecutivo rondaba la casa de la damisela, y acechaba en la esquina próxima para verla entrar o salir. Pasión ardiente prendió en aquel hermoso corazón que en todo ha de ser grande. Ni sus canas ni sus deberes políticos le contenían en el violento retorno a la edad juvenil. ¿Qué quieres que te diga, Tito? Yo admiro a Figueras tal como es, sin meterme a dilucidar si sus extravíos son aciertos, o sus errores cualidades excelsas. En él todo me parece bueno...

»Si ahora me preguntas qué influencia tuvieron estas que algunos llaman debilidades en la fuga del presidente, te diré que lo ignoro. No tuve bastante intimidad con él para desentrañar el misterio psicológico de su deserción. Quizá sintió el hombre con extraordinario ardor el ansia de libertad; tal vez su alma vio en la libertad individual un bien altísimo y soberano, superior a cuantas satisfacciones podía darle la vida política en un país ingrato, voluble, predestinado a ser eterno juguete de la tiranía o de la demagogia.»

Las últimas frases del cuento de Estévanez sugirieron en mí estas reflexiones amargas. Si mi amigo elogiaba el romanticismo de Figueras, y por ser este un grande hombre le absolvía de sus delirios, ¿por qué a mí, romántico también, aunque pequeño y de condición insignificante, quería curarme con medicamentos un tanto crueles? Si la libertad individual es el mayor tesoro de los humanos, ¿por qué había de ser concedido a los altos y negado a los humildes?

Debo declarar que el tratamiento de Estévanez no había sido ineficaz para mí, y que yo sentía muy atenuado mi frenético espiritualismo por la acción de la vida ramplona y pedestre. No obstante, cuando Estévanez me dejaba solo en mi casa, escapábame yo hacia el ideal preguntando a Ido si había estado a buscarme el guardia Serafín. Como la respuesta de mi patrón era siempre negativa, hube de añadir esta nota interesante: «Si viniese el guardia por la tarde, adviértale que me encontrará en la Tribuna de la Prensa del Congreso.»

Desganado y sin ninguna ilusión periodística volví a las tardes de las Constituyentes, bajo la severa autoridad de mi amigo y médico. Testigo del inenarrable barullo que precedió a la designación de nuevo Ministerio, lo transmití todo a la prensa extranjera. Pero a vosotros, amados lectores, me guardaré muy bien de ofreceros los detalles de aquellas zaragatas, que habrían de marearos y confundiros. En una sesión que empezó a las ocho de la mañana, se leyó el *Proyecto de Constitución Federal de la República Española*.

Reunidos por la noche en el Senado los padres de la patria con el señor Pi y Margall, este se dio por vencido; solo el Centro unido a la Derecha podía resolver la crisis. Al día siguiente, 18 de julio, las Cortes designaron a Salmerón para formar Gobierno. El 19 leyó don Nicolás la lista de los nuevos ministros: Soler y Pla, Estado; Moreno Rodríguez, Gracia y Justicia; Oreiro, Marina; Fernando González, Fomento; Palanca, Ultramar; Carvajal, Hacienda; González Iscar, Guerra; Maisonnave, Gobernación.

Apenas empezó Salmerón su discurso programa, yo, que fácilmente me distraía, miré a la puerta de la Tribuna, y vi en ella el rostro fláccido de mi guardia Serafín de San José. Como atraído por irresistible fuerza magnética salté de mi asiento, dejándome en el pupitre papel y lápices... No sé si agarré a Serafín por el brazo o por el pescuezo... Llevele al pasillo, y antes que yo le preguntara, su boca rasgada en sonrisa placentera me soltó estas palabras dulcísimas: «Señor don Tito, vengo a decirle que está usted servido.

—Explícate. Dime pronto...

—Ahora verá usted que Serafín es hombre agradecido. Por usted sacrifico yo todo lo que tengo, mi destino y hasta mi vida...

—Bueno, bueno; pero dime...

—He podido encontrar... ¡ay qué fatigas, qué ajetreo, qué ir y venir!... ¿He tardado, verdad?... ¿Pero qué importa la tardanza, si al fin este pobre guardia viene a usted con la satisfacción inmensísima de haber encontrado a la señorita Floriana?»

La voz de Serafín me pareció celestial. No sonaron mejor en mi oído los coros angélicos. Mi polizonte prosiguió así: «Créame; ha sido como sacarla de las entrañas de la tierra. Verá usted: estuvo tres semanas en las Comendadoras con unas damas maduras que no sé si son tías, madres o abuelas putativas. Para averiguar esto tuve que hacer el amor a la cocinera de las *señoras de piso*. Por ello supe que Florianita saldría pronto de Madrid. Yo soy muy lince; camelé a la prójima, y la puse tan tierna que al fin logré que llevara un recado a la señorita, de parte de don Tito Liviano. Pasaron tres, cuatro, seis días sin respuesta ni razón alguna. Desesperado estaba ya, cuando la cocinera me dijo que doña Floriana se había dignado concederme audiencia. Subí al convento y me aboqué con la señorita, cuya hermosura medio me cegaba como si estuviera mirando al propio Sol. La divina mujer me acogió risueña, y sin más, me dijo: «Mañana a esta hora búsqueme usted en la calle de Rodas, número 13. Es una escuela donde están de obra. Allí hablaremos. Basta ya.»

Al llegar a este punto estaba yo medio loco; las sienes me latían, mis orejas echaban lumbre, el corazón se me quería saltar del pecho. Cogí a Serafín por un brazo, y le dije: «Paréceme que se nos cae encima el techo del Congreso. Vámonos a la calle.» Temía que nos escucharan, que me detuvieran, que los amigos de la Prensa se conjurasen contra mí... Bajamos rápidamente, y a media escalera tuve que volver a subir, porque se me había olvidado el sombrero en la percha del guardarropa... Al fin me vi en la calle, llevando a mi confidente cual si yo fuera el policía y él un criminal... Como fugitivos llegamos hasta la calle de la Greda. Allí me paré, y disparé contra Serafín esta pregunta, que fue como un tiro: «Imbécil, ¿cómo no has ido ya a la calle de Rodas?

—De allí vengo, señor... ¿Por quién me tomaba? ¿Cree que soy capaz de hacer las cosas a medias?... Pues por mor de usted y de su novia he tenido que faltar hoy al servicio.

—Bien, Serafín; me vuelves el alma al cuerpo... Eres un hombre, un grande hombre... Eres mi mejor amigo. En fin, habla. ¿La encontraste? ¿Qué te dijo?

—Apenas traspasé la puerta, me salió al encuentro en el local de la Escuela, vacío enteramente de chiquillos. La obra no ha terminado; pero los albañiles trabajan en el revoco del patio...

—¡Déjate de albañiles y de revocos, hombre! A ver, ¿qué te dijo?

—Repetiré sus acentos divinos. ¡Ay qué ángel! Oiga usted; lo recuerdo palabra por palabra: «Dígale al señor don Tito que mi gratitud será eterna por el favor que me ha hecho. He recibido el nombramiento de directora de un Colegio de niñas de reciente fundación. Estoy contentísima. Dígale también a ese señor tan bueno y amable que no puedo darle mis adioses porque salgo esta noche para tomar posesión de mi nueva plaza.»

Quedé absorto, alelado, encantado... Quedeme también a media miel.

«¿Y nada más, Serafín?

—Sí señor, hay más. Este humilde criado de usted sabe rematar la suerte. Como no me satisfacía que me diese el recado por lo verbal, le supliqué que me pusiera, en cuatro letras escritas de su mano, todo eso de la gratitud y de lo contenta que está.

—¿Y escribió, Serafín, escribió?

—Corrió hacia adentro; trajo tintero, pluma y papel, y... tris tras... Con linda mano y más linda escritura... En fin; sosiéguese, señor: aquí está el papelito.»

Con mano trémula tomé lo que el mensajero del cielo me entregaba, y en medio de la calle, a la luz del Sol, leí:

«No me engañó quien me dijo que es usted poderoso.

Por su mediación ha obtenido más de lo que pretendía esta humilde maestra.

Salgo esta noche para la nueva y feliz residencia a donde me lleva mi Destino.

Adiós, adiós, y que no sea para siempre.

Si es grande su poderío, no es menor la gratitud de —FLORIANA.»

La tempestad de impaciencia que estalló en mi alma no me dio tiempo ni para besar la divina esquela, trazada con perfecta y elegantísima escritura. Arreando a Serafín subí a Cedaceros, para tomar la Carrera de San Jerónimo. Al atravesarla para entrar en la calle del Baño, un terror pánico me cortó el aliento. ¿Qué sería de mí si en aquella encrucijada se me aparecía Estévanez y me secuestraba...? Apreté a correr, diciendo para mi sayo: «Ahí te quedas, Nicolás amigo. Me escapo como Figueras... hacia el ideal.»

Cuando íbamos por la calle del León dije a Serafín: «Adelántate, vete a mi casa, y dile a Ido o a su mujer que me pongan en la maleta que uso para los viajes cortos toda la ropa interior que quepa, y las botas nuevas... Yo no voy a casa por temor a que me entretengan o den parte a mi tirano... Vuela, Serafín. Te doy diez minutos para esta comisión. Te espero a la entrada de la calle de la Magdalena. Si tardas, me voy solo...» El tiempo que esperé se me hizo larguísimo. La impaciencia me devoraba. Viendo el declinar de la tarde, temía no llegar a tiempo. Esto sería horrible, esto sería peor que la muerte. Por fin apareció el guardia jadeante. En Antón Martín tomamos un coche. Calculé que si este nos llevaba a la calle de Rodas en diez o quince minutos, llegaríamos mucho antes de que Floriana partiera para la estación. Por el camino pregunté a Serafín: «¿Pero tú no sabes a qué estación va?» Respondió que la señorita no había hablado de estaciones.

«¿Y no viste allí baúles, sacos de viaje...?»

—No vi nada de eso, ni junto a la divinidad apareció persona humana.»

Cuando el coche paró junto a la puerta de la escuela, sentí en todo mi ser un retroceso frío y súbito de aquel impulso temerario. Por un momento me asaltó la idea de retirarme. ¿No era descortés, no era impertinente que yo, sin ser invitado a ello, me presentase a Floriana poco antes de la hora precisa para emprender su viaje? La timidez y la delicadeza, que por algunos segundos paralizaron mi actividad, fueron pronto vencidas por la pasión. «Adelante —clamó esta dentro de mí—, adelante siempre.» Ordené a Serafín que entrase antes que yo, como enviado extraordinario para prevenir mi visita, suplicando a la señora que antes de partir me concediese el honor de ofrecerle mis respetos... Viendo que mi embajador tardaba en volver más tiempo del que yo había calculado, bajé del coche y me metí en la casa. Recorrí el local de la escuela, donde no vi alma viviente ni oí ruido alguno.

Acerqueme a una puertecilla del fondo, y tampoco vi nada. Ya la impaciencia y ansiedad derramaban fuego por mis venas, cuando apareció Serafín, trémulo y desencajado.

«Señor, señor —me dijo—. En esta casa hay duendes.

—¿La has visto?

—Sí, señor; está esperando a usted. Dice que pase al momento.

—¿Pero qué has dicho de duendes; estás tú loco?

—Después de hablar con la señorita Floriana, volvía yo hacia acá, cuando de una puerta lateral salieron llamas verdes y amarillas, con terrible olor de azufre... Vea, toque, señor. Me han chamuscado el pelo y la ropa... Y al tiempo que asoplaban las llamas, oí risas y cháchara de mujeres burlonas...

—Acabemos. Toma estas pesetas. Paga al cochero, tráeme mi maleta, y lárgate si quieres.

Segundos después, Serafín me entregaba la maleta diciéndome: «De veras, don Tito de mi alma, ¿no tiene usted miedo?

—¡Yo qué he de tener miedo! Tú lo tienes porque eres un simple, un pobre diablo que ignora los fenómenos de la vida suprasensible... ¿Has dicho que Floriana me espera?... ¿Dónde?

—Siga usted por ese pasillo adelante. Después tuerce a la derecha, y que Dios y la Santísima Virgen le acompañen.

—Abur, Serafín. Si no vuelvo, nos encontraremos y nos daremos un abrazo... En el valle de Josafat.»

Me colé a toda prisa por el pasillo oscuro, sin que me cortaran el paso llamas azules ni verdes. Sentí un tufo como de quemazón de pez y piedra alumbre... Al extremo de aquel corredor torcido vi un cuadro de claridad que era el marco de una puerta. En el centro de esta, Floriana me aguardaba. Era como una estatua de imponderable belleza. Vestía traje blanco, de forma helénica netamente escultórica. Desde que la vi a larga distancia me descubrí, avancé despacio abrumado por la emoción, y cuando aún no había vencido la distancia que de la Diosa me separaba, su voz sonora y dulce me habló de esta manera: «Le esperaba, señor don Tito. Ya sabía yo que vendría usted. Por esperarle me he detenido unos minutos. Me han dicho que le tendré por compañero de viaje. Su compañía me será muy grata.»

De tal modo me anonadaron las palabras de la divina Floriana, que no supe qué decirle ni qué hacer ante su augusta presencia. Creo, mas no lo aseguro, que hinqué una rodilla en tierra y le besé la mano. Traté de sacar de la mente a los labios la fraseología galante que yo manejé siempre con arte y desenvoltura; pero la usual galantería no me valió en aquel caso, y todo el vocabulario pasional y erótico que prevenido llevaba, se quedó en mi lengua avergonzado de sí mismo. Las únicas expresiones que pudo emitir mi boca fueron estas, tímidas y balbucientes: «Solo aspiro a ser su siervo, su esclavo, Floriana... ¿Qué soy yo más que un insecto miserable, indigno de mirar a este Sol de hermosura...?» Advertí que sonreía como denegando graciosamente lo que afirmé en desdoro mío y en alabanza de ella.

En esto, una mano muy bonita me quitó la maleta... y digo una mano, porque la mujer a quien aquella pertenecía yo no la vi. Floriana habló así: «Pase usted y sígame. Voy delante para guiarle en este camino, que es áspero, largo y difícil. Cuando se canse, me avisa y pararemos un ratito.»

XIV

Guiado por *la creatura bella, bianco vestita*, entré, no en una estancia sino en una caverna. A los pocos pasos el suelo descendía con rápido declive, y entrábamos en una especie de catacumba de paredes y techo labrados en la dura arenisca de Madrid. El soterrado pasadizo no era recto; ondulaba a izquierda y derecha. El piso, empedrado con desiguales cantos y morrillos, no permitía un andar ligero. Delante de la Diosa vi las llamas de una docena de hachones; los portadores de ellos no se veían. Oía, sí, un parloteo festivo de mujeres. A ratos, hacia mí se volvía Floriana y me alentaba con una sonrisa y un gesto gracioso. Cuando yo tropezaba en los pedruscos, sosteníanme brazos de seres invisibles. Como una hora duró, según mi cálculo, el tránsito por aquella mina lóbrega y pendiente... Apagáronse los hachones.

Al término de la caminata fatigosa nos encontramos en un rellano bastante extenso. Elevé mis ojos hacia arriba, y no vi cielo, sino una inmensa bóveda pétrea. Miré hacia abajo, aproximándome a los bordes de aquella especie de terraza, y vi un abismo insondable. Quedé suspenso, mudo, absorto; pero lo que colmó mi estupefacción fue que allí no había Sol, ni Luna, ni estrellas, y sin embargo había claridad, una luz tenue, dulce, desconocida para mí.

Sentose Floriana en el suelo, que era de finísimo guijo, señalándome un puesto a su lado. Las vaporosas mujeres, ninfas, espíritus o lo que fuesen, que formaban el cortejo de la Diosa, nos sirvieron en platos de cristal una delicada merienda, de cuya suavidad, gusto y dulzura no puedo dar idea. Componían la parte sólida de aquella comidita unos bizcochos blandos y gruesos, no diré borrachos sino ligeramente embriagados con un néctar delicioso. Apenas los metía yo en mi boca, se deshacían, y al ser tragados diríase que comunicaban súbitamente a todo el ser un calor tenue, vigorizando la vida nerviosa y muscular. No sé cuántos bizcochos me comí; me sabían a gloria; no me cansaba de alabar tan sabrosa y sutil repostería. Agua cristalina y fresca nos dieron luego las ninfas, que al aproximarse a servirnos perdían en parte su invisibilidad. Yo no cesaba de mirarlas cuando de la penumbra iban saliendo hacia la claridad, y en una de las que más se nos aproximaron, reconocí el rostro picaresco de *Graziella*.

«Andando, andando —dijo Floriana poniéndose en pie con agilidad aérea. Y yo, que en aquel antro sublime y ante el misterio de aquellas divinas hembras no sabía decir más que palabras de una inocencia paradisíaca, concluí de este modo el concepto de Floriana: Andando, sí, que es tarde.» Volviose a mí la Diosa, y entre risas delicadas me dijo: «Borre usted de su mente, señor don Tito, las palabras *tarde* y *temprano*; que aquí no existe esa forma de apreciar el tiempo. En estos valles no hay día ni noche; no amanece ni anochece. Si lleva usted reloj, no se cuide de darle cuerda, que mejor está descansando, con todas sus ruedecillas dormidas.»

Emprendimos la marcha por un sendero estrecho, entre pedruscos conglomerados. Precediéndome a mí iba Floriana, acompañada de cuatro o cinco mujeres cuyas formas indecisas excitaban mi curiosidad. Delante de ella y detrás de mí iban las demás del cortejo, apreciables tan solo al oído por un murmullo alegre, como conversación de avecillas picoteras. Sosteniendo mi marcha al compás de la comitiva, mis ojos ávidos no hacían más que observar el inmenso antro por donde caminábamos. Floriana lo llamó valle, y estructura de tal en parte tenía. Formaban la cavidad dos grandes escarpas montuosas, en las que pude apreciar una altura aproximada de doscientos o trescientos metros. Del fondo, donde los costados del valle tenían su cimiento, venía un rumor como de aguas precipitadas de peña en peña. Las que llamo escarpas afectaban en algunos trozos formas de colinas o laderas tendidas suavemente, en otros eran vertientes riscosas o paredones cortados casi a pico. Por el lado izquierdo del valle se escurría tortuoso el angosto sendero por donde íbamos.

Fáltame describir lo más extraño de aquel paisaje por mí nunca visto ni soñado. Las cimas de las dos grandes escarpas eran apoyo de la colosal bóveda o techumbre que unía una parte con otra. Traté de apreciar la distancia entre la clave máxima y el fondo del valle; pero mi mente, confusa ante tan grandioso espectáculo, no pudo determinar tal altura, que a veces me parecía inconmensurable, a veces comprendida en las dimensiones que resultarían de colocar dos o tres Giraldas, una sobre otra.

Ahora relataré lo que produjo en mí más que asombro terror. En el punto donde se confundía la cima de las vertientes con el arranque de las bóvedas creí distinguir agujeros, covachas, y apenas me hice cargo de esto, vi que de las oquedades salían cuerpos movibles, animales felinos del mismo color de aquel terrazgo amarillento. Se me erizó el cabello al oír espantosos rugidos... No podía dudarlo: de los peñascales areniscos salían tigres, panteras y otras alimañas rampantes, cuyo aspecto y bramidos pondrían pavor en los pechos más animosos...

Al ver esto, noté que se alejaba rápidamente el rumor de las ninfas que iban delante. Comprendí que corrían. Corrió también Floriana. Las ninfas que iban detrás de mí se precipitaron monte arriba lanzando silbidos penetrantes. De otro lado venían sonidos roncos como de trompas de caza. El terror me paralizó, y no sabía por dónde tirar en busca de un sitio seguro... Sentí pasos, y me dije: «¿Vendrá alguien a socorrerme?» Mis ojos no se apartaban del lugar por donde aquellos pasos sonaban. No eran pisadas de hombres, sino de gigantes... ¡Ay, ay; tampoco eran de gigantes, sino de...!

Imaginad, amigos del alma, cuál sería mi espanto al ver venir hacia mí un toro... ¡ay, madre mía!... un toro tan grande que a mi parecer era mayor que los más corpulentos elefantes, colorado retinto, por su porte y lámina de genuina casta española, con una cornamenta que a Dios llamaba de tú... Al suelo caí exánime, diciéndome: «Esta fiera me engancha en un tris, me voltea y me manda volando hasta el mismísimo techo.» El animal acercose a mí despacio... Vi llegada mi última hora... Me olfateó, echando sobre mí un resoplido de huracán, y siguió adelante.

No tuve tiempo de alegrarme, porque apenas pasó el primer toro vi venir otros dos, luego cinco, ocho... ¡Dios mío!... una inmensa piara inacabable: todos del mismo color y estampa: parecían hermanos. A medida que iban pasando sin hacerme caso, cual si vieran en mí un gusanillo despreciable, mi miedo declinaba, y se me alivió por completo cuando advertí que las ninfas, espíritus, ángeles, demonios o lo que fueran, volvían corriendo con grande algazara de silbidos y alilíes. Esto me confortó el ánimo. Ya respiraba. Señal inequívoca de que se me había despejado la cabeza fue que vi a los toros en su tamaño y proporción naturales.

Aún no había pasado el imponente rebaño taurino, cuando me llamaron mis compañeros de viaje con voces cariñosas. Acudí al reclamo por sendero distinto del que llevaban los cornúpetas, pues aún no las tenía yo todas conmigo. Por zanjas y barrancas llegué a un terreno casi llano, con verdor de pradera, y allí me salió al encuentro Floriana burlándome delicadamente por el mieditis que pasé. «Estos fieros animales —me dijo— son mansos como corderos para mí y para cuantos van conmigo. No tema usted nada.» Al decir esto la Diosa, los toros, en número tal que no podía ser contado, prorrumpieron unánimes en mugidos espantosos. No creo que orejas humanas hayan oído nunca un coro semejante. Pensé que no sonarán con más estruendo las trompetas del Juicio Final. Mil truenos corriendo a lo largo del valle no imitarían la repercusión prolongada de aquel mugir estentóreo. Cuando vino el silencio, se oyeron lejanos los bramidos de las panteras y demás alimañas feroces, que amedrentadas se recogían en sus altas guaridas.

Estupendas cosas había yo visto en aquel mundo dantesco; pero aún me esperaban nuevos motivos de asombro. Floriana, que de un cercano matorral había cogido una varita y jugaba con ella blandiéndola en el aire, me dijo: «Ahora, señor don Tito, podremos seguir nuestro viaje con más comodidad. En este paso no faltan peligros; pero ya ve usted que los he sorteado con mis bravos y generosos animales.» Acarició el testuz de un gallardísimo toro que a su lado estaba, y apoyando sus manos en el morrillo, de un brinco quedó montada a flor de mujer sobre el lomo del vigoroso bruto. Viéndome indeciso, hablome así: «No tenga usted miedo. Escoja el que más le guste y monte sin cuidado.» Así lo hice, a horcajadas. No sé quién me dio una varita... Todo el mujerío grácil y susurrante siguió el ejemplo de la Diosa, entre risotadas alegres y una ligera porfía retozona, disputándose los toros en que habían de cabalgar.

Púsose en marcha la extraña procesión, semejante, según mi criterio artístico, a los bajo-relieves que son memoria y emblema de la civilización asiria. Al moderado andar de los toros avanzamos valle abajo, y este, pasadas dos o tres grandes curvas, nos presentó aspectos más risueños. En algunas colinas vi manchas de vegetación montuna y baja. La luz siempre era la misma, y la temperatura inalterable, dulcemente cálida... Si como dijo Floriana, no había noche ni día en aquella parte del mundo, los cuerpos sustituían aquellas relaciones del tiempo con la necesidad alterna del velar y del dormir... Cuando en toda la comitiva se manifestó la querencia del sueño, hicimos alto, nos apeamos, y la Diosa nos encaminó a una grande y limpia caverna, donde permanecimos entregados al descanso... ¿Cuántas horas?... No seré yo quien os lo diga.

Lo que sí os diré, lectores amadísimos, es que los toros quedaron pastando en las verdosas márgenes del cercano arroyo; que el suelo de la caverna era una finísima alfombra musgosa y blanda; que las bullangueras ninfas, a ratos visibles, a ratos no, nos sirvieron bizcochones más suculentos que los de la merienda: creyérase que eran de una pasta parecida al chocolate, mezclada con lo que llaman ambrosía o manjar de los dioses...

Algún resquemor me causó que la Diosa, al retirarse con las que llamaré sus damas a un extremo de la caverna, no solicitara mi compañía, ni tan siquiera me diese las buenas noches, o lo que se usara donde la palabra noche no tenía sentido... En el opuesto lado de la cueva-dormitorio, donde me rodearon las sílfides inquietas, a mi oído llegaba su confusa charla jovial, que se iba desvaneciendo en el sueño. No acababa yo de explicarme por qué no había entre ellas alguna que se vistiera de su carne mortal, y a mí se arrimara blandamente para estimularme a más dulce reposo. Pensando que aquel mundo en que había caído era un tantico monótono y sosaina, me dormí profundamente... Y heme aquí soñando con lo que había dejado en el otro mundo. Así lo llamo por no saber si *el otro* era aquel en que me encontraba, o si me habían traído efectivamente al que allá llamábamos *el otro*. ¡Sueño de sueños!

Pues señor, me vi en el Congreso (Tribuna de la Prensa) oyendo un discursazo de Salmerón, magnífico, elocuente. Cuando terminó, todos decían: «Ya hay Gobierno en la República española.» Aquello se me representaba como un teatro de niños con figurillas diminutas que se movían con alambres... Luego soñé que pedía la palabra Ríos Rosas. Prodújose un tumulto porque alguien pretendió que no se dejara hablar al orador monárquico... Yo salí a la calle, y en la esquina de Floridablanca, unos *silbantes* pegaban un pasquín que decía: *¿Quién es Ríos Rosas?* Yo les dije: «Imbéciles; es el león de la elocuencia. Dios os libre de caer en sus garras...»

Volví a verme en la Tribuna, y escuché la fiera voz del león, que así clamaba: «El tercer Pretendiente al trono de España será confundido y aniquilado como su tío, como su abuelo. Esta Nación desgraciada puede sufrir hasta la anarquía por un período de tiempo; lo que no sufrirá jamás es el despotismo de don Carlos ni de sus descendientes; lo que no sufrirá jamás es la Inquisición. Jamás, jamás consentiremos a don Carlos ni a los satélites de la antigua tiranía. Todo menos eso. (*Aplausos delirantes.*)... Para llegar a ser Gobierno de la Nación —decía dirigiendo sus palabras al banco azul— aquí tenéis una mayoría, no muy numerosa, no os importe el número; aquí hay cohesión, convicciones, patriotismo... Con esta mayoría podéis salvar la República, restablecer el orden, restituir a la sociedad sus condiciones de asiento y de vida. Así seréis Gobierno de la Nación, energía prepotente que combata, que aterre y mate las fuerzas rivales.»

Cambiados rápidamente los espejismos de mi sueño, me vi en la esquina de la calle de las Huertas, donde unos chicos pegaban un cartel que decía: *Salmerón es el presidente de los monárquicos*... Quise ir a mi casa, y de pronto me encontré en la tienda de María de la Cabeza, a quien vi muy acaramelada con su esposo Serafín de San José, y cuando ambos me saludaban apretándome tiernamente la mano, el atronador mugido de los toros me despertó.

XV

Un ratito estuvo mi pensamiento meciéndose en el balancín de esta duda: ¿La realidad era lo de allá o lo de acá? ¿Eran este y el otro mundo igualmente falaces o igualmente verdaderos? Sin llegar a dilucidarlo, me vi conducido al punto en que me esperaba mi cabalgadura. En ella monté, y la caravana siguió su camino. Grandemente me desconsoló el ver que la Diosa iba muy delantera, dejando entre su persona y la mía buena parte de su séquito. Junto a mí marchaban las sílfides más juguetonas y parlanchinas.

Entre ellas vi a *Graziella*, manifestándose claramente en su encarnadura mortal. Debajo de una falda vaporosa vestía pantalones, y a horcajadas montaba en un toro voluntarioso y saltón, al cual gobernaba y regía con arte que envidiaran las más hábiles artistas de circo en el otro mundo. Hostigándole con una varita flexible, le hacía juguetear como un ágil caballo. Cuando se cansaba de este recreo, sentábase la diablesa en el testuz del animal, echando las piernas a un lado y otro del hocico, y agarrándose a las astas entonaba cantos báquicos, a que el toro respondía con sonoros resoplidos. Embelesado con tan extraordinarios ejercicios, pasé un rato agradable. Luego, la que fue mi amiga en otros tiempos, tomó de nuevo la forma natural de equitación, y emparejando su toro con el mío, me habló de esa manera:

«¿Qué tal, Titín, vas a gusto en el torito? Si no te enfadas te diré que te has metido en este laberinto subterráneo por un extravío de tu temperamento, por tus malas mañas de pícaro redomado, y por tus pretensiones de virote conquistador de cuantas hembras se te ponen por delante. Te enamoraste de la Maestra por artilugios de una corredora, y creíste que esta perfecta hermosura podía ser tuya, como lo fueron tantas otras de baja y villana estofa, entre ellas yo. Pues ahora te digo: picarón, impuro, lascivo, adúltero, vicioso, ladrón deshonesto, monstruo de disipación y libertinaje: en el momento en que dirijas a nuestra Maestra y Señora la menor solicitación o requerimiento de amor liviano; en el momento en que aspires a poseer un átomo de la carne divina con apariencias de mortal vestidura, quedarás muerto si no te convierten en un inmundo y hediondo bicharraco.»

Ya se había hecho de tal modo mi espíritu a las cosas inauditas, descomunales y absurdas, que las palabras de la diabla no me causaron el efecto que ella sin duda pretendía obtener. Siempre la tuve por un ser esencialmente burlón y sarcástico. Díjele que al entrar en aquel mundo me había cortado la coleta de Tenorio y hecho voto de castidad. Apartose de mí, indicándome que tenía que ocupar otro puesto en la caravana, y yo, imposibilitado de trabar conversación con las indecisas figuras que me rodeaban, entretenía mi tedio observando los cambios del paisaje adusto y pavoroso. Conforme adelantábamos, el valle presentaba aspectos menos áridos: junto a las masas pedregosas veíanse alcores verdeantes; crecían las aguas con el aflujo de arroyuelos que brotaban de las altas peñas. En algunos sitios las bóvedas goteaban como si rezumasen el agua de caudalosos ríos que sobre ellas corrían. Llegó un momento en que la lluvia era tan intensa que sentí miedo. Una sílfide que a mi lado iba, me miró risueña diciéndome: «No se asuste, caballero, del agua que cae ni del ruido que se siente por allá arriba. Es el Júcar que pasa.»

Esta observación de la ninfa llevó mi pensamiento al mundo exterior o cortical, digámoslo así, donde yo había nacido, y de la superficie volvió a la profundidad intra-telúrica en que a la sazón me encontraba. El ir y volver de mi pensamiento engendró una idea tristísima: «Seguramente —me dije— los que discurrimos por estas soledades, sin días ni noches, somos personas que murieron allá arriba, y muertas descienden a esta región para vagar siempre en ella purgando sus culpas.» La verdad, lectores míos muy amados, lo de ser yo ánima del Purgatorio no me hacía maldita gracia.

Mucho más allá del sitio en que vi la filtración de las aguas del Júcar, se oyeron en lo alto rugidos de bestias feroces; mas no eran en tanto número como las que aparecieron en los comienzos de la expedición, y al mugido de los toros se metían asustadas en sus cubiles. Por la parte baja dejáronse ver enormes gatos monteses de pintado pelo, que a nuestro paso salían huyendo rocas arriba, con maullidos estridentes. La veloz huida de las terribles alimañas era celebrada por nuestras sílfides con algazara de silbos y greguería triunfal. No participaba yo de estos gozos, y me dije: «Por vida de San Proteo, mi patrón, que están apañadas las ánimas que vengan a este Purgatorio sin agregarse al séquito de alguna Diosa.»

Largo trecho adelante, se me acercó *Graziella* cautelosa, juntando su toro con el mío, y deslizó en mi oído estas palabritas: «Farsante, me han prohibido hablar contigo.

—La farsante eres tú. ¿Cómo me explicas que siendo como eres el espíritu del sainete, de la farándula y de la picardía bufonesca, te admiten en esta grey donde todo es discreción, comedimiento y seriedad taurina y silfidesca? Cada vez entiendo esto menos. ¿A dónde me conducen? ¿Qué pito toco yo aquí apartado de la Diosa, que no quiere llevarme a su lado? ¿Esta caverna sin fin se formó con la osamenta del paganismo, muerto y sepulto miles de años, o es un conducto de ansiedad mística que nos encamina a los eternos goces?...»

Me azotó la diablesa con su varita, diciéndome en voz muy queda: «Pobre mentecato, sigue, déjate llevar y llénate de paciencia. Este es el reino de la paciencia, de la castidad, de las virtudes calladas, y de la educación para la vida futura. En este reino, como en todos, las almas necesitan un poquito de alegría para dar amenidad a las horas austeras, y esa alegría, soy yo. Cierra el pico y no me busques el genio. Ya me conoces: Soy *Graziella*, la que te zarandeó de lo lindo y te dio gusto y pena, llevándote siempre de lo malo a lo bueno, y de lo bueno a lo mejor. Por mí conociste a la Maestra de Maestras, a la grande *Mariclío*, que hizo de ti su auxiliar preferido, su muñequito donoso y sutil.»

Oír el nombre de *Mariclío* y arrebatarme de júbilo y entusiasmo fue todo uno. Empecé a dar voces... *Graziella* me fustigó con fuerza, incitándome al silencio. Sus últimas palabras fueron: «Dentro de un buen rato descansaremos para comer otra bizcochada sabrosa, y van tres... Adelante hasta la bizcochada siguiente. Más paciencia, Titín salado, y después de la quinta comidita verás a la *Madre* gloriosa y eterna.» Dicho esto arreó su toro, y haciéndole brincar como un cabrito, desapareció entre la turbamulta caminante.

Las gratísimas esperanzas que me dio la diablesa desenvuelta y marimacho, devolvieron la tranquilidad a mi espíritu. Pensaba yo que llevando cuenta de las etapas que me indicó *Graziella*, acortaría el tiempo y la distancia que me separaban del bien anunciado. El valle intra-telúrico estrechó considerablemente cuando pasamos de la tercera bizcochada, y después de la cuarta, descendía en rápido declive, y ondulaba con recodos violentos. Las escarpas eran rocosas, afectando las formas más extrañas que pudiera imaginar un escultor en pleno desvarío. La humedad aumentaba, y en las peñas vi légamos verdosos donde se deslizaban culebras de pintada piel, inofensivas. Luego, al término del largo descenso, el valle ensanchaba gradualmente y la bóveda que lo cubría era más alta, con tendencias a la forma ojival.

La quinta merienda y descanso fue en un lugar anchísimo en el que se podían apreciar vegetaciones más lozanas y espesas. La impaciencia que llenaba mi alma me quitó el sueño. Despierto deliraba. Quiso mi buena suerte o la voluntad de la Diosa que esta y yo reposáramos a corta distancia. Hablamos. Yo le reiteré las expresiones más nobles de mi acatamiento, y ella elogió la calma resignada con que yo la seguía en tan larga, triste y lenta peregrinación. Declaré que en aquel mundo pálido, como en el otro lleno de luz, yo sería siempre su más adicto siervo. Antes de recostarse en el blando césped para dormir, rodeada de sus ninfas camareras, me dijo así: «Con tales disposiciones a la obediencia, usted y yo iremos muy lejos. Pronto, señor don Tito, llegaremos a donde pueda yo decirle *buenas noches* y *buenos días*.» Desvelado y en éxtasis, no me cansaba de contemplar el cuerpo ideal de la Diosa, tendido de espaldas cerca de mí. Conque mis brazos tuvieran doble tamaño del natural, hubiera podido llegar a tocarla y darle unas palmaditas en semejante parte.

A poco de emprender la nueva jornada, distinguí a lo lejos resplandor de luces. Los toros apresuraron el paso, lo que me indicó que ellos sentían como yo la comezón de la llegada. A medida que nos acercábamos, advertí el enorme ensanche de lo que habíamos dado en llamar valle. Era ya más bien un campo, y la magnitud de la techumbre exigía grandes soportes de roca, distribuidos con más variedad que orden, torcidos unos, derechos otros, esbeltos o jorobados, simulando gigantes cuerpos en violentas posturas. De ellos arrancaban las desiguales bóvedas en que se fraccionaba la gran techumbre pétrea. Era, en resumen, un recinto muy semejante al de una inmensa Catedral hecha a mojicones y puñetazos. Cuando entramos en él, aprecié su magnitud, advirtiendo que todos los toros y el personal de la caravana tenían allí holgada cabida.

Me desmonté, y acudí por entre cuernos duros y blandas formas de mujer al espacio donde veía la profusión de luces, el cual era como estrado con honores de presbiterio. Allí me colé de rondón, esquivando toda ceremonia. Vi divinidades risueñas, vestidas de clámide, calzadas de coturno, y con las sienes ceñidas de laurel. Vi a *Mariclío*, grande como el Tiempo, hermosa como la Verdad, plácida y grave como el genio de la Historia... Descendió del presbiterio a las anchas naves, donde los toros se atropellaban frente a ella, y proferían cariñosos mugidos. Con tiernas y sentidas voces les acarició, rascando suavemente sus testuces, manoseando sus afiladas cornamentas, y ellos alargaron sus hocicos húmedos lanzando sobre la Diosa calientes resoplidos.

Acerqueme a la *Madre* y le oí decir: «Bien venido seas a mí, pueblo viril y manso, sufrido y fiero. Te conozco desde que el viejo Túbal me trajo a la feraz Hesperia. Reposa, solázate en las praderas, y hártate de cuantas golosinas hemos dispuesto para ti: avena en grano, algarroba, chícharos, habas, tan frescas hoy como las que para ti sembraron mis primeros amigos los felices Iberos. Cuando comas y descanses, espárcete por estas encañadas donde encontrarás a tus hembras, las amantes vaquitas, y con ellas puedes refocilarte cuanto quieras...» Partieron y se dispersaron con alegre confusión los hermosos animales, y entonces *Mariclío*, al volverse, encaró conmigo, y ambos lanzamos una exclamación de júbilo.

«Ven acá, Titín —me dijo levantándome en vilo para besarme. Por la diferencia de estaturas, no hubiera podido hacerlo de otro modo sin inclinarse más de lo que su dignidad permitía. Cortado y confuso, tan solo supe responderle con frases balbucientes: «Señora y Madre mía... Soy dichoso... Siglos me habéis tenido huérfano...

—Has venido, buen Tito, en cuanto te lo mandé. Eres obediente a mi atracción sutil... A flor de tierra te he visto mil veces; tú a mí no... Está aquel mundo muy revuelto y no quise dejarme ver. He repartido allí no pocos zapatazos con mi recia sandalia. Mas no me han hecho caso. Una y otra vez quise ponerme al habla con tus grandes hombres; pero ni siquiera supieron oír mis pasos formidables. Tú solo te asustaste de ellos. Creo que los directores poseen inteligencia y buena intención, lo que no basta para que pueda yo darles la inmortalidad en mis anales. Pasarán días, años, lustros, antes que junten y amalgamen estas dos ideas: Paz y República.»

Algo se me ocurrió que creí digno de ser dicho; pero de tal modo me conmovía y deslumbraba la majestad de la Madre, que de mi boca no pudo salir más que un suspiro. Avanzando por lo que he llamado presbiterio, entre grupos de sílfides reclinadas, *Mariclío* prosiguió así: «No hace mucho me anunciaron su visita mis hermanas... Ya sabes que somos Nueve, y que las Nueve nacimos en un mismo día... La presencia de mis hermanas ha sido un grande alivio de mis amarguras. Vinieron con la idea de que, desembarazado este pueblo de la balumba de su realeza caduca y estéril, podrían ellas cultivar y extender aquí libremente las nobles artes que cada una preside y enseña. ¡Ay!... yo les digo que es muy pronto para que las Nueve ejerzamos por acá, en combinada maestría, nuestras funciones. Ya llegará la ocasión. Ello será cuando estos caballeros, todavía un poco inocentes, den el segundo golpe... Más seguro será cuando den el tercero.»

XVI

Las ninfas o sílfides, dudosamente revestidas de carne mortal, así como las sacras figuras majestuosas, hallábanse sentadas en el césped formando grupos sin clases ni jerarquías, y se regalaban con manjares de sutil delicadeza y aroma. La charla graciosa esparcía de grupo en grupo un franco y dulce contento. Tuvo la *Madre* el acierto, que le agradecí mucho, de no presentarme a sus hermanas, ante las cuales el pobre Tito turbado y confuso no habría sabido qué decir. Con *Mariclío* había adquirido yo cierta confianza, pero las otras me anonadaban con el resplandor de su presencia. Busqué con mis ojos a Floriana, y la vi junto a una que me pareció *Polimnia*, maestra de la Oratoria y la Pantomima. Poco después creí verla con *Urania*, soberana de los astrónomos. Y si no estoy equivocado, la vi luego reclinada en el regazo de *Euterpe*, profesora de Música de toda la Humanidad.

Senteme yo junto a *Mariclío*, y no lejos de mí estaba *Graziella* con otras sílfides, cuyos rostros pude yo distinguir y apreciar en el curso del viaje y en las estaciones de reposo. Debo decir que comí de cuanto me dieron, y que sentía regenerada mi sangre y alentado todo mi ser con la ingestión de los divinos manjares. De la general conversación llegaban a mí jirones o ráfagas que pasaban dejando en mi oído frases inteligibles, entre otras que no podía comprender por ser pronunciadas en extraños idiomas. A la derecha de *Mariclío* vino a sentarse su hermana *Calíope*, gobernadora del mundo de la Poesía, y de lo que ambas hablaron con viveza y animación no entendí ni jota. Por ciertas inflexiones me pareció que hablaban en griego *para mayor claridad*...

Ya llevábamos un gran rato engullendo las célicas viandas, cuando del sitio donde estaba *Euterpe* vino una música de tal suavidad y tan lindamente concertada en giros melodiosos, que al oírla sentíamos como si manos angélicas nos levantasen en vilo y al mismo cielo nos transportaran. Vi a la propia *Euterpe* tañendo una flauta de oro, cuyo son acompasaba y regía el de otras tañedoras de flautas, caramillos y chirimías, agrupadas a la derecha de la Musa. Al opuesto lado, otras musicantes tocaban liras y laúdes, y con tan exquisito arte se acoplaban las diferentes voces del aire vago y de las cuerdas vibrantes, que resultaba un perfecto trasunto de la armonía de las esferas.

El dulce comistraje, a cuya preparación no era extraño sin duda el amigo Baco, y el más dulce ritmo de la celeste música, nos llevaban suavemente a un estado letal. Luché con el sueño; pero al fin me dormí como un tronco... Soñé que estaba, no en las Cortes, no en las calles de Madrid, sino en el Olimpo, habitual residencia de los Dioses que fueron y que quizá lo eran todavía. La impresión que recibí fue la que produce un lugar visitado ya en tiempos muy remotos.

El padre Júpiter pareciome algo aburrido, y se desperezaba en su trono de nubes; la Madre Juno había engordado tanto, que su ponderada hermosura era ya un verdadero mito. El águila de él y el pavo de ella se habían hecho amigos y dormían juntos en el suelo. Minerva, Ceres y demás familia conservaban su gallardía de antaño; solo el amigo Marte me pareció rebajado algunos puntos en su bizarría, como un general que ha pasado a la reserva... Soñé que penetraba yo allí con la timidez propia de un intruso mortal, y cuando hacía grave reverencia a los venerables Dioses, vi entrar a Martos en traje olímpico, con lentes y corona de laurel. Habló con Mercurio... Comprendí que trataban de sustraer un rayo del haz que Júpiter a su lado tenía.

Cuando yo hice por acercarme al padre de los Dioses para prevenirle contra los rateros, sentí que me tiraban de un pie. No hice caso. Los tirones arreciaron, como si alguien quisiera arrastrarme... Desperté... Era que la maldita *Graziella*, llegándose a mí sigilosa, quería divertirse cortando mi olímpico sueño. «Tito, Tito desatentado y escandaloso —me dijo soltando la risa—, se permite dormir; pero no está permitido roncar en presencia de las Diosas inmortales. ¿Te parece que es decente atronarnos con esos bramidos de gañán? ¡Menudo concierto de trombón nos has dado! Despabílate, tontaina, que aquí estamos cuatro sílfides aburridas con deseos de entrar en conversación y pasar el rato.»

Restregándome los ojos me incorporé, y viendo que ya no estaba a mi lado *Mariclío*, pegué la hebra con las compañeras que pedían palique. Observé que Morfeo imperaba sobre todo el cotarro divino, semi-divino y semi-humano. No tardé en formar ruedo con las amigas, y yo fui el primero en tomar la palabra. «Ya sé —les dije— por qué estáis tan aburriditas. En toda la caravana que vino del otro mundo, y en todo el señorío mitológico que hemos encontrado en este, no hay más que mujeres. ¡Mujeres, Señor; todas mujeres y ningún hombre!... pues yo, traído aquí en calidad de ser incorpóreo y contemplativo, apenas me llamo varón.»

Rompieron a reír las cuatro, y una de ellas, bonita y graciosa, dijo: «Fastídiate, perdulario; bastante te has divertido allá.» Y otra, rubicunda y metida en carnes, intervino así: «¿Pues qué querías, que te dejáramos traer a doña Cabeza, a Candela o a Delfinita la funeraria?» La tercera de aquellas pícaras metió la cucharada en esta forma: «No conoces bien este mundo, que se parece al otro más de lo que tú crees. Penitencia y soledad hallarás aquí; mas esto no es eterno. La Madre es la misma sabiduría, y a las que pedimos cierta libertad nos concede lo que ordena el fuero de Naturaleza.»

Resumió las opiniones *Graziella* con esta peregrina observación: «Entre las que aquí vamos, aluvión de mujeres, las hay de todas castas: santas, semi-santas, místicas de moco y baba, románticas, espiritadas; haylas también tiernas de corazón y místicas al revés o contemplativas en la esfera de lo corporal. A las que formamos esta pandilla, la Madre bondadosa nos convierte en vacas y nos deja ir por esas encañadas.»

Saltó una de las otras diciendo con viveza: «Has revelado el arcano, trastrocando la verdad con alguna indecencia. Lo que debe saber Tito es que muchos de los toros que ha visto son hombres.

—Lo he dicho al revés —afirmó *Graziella* sin dejar de reír—, para que lo entienda mejor.»

Estos y otros disparates que oí de aquellas bocas desaprensivas, llenaron mi ánimo de tal confusión que no sabía qué juicio formar de aquel mundo en que había caído. ¿Era un mundo de guasa mitológica con ribetes picarescos, un fermento trasnochado del paganismo, traído a la vida moderna como levadura para poder amasar y cocer el nuevo pan de la civilización? ¿Las Musas que vi eran las verdaderas hermanas de Apolo, o figuras de teatro modeladas artísticamente por hábiles maestras de aquella comunidad andante, donde iban hembras de tan diferentes castas y aptitudes?

De esta desilusión pesimista solo exceptuaba yo a *Floriana* y a la excelsa *Mariclío*, sagrario que guarda y custodia la verdad de los hechos humanos... A mí se llegó la buena Madre, apartándome de la compañía y coloquio de aquellas a quienes juzgué como dislocadas marionetas, y me llevó consigo rodeando los grupos de durmientes. Llegamos a un punto donde vi la boca de una caverna de medianas anchuras, y me dijo: «Por aquí iréis vosotros a donde yo he dispuesto.»

El *iréis vosotros* lo entendí como si dijera *Floriana* y *tú*, y así se lo manifesté. Luego añadió ella: «El camino es corto y menos ingrato que el ya recorrido. Durante la travesía no me veréis. Pero allá nos encontraremos.» Esto me alegró lo indecible. La dulzura risueña con que me habló la Madre, me hizo vislumbrar que del mundo de pesadilla pasaríamos a la vida real, y que Floriana sería nuevamente la belleza corpórea que vi por primera vez en la parroquia de San Marcos.

Atento a la brevedad, omito los incidentes que precedieron a nuestra partida. Extinguiéronse las luces, disemináronse las figuras de aspecto divino y de apariencia humana. Las Musas se fueron con la Música a otra parte, a otra parte con la Tragedia y la Comedia, a otra parte con la Épica, la Oratoria y la Danza, a otra parte con la Astronomía y la Poesía Popular. No pude apreciar la dirección que tomó la Madre Historia. Aparecieron de nuevo los toros, no en tanto número como antes. Advertí que entre ellos venían no pocas vacas. Tocome oprimir los lomos de una de estas, por cierto muy ágil y bizarra.

Emprendimos la marcha por un valle menos ancho que los de las primeras etapas, de alta bóveda y suelo mullido y húmedo, en el cual no vi otras alimañas que las saltonas ranas entonando a nuestro paso el nocturno *croá croá*. La luz era la misma que antes nos alumbrara. Floriana y otra hembra, cuarentona y adusta, que en la última cena hablaba íntimamente primero con *Mariclío* y después con *Calíope* y *Talía*, montaban a mujeriegas un toro arrogantísimo. Detrás fui yo largo trecho, hasta que Floriana, llamándome a su lado con dulce acento, me dijo: «Ya descendemos, amigo Tito, hacia la vida vulgar. Es ley divina que esto acabe siempre en aquello y aquello en esto, pues nunca se verá el fin definitivo de las cosas.»

Mientras contestaba yo como Dios me dio a entender a estas palabras sibilíticas, advertí que la ideal doncella no vestía ya la túnica helénica, alba y ceñida, sino un oscuro traje, de color no bien definido por la escasa luz, y de forma semejante a los que usan a flor de tierra las señoras. Con mayor asombro noté que sus lindos pies no calzaban sandalias, sino zapatos y medias. «Veo, señora mía —le dije gozoso—, que nos vamos humanizando. Esto me regocija porque yo soy humano hasta la médula de mis huesos.»

Continué desarrollando mi tesis, y cuando yo estaba en lo más entonado de mi oratoria, me cortó la palabra un ruidoso trotar de jinetes o jinetas que detrás venían. Pasando con veloz carrera junto a nosotros, se nos adelantaron con alegre algazara hípica. Eran *Graziella* y un sinfín de picaronas de su laya, que corrían a tomar la delantera. Con risueña tolerancia, Floriana me dijo: «Adelántese usted, don Tito, y vea de apaciguar a esas locas harto impacientes por llegar al fin. Exhórtelas a la mesura, y amenácelas con mandarlas a la cola si no son juiciosas.»

Con mis talones y la varita avivé el paso de mi vaca, y pronto llegué al grupo de las alborotadoras desmandadas. Al recorrer toda la caravana, advertí con júbilo que la invisibilidad había desaparecido casi en absoluto. Ya no había espíritus, ni peri-espíritus, ni formas equívocas. La carne y el hueso, la sangre y la vida, recobraban su imperio. Metido entre la turba de revoltosas, hice otra observación que confirmó mi alegría. Los trajes de ellas eran lindos y vaporosos, sin más que la tela precisa para llegar al término medio entre la ropa y la desnudez. Su alegre vocerío no era la salmodia clásica y desabrida de los himnos báquicos, píthicos o délficos, sino canciones de la vida mundana, con letra y música que yo había oído la mar de veces en los teatros populares.

Graziella nos dio un *número* de circo, divertidísimo, haciendo mil piruetas sobre los lomos de su cabalgadura, y luego una plancha imponente agarrada a las astas del toro, a quien llamaba *Perico*. Terminado el ejercicio, hízome montar a su lado, y entonces las otras diablesas se abalanzaron a mí, acometiéndome con pellizcos y tirones de orejas. Una de ellas me dijo: «¿Te acuerdas, pillín, de aquella noche... Cuando te llevamos por las calles hasta la plazuela de las Comendadoras, diciéndote *búscala, que te quemas*?» Otra saltó con esto: «Yo y esta amiga mía éramos las que te mandábamos los pretendientes de destinos para que te marearan y volvieran loco.

—¡Ah, bribonas! —exclamé—. Y luego ibais de ministerio en ministerio embaucando a los ministros para que me concedieran todo lo que yo no les había pedido.

—No, tontín; esa función no era nuestra. Sacaba los destinos, con artes muy sutiles que nosotras no entendemos, la Madre *Mariclío*, que es la que corre con todo lo tocante a la intriga de lo divino en el terreno de lo humano, asistida, según creemos, de una dama cabalística que tiene a su servicio.

—Y esa dama ¿es la que Floriana trae a su lado?

—No, simple —dijo *Graziella*—. La que viene montada con Floriana en el toro *Padre* es *Doña Gramática*... Tú de todo te asombras. A cada palabra que te decimos pones esa cara que parece la del bobo de Coria... Déjame que te explique: Para regir el alma de Floriana en las funciones atañederas a la instrucción de los pueblos, hay un Consejo de sabias o sibilas que se llaman *Doña Gramática*, *Doña Geografía*, *Doña Aritmética*, *Doña Caligrafía* y otras tales... Las has visto. Van cerca de Floriana.

—Decidme, diablas —exclamé fuera de mí—. ¿Estoy dormido o despierto? Sacadme pronto del dédalo de estos mitos que enloquecerían a la razón misma, si la razón con su luz vivificante no los ahuyentara.

Cuando esto decía, advertí un cambio súbito en la intensidad y color de la claridad que nos iluminaba. Las mujeres, que otro nombre no debo darles, prorrumpieron en clamores de júbilo: «¡Ya llegamos a la luz del Sol! ¡Ya tenemos día, ya tendremos noche! ¡Horas, venid; venid, voladores minutos! ¡Dulce Tiempo amigo, compañero y compás de la vida, abrázanos!» En tanto, mi cabeza se despejó súbitamente de visiones, mitos, ensueños, delirios aéreos y telúricos, y de todas las fantasmagorías que se habían metido en ella por obra y arte de la razón de la sinrazón. ¡Realidad, qué hermosa eres!

XVII

Estábamos en un anchuroso espacio, que era también encrucijada de donde partían diferentes caminos subterráneos. Desmontáronse todas las hembras, y las más traviesas despidieron a sus toros con cariñoso vapuleo de las varas, dándoles los familiares nombres de *Perico, Gonzalo, Ventura, Zalamero, Manrique, Lázaro*, y otros que se me han ido de la memoria. Las que fueron sílfides o silfidonas graves, hicieron lo propio con sus cabalgaduras, aplicándoles motes más apropiados a la condición taurina. Personas, habla, trajes, todo era real, verdadera resurrección de la carne vivificada por el espíritu. Como yo también había dejado de ser silfo vaporoso, halléme en la plenitud de mi agudeza mental, y pude reconocer por su noble madurez y serio continente a *Doña Caligrafía* y otras señoras académicas, que iban mezcladas con la muchedumbre llevando libros o fajos de papeles.

Pedibus andando, seguimos nuestro camino estimulados por la luz solar, que cada vez era más viva. Todo mi anhelo era encontrar a Floriana para juntarme a ella. Detuve el paso... Al fin la vi venir acompañada de *Doña Gramática*, que al salir del estado silfidino era una matrona un tanto maciza, con aire de institutriz o profesora de casa grande. La que habíamos llamado *Diosa* vestía con elegante sencillez, cubriéndose con un abrigo ligero, holgado y muy airoso. Al verla, sentí en mi cerebro una reversión fugaz hacia los desvaríos mitológicos, representándomela como una Musa de origen olímpico ataviada al uso moderno. Alegrose de verme, requirió mi compañía, y hablamos con la naturalidad y llaneza de amigos bien probados. Empezó ella recordándome mi entrada en la escuela de la calle de Rodas, y yo, desenrollando la cinta de mis recuerdos, le dije: «Si mil años viviera, Floriana, no olvidaría la primera vez que vi a usted cara a cara, al salir de las misas por el alma del santo don Hilario...

—Sí, sí; fue una mañana triste. Yo iba de luto riguroso.

—En mi espíritu la había visto a usted mil veces, no enlutada, sino revestida de una blancura celestial.

—¡Por Dios, no se ponga usted tonto! —dijo ella sonriente—. Olvide ahora que a su espíritu me llevaron las mentiras de aquella mujerona que sirvió a mi padre con ideas de lucro.

—Cierto; a mi espíritu vino usted por caminos de mentira; pero ¿qué importa eso? La Naturaleza, Dios si usted quiere, nos trae a veces la luz por caminos oscuros.»

La disminución lenta de la claridad solar nos anunciaba la noche. Llegó un instante en que hubimos de retrasar la marcha para evitar tropezones. Las muchachas delanteras cantaban alegremente para dar ánimos a la femenil muchedumbre caminante, y hacerle menos pesado el fatigoso andar en medio de tinieblas. Cuando estas llegaron a su completa densidad, ofrecí mi brazo a Floriana, que sin reparo lo aceptó. «Vaya usted tranquila —le dije—. Yo cuido de tantear el suelo para evitar malos pasos.» En el mismo instante, *Doña Gramática*, pasando por detrás de mí, se me colgó del brazo izquierdo, excusándose con estas delicadas expresiones: «Perdone usted, don Tito. Con la oscuridad, no tiene usted más remedio que sostenerme a mí por esta otra banda. Peso un poquito; pero estimo que su amabilidad y galantería superan a mi pesadumbre, y por ello, agarradita a su fuerte brazo, me creo bien segura.

—Bien segura va usted —le respondí—. Mi vigor muscular corre parejas con la cortesía que debo guardar a las damas.

—Ya lo veo, ya lo sé —dijo *Doña Gramática* con melindre—. Aunque no de gran estatura, es usted un hombre de poder, y no le arredra el peso de dos señoras... Ni aunque fueran cuatro. Además, es usted muy amable. Sinceridad por delante, no vacilo en decir que por dondequiera que va el señor don Tito sabe captarse, por su talento y discreción, las simpatías de todo el mundo.»

Después de darle las gracias volví la cara, y noté que Floriana se llevaba una mano a la boca para sofocar la risa. «Apañado quedaré —pensaba yo—, si al término de tan endemoniado viaje, Floriana no me quiere y esta vieja pedante me hace el amor.»

Pasado un ratito, Floriana se dignó comentar graciosamente las antedichas alabanzas de mi persona: «Posee usted el arte dificilísimo, señor don Tito, de poner a su modestia un granito de sal, la sal de la jactancia. Eso me gusta. Yo creo que las personas que tienen un mérito no deben rebajarlo con afectaciones de humildad. Usted no tiene un solo mérito, sino muchos, y el más digno de admiración para mí es su bondad sin límites, el interés que pone en servir, amparar y proteger a los desfavorecidos por la fortuna que solicitan un empleo, un medio de vivir, un adelantamiento en esta o la otra carrera...

—¡Ah, señorita! —exclamé yo con efusión, dándole el tratamiento que imponía la realidad visible y palpable—. Es que en mi ser domina el corazón, el amor a la humanidad, el desvivirme por el bien ajeno antes que por el propio. Confúndese en mi alma con este sentimiento otro de la misma calidad y estirpe, y es mi adoración de la belleza. Soy un bienhechor y un enamorado. ¿Halla usted, Floriana, en estas dos cualidades alguna diferencia?

—Alguna tal vez habrá; mas yo no la veo. Pienso que el bueno no puede ser totalmente bueno si no ama. Si los enamorados no entraran en el cielo, el cielo estaría vacío.»

Estas hermosas palabras me subyugaron, me embelesaron... Desbordeme en clamores de admiración ardiente, que fueron cortados por un gruñido que sonó de la otra parte. Pesando excesivamente sobre mi brazo, *Doña Gramática* dijo con agria voz: «Por la Virgen, Tito, vaya usted con más tiento... ¡Ay! por poco me caigo en un hoyo. Parece que nos lleva usted por donde hay más pedruscos.» Di mis excusas con brevedad, y atendí a la voz de Floriana que me decía: «Refrénese, don Tito, y guarde sus hipérboles para mejor ocasión, que no ha de faltarle seguramente, pues yo sé que ha sido usted muy afortunado en amores.

—¡Ah, no, Floriana!... Afortunado no fui... He sido buscador infatigable del bien que soñaba. Mi ambición, que es mucha, no se contentaba con menos que con el Sol de la belleza. Busca buscando, encontré varias estrellas, y, como dijo Calderón, *entretúveme con ellas —hasta que el Sol mismo vi.*»

Mientras Floriana me reía la frase, obsequiome *Doña Gramática* con este otro gruñido: «¡Jesús, que he metido el pie en un charco!... Haga el favor, don Tito, de poner alguna atención por esta parte.

—Muy alto pica el amigo —dijo Floriana entre risas—. No le censuro por eso, que la ambición es la cualidad que hace grandes a los hombres. Para los ambiciosos es el Sol, no para los tímidos y apocados.»

¡Oh felicidad! Ya no podía dudar que la ideal criatura me daba permiso delicadamente para manifestarle mi pasión. Igualándola en delicadeza, no dije palabra; tan solo apreté ligeramente mi brazo contra mi costado derecho, creyendo que así me apropiaba el calor de su mano. La iniciación del idilio por una parte, y por otra la displicencia de *Doña Gramática*, eran la prueba palmaria y definitiva de que estábamos en plena Humanidad.

De súbito, vino de la plebe delantera un clamor estruendoso, como el *¡Tierra!* de los navegantes, como el *¡Ujijí!* con que anunciaban su paso los primitivos montañeses. «Han visto ya la boca de salida —me dijo Floriana. Miré hacia adelante. Vi tan solo un punto de claridad. Aumentó el vocerío... Siguieron canciones, coplas, palmoteo... Un rato más, y el punto de claridad era ya un semicírculo luminoso, azul; era el cielo, la noche. Apresuramos el paso apretujándonos para llegar pronto a la salida. *Doña Gramática*, con refunfuños de impaciencia, tiraba de mí. Tuve que soltarla para no cuidarme más que de la comodidad de Floriana...

El medio punto llegó a ser tan grande como el arco de una catedral. Cerca ya de la boca, vi la muchedumbre de estrellas que tachonaban la inmensidad azul. Al pronto no pude hacerme cargo de la parte de cielo que teníamos delante; pero observando mejor, comprendí que mirábamos al Oriente. Floriana fue la primera en reconocer las espléndidas constelaciones zodiacales de *Taurus* y *Géminis*.

Fuera de la boca de la caverna, extendimos nuestra vista sobre la inmensidad estrellada. Ya en terreno abierto y llano, la femenil muchedumbre se diseminó y no parecía tan grande. Acompañada de *Doña Aritmética* se me acercó *Doña Gramática*, y con retintín profesional me dijo: «Señor don Tito, usted que sabe tanto, ¿podrá determinar, por la altura de los astros sobre el horizonte, la hora que es?» Mis conocimientos astronómicos eran nulos; pero no quise dar mi brazo a torcer, y respondí sin vacilar: «Son las once y media.»

De pronto, vi una inmensa superficie de agua quieta y bruñida, sobre la cual se destacaban las recortadas siluetas de dos o tres islas habitadas tal vez por ninfas oceánicas. «Este lago es lo que llamamos el *Mar Menor* —dijo una señora delgaducha que me pareció *Doña Caligrafía*—. ¿Ve usted aquella luz?... No la confunda con una estrella. Es la farola de Cabo Palos. Aquí, por la derecha, tenemos a Balsicas, que es camino para Cartagena.»

Cuando creí que se habían acabado los prodigios, tuve una sorpresa que me dejó estupefacto. Una mujer desconocida me entregó mi maleta y desapareció corriendo. No dije una palabra. Las alborotadoras delanteras seguían cantando a mucha distancia de nosotros. A los diez minutos de marcha nos aproximamos a un caserío que debía de ser Balsicas. Nuevo asombro mío. Aparecieron dos señores bien vestidos que saludaron cortésmente a Floriana y a las matronas que iban con ella. La Diosa se desprendió de mi brazo. Seguía yo a corta distancia, y pronto llegamos a donde vi no sé si tres o cuatro tartanas. Nada me sorprendía ya, ni aun el ver que unas mujeres y dos o tres chiquillos colocaran en aquellos vehículos las maletas de Floriana y de sus compañeras. Y yo ¿qué hacía, a dónde iba?

De esta confusión, que llegó a ser ansiedad, me sacó uno de los corteses caballeros, el cual se llegó a mí para decirme: «Usted puede venir en esta tartana. Uno de nosotros le acompañará, y le llevaremos a una buena fonda. En mala ocasión vienen ustedes. Cartagena está revuelta. El Cantón nos trae locos.» Con movimiento simultáneo, Floriana y yo nos aproximamos uno a otro para despedirnos. No tuve tiempo de decirle las mil finezas que brotaron de mi mente. Con prontitud y afecto, estrechándome la mano, la divina mujer me dijo: «Adiós, Tito, hasta mañana. ¡Ay qué dolor! Hemos venido a un volcán. Adiós, adiós.»

Ocupamos las tartanas. A mí me tocó ir en compañía de *Doña Gramática*, *Doña Aritmética* y dos señores. Muchas de las que fueron sílfides y ya eran hembras de diferentes cataduras, se quedaron en el pueblo esperando que vinieran más vehículos. Cuando las tartanas echaron a andar una tras otra, pasamos junto a la pandilla de las alborotadoras, que animosas se lanzaban a seguir a pie hasta Cartagena, amenizando el viaje con la regocijada algarabía de sus cánticos y vivo parloteo. Entre ellas vi algunos mocetones a los que llamaban *Perico, Zalamero, Ventura, Lázaro, Manrique, Gonzalo* y demás...

El trayecto desde Balsicas a Cartagena fue para mí muy triste. Desconocía la comarca, y no podía prever las derivaciones vitales que me traería mi Destino en la ciudad facciosa. Por lo que hablaban mis compañeros de coche, comprendí que no eran afectos al Cantón. Uno de ellos me pareció funcionario Centralista, destituido por las autoridades del *Estado Cartagenero*; el otro se reveló como comerciante, dolido de la paralización de los negocios. *Doña Gramática*, en quien el lector ha podido apreciar, por lo antes relatado, una fuerte propensión a la verbosidad entonada, pidió a los señores informes precisos de la sublevación cantonalista, y ambos contestaron entre risas y lamentaciones varios conceptos que pueden resumirse así:

«¡Ah, señora! Aquí tenemos una pequeña nación con todos los requilorios de una nación vieja y grande... Tenemos Comité de Salud Pública, generalísimo de los Ejércitos de mar y tierra, Tesorería... Sin un cuarto; y para que nada falte, piensan acuñar moneda...» Acogía *Doña Aritmética* estas noticias con aspavientos de asombro, y *Doña Gramática* las comentó con gravedad, deplorando los conflictos que podrían sobrevenir. Luego, señalándome en la forma habitual de las presentaciones, lanzó una caprichosa insinuación que no me hizo maldita gracia: «Pues para contarle a España y al mundo las atrocidades que aquí pasan, y las que seguirán si Dios no lo remedia, ha venido expresamente de Madrid con nosotras este ilustre historiador, don Tito Liviano, que pondrá todas las cosas en su punto, y a cada uno de estos malandrines dará su merecido.»

Ligeramente sonrojado me incliné. Algo quise decir; pero la matrona me cortó la palabra, prosiguiendo así: «No disfrace su mérito con antifaz de modestia, señor don Tito. Madrid entero reconoce a usted como el erudito más concienzudo que cuenta en su seno la Academia de la Historia... Y sepan estos señores que esa misma Academia de la Historia es la que acá le manda para que relate y aprecie, día por día y hora por hora, los acaecimientos del dislocado Cantón.

—Pues tenga cuidado —indicó uno de los caballeros— con que se le escape algo que no sea del gusto de esta gente. No le arriendo la ganancia si no compone sus Historias al son de lo que quieran el Cárceles, el Contreras y el Antoñete Gálvez.»

Sin dejarme meter baza, *Doña Gramática* siguió despotricando de esta manera: «¡Ah, no saben ustedes lo que es este don Tito con la pluma en la mano! Posee el secreto de la imparcialidad, sin agraviar a nadie. Crean ustedes que hará una obra maestra, añadiendo una página a la Historia de esta ilustre Ciudad, que los antiguos, como ustedes saben, llamaron *Cartago Espartaria*, por el achaque del esparto que producía este terruño. Sabrán también que fue Asdrúbal el que la hizo capital de su Gobierno en la Península, cambiando el nombre que antes dije por el de *Cartago Nova*.»

Asintieron con cabezadas los buenos señores; pero bien se les conocía que no sabían jota de tales antiguallas... Picando en diferentes temas que se relacionaban con la trapatiesta cantonal, llegamos a la población al romper el día, traspasando la muralla por una puerta en que vi guardia de Milicianos. Momentos después pararon las tartanas en una plazuela, donde descendieron todas las mujeres, incluso *Doña Gramática* y *Doña Aritmética*. Uno de los caballeros bajó también, y con el otro seguí en el coche hasta llegar a mi albergue, que según supe después se llamaba *Fonda Francesa*.

Mi acompañante, cortés y obsequioso, no se separó de mí hasta dejarme instalado en la habitación, y reiterándome que anduviera con pulso en mis Historias, ofreciose como amigo, guía y consejero en la turbulenta ciudad. En pleno día me acosté, movido de un hondo cansancio; mas no pude conciliar el sueño por la nerviosa excitación que llenaba de espinas las sábanas hospederiles. En mi mente volteaba esta fatídica interrogación: ¿Era verdad o mentira, realidad o sueño, mi largo transcurso por las entrañas de la tierra?

XVIII

Por Júpiter, por Cristo, si así os parece mejor, juro ante mi conciencia que no logré descifrar el tremendo enigma. Fatigado de ahondar en él, me sosegué recordando el título de una comedia de Calderón: *En este mundo, todo es verdad y todo es mentira*. Para mayor consuelo mío, amplié la sentencia diciendo, *en este mundo y en el otro*.

Ni dormido ni despierto, pensé que entraría con pie derecho en *Cartago Espartaria* si *Mariclío* me agraciaba con su divina presencia, guiándome con sus consejos y mandatos en aquel laberinto de pasiones ardientes... A Floriana, seguramente la encontraría. ¿Dónde, cuándo? El Destino, a quien sobre esto interrogaba, respondíame con rostro más risueño que ceñudo, que esperase tranquilo el correr de los primeros días... Gocé al fin de un sueño apacible, y al caer de la tarde, me puse en planta, me vestí y arreglé para bajar al comedor. En este había bastante gente, todos hombres, ni una señora por casualidad. Tomé sitio en la cola de la mesa redonda, y comí de todos los platos que me fueron pasando. La conversación de los comensales, era exclusivamente política y cantonal, con rudas vehemencias, y ultrajes al odioso Centralismo.

Como entré a comer de los últimos, quedeme casi solo a la hora de los postres y el café, y entonces se me ocurrió tirarle de la lengua al mozo, que era un chico afable, decidor y ávido de contar más de lo que sabía: «¿Vio usted aquel jovencito, casi sin pelo de barba, con uniforme de coronel de Milicianos, que comía junto a la cabecera? Pues ese es Cárceles...

—¡Cárceles...! —exclamé revolviendo en mis recuerdos—. Ya decía yo que aquella cara no me era desconocida. Ahora caigo... En el Club de la calle de la Hiedra oí sus discursos algunas noches. Habla muy bien; es chico listo, fogoso, de ideas exaltadas. Me parece que estudia Medicina.

—Sí señor; estudia para médico y enseña federalismo. No hay otro más templado ni que sepa como él jugarse la vida por la revolución. Es hijo de Cartagena y aquí le idolatra la ciudadanía trabajadora, y, como quien dice, hambrienta de pan y libertad. Suyo es todo el popularismo campante que llamamos Milicias Voluntarias y Movilizados; suya toda la gente operaria del Arsenal, y los que labran con su sudor el mecanismo de la Maestranza, y *viceversa* los de la Armada: cabos de cañón, artilleros, contramaestres, y el total de marinería de guerra, mercante y de pesca... No le pueden ver los *prefumistas*... ¿sabe usted...?

—Ya, ya; los partidarios del señor Prefumo, diputado por Cartagena. Le conozco.

—A los *prefumistas* les descompuso Cárceles el juego antes de las elecciones municipales, y luego hizo la revolución en un decir Jesús, la noche del 11 al 12 de este mes de julio. Lo que vale esa criatura no se dice en seis días... ¡Y qué pico de oro, qué manera de entusiasmar a las masas y de llevarnos a donde quiere con cuatro palabras y cuatro gestos de lo que ellos llaman el apoteosis del credo federal!»

Oído esto, que me pareció interesante, le pregunté si había venido a buscarme el señor que me trajo a la fonda. Mi simpático camarero respondió que aquel señor, que era don Lorenzo Cantalapiedra, empleado destituido por el Cantón, se habría escapado ya probablemente de Cartagena.

«Es centralista —añadió con mohín despectivo—, y ya sabe usted que el centralismo es lo más malo que hay. A esos tales los odiamos, y cuando queremos ofenderles los llamamos *benévolos*, que es el *voquible* más feo que aquí se puede decir a un cristiano. ¿Se asombra usted?

—No, amigo; ya sé: los *benévolos* son un partido político; el que ha condenado el Cantón y se dispone a combatirlo.

—Pues en Cartagena no le ponga usted ese mote a nadie, como no fuere algún enemigo a quien quiera usted enrabiar. En fin, señor; si usted no me manda otra cosa, voy a comer. Cuando los mozos terminemos nuestra faena, me iré al Club. De seguro hablará Cárceles. ¿Quiere usted oírle y pasar allí un ratito? Yo le acompañaré con mucho gusto, puesto que usted no conoce la población. Es aquí cerca, en la calle *de Jara*.»

Acepté gustoso la invitación del simpático mozo, y para hacer tiempo, salí a dar un paseo. Pero como desconocía las calles, puse freno a mis aficiones ambulatorias, tratando de reconocer los lugares por donde caminaba para poder orientarme a mi regreso. Llegué cerca de un edificio que me pareció el Ayuntamiento, vi el arco de muralla que al puerto conducía. En mi paseo me abstuve de meterme por calles laterales, temeroso de perderme.

Invertida en esta corta exploración una media hora, me volví a la fonda, y al poco rato salí con mi primer amigo cartagenero, el cual, conduciéndome por una calle estrecha y algo empinada, abrió el grifo de su locuacidad prolija con estas informaciones: «Esta calle se llama *del Cañón*... Se lo digo para que se vaya enterando... A mí me tiene usted a sus órdenes siempre que esté franco de servicio en la fonda. Yo me llamo Alonso Criado, para servir a usted, y soy de San Pedro del Pinatar, orilla del Mar Menor. Esta otra calle por donde vamos ahora se llama *de los Cuatro Santos*... para que usted vaya conociendo la capital de nuestro Cantón. En vez de seguir *palante*, nos metemos *viceversa* calle abajo y entramos en la *de Jara*, donde está el Club.»

No era menester decirme que allí estaba el Club, porque apenas pisé la calle oí el rumor oratorio y el estruendo de los aplausos. El gentío rebasaba de la puerta, y en medio del arroyo había gran número de oyentes. Mi camarero, que llevaba sombrero ancho, chaqueta y pantalón de dril, y un nudoso garrote, trató de abrirse paso invocando su calidad de socio, y miembro de la *Diretiva*. Yo no me atreví a seguirle por no aguantar estrujones y sofocos. Desde la calle oí la voz de Cárceles, vibrante, cálida, y percibí conceptos de rotundas cadencias tribunicias, que provocaban rugidos de entusiasmo.

Por el hueco que abrió con sus codos de hierro el mozo de la fonda, salió con fatigas, arreando golpes a diestro y siniestro, un joven alto y huesudo en quien al punto reconocí a Fructuoso Manrique, oficial de Telégrafos, amigo mío a quien yo conocía desde los primeros meses del 72. En cuanto salió del atascadero, sofocado y limpiándose el sudor, llegueme a él y celebramos nuestro encuentro con un estrecho abrazo. «¿Tú aquí?... ¡Qué alegría verte!... Cuéntame... ¿Qué es de tu vida?» Era Manrique un chico excelente, suelto de palabra, honradamente fanático en opiniones, y seriamente dispuesto a la guasa y a la travesura. Le traté primero cuando íbamos juntos a negociaciones con la *Casa Rostchild* (*Alamillo street*), con Torquemada y otras Bancas que eran alivio de los necesitados. Fue luego, durante un mes, mi compañero de pupilaje en la calle del Amor de Dios, y últimamente estrechamos nuestras relaciones en Gobernación, cuando él servía en el gabinete telegráfico del Ministerio.

En mayo del 73 fue destinado a Cartagena, su pueblo natal. Allí tenía familia y sin fin de amigos, entre ellos Cárceles. Con este, con Alberto Araus y otros muchachos furibundos, perteneció a la Juventud Federal de Madrid. No hay que decir que en la fiebre pasional del Cantón halló Fructuoso el ambiente apropiado a su temperamento político. Así lo aprecié y comprendí cuando, llevándole conmigo a la fonda para tomar un piscolabis, me dio a conocer, con la exactitud de un testigo de vista, las primeras páginas de la Historia cantonal. Os doy un fiel extracto de su verbosa relación:

«Todo lo que aquí ves, todo este prodigio de crear un Estado, rudimentario si quieres, pero Estado al fin, se le debe a Manolo Cárceles Sabater. ¡Y luego dicen que los jóvenes...! No esperes nada de los viejos, Tito. Los viejos teorizan, pero no ejecutan. Vino este chico de Madrid comisionado por el *Comité de Salud Pública* para promover el levantamiento de Cartagena. Ni corto ni perezoso, poniendo toda su alma en la acción y encubriendo cuidadosamente sus propósitos, convocó al pueblo en el Club de donde me has visto salir. A su devoción tenía toda la masa obrera, los cabos de cañón y la marinería de las fragatas *Almansa* y *Vitoria*. Los enardeció como él sabía hacerlo, encaminando los entusiasmos hacia el tema de las elecciones municipales convocadas para el día 12. Esto fue un artilugio político, preparación para cosas más gordas.

»Luego celebró otra reunión para protestar del nombramiento de un inspector de policía, hechura de los aborrecidos *prefumistas*, llamados por mal nombre *benévolos*. De tal modo solivantó a las multitudes, que el polizonte se quedó sin destino. A la gente del Arsenal y de la Escuadra les hizo creer que estaba de acuerdo con el Gobierno para hacer la revolución, con lo que logró que a su lado se pusieran hasta los más tímidos. En aquellos días pronunciaba discursos por mañana, tarde y noche, y se movía de un lado para otro, estaba en todas partes... poseía sin duda el don de ubicuidad.

»Espérate un poco, Tito, que ahora viene lo mejor. Después de conferenciar secretamente con los Movilizados que guarnecían el castillo de Galeras para inducirles a que no se dejaran relevar por fuerzas del Ejército, se entendió con nuestro amigo Alemán, que manda la Compañía más brava de los Voluntarios de la República. Alemán convocó a la Compañía en su propia casa; pero no se reunieron más que sesenta, por falta de tiempo para dar los avisos. De estos sesenta solo la mitad iban armados con sus fusiles *Remington*.

»Cárceles les expuso su plan y les dijo que eligieran al que creyesen de más agallas para un paso muy arriesgado. Elegido fue un cartero llamado Sáez. Ya le conocerás... Es un tío bragado, capaz de jugarse la vida cien veces por la Causa federalista. Sin más preámbulos, Cárceles le dijo: "Cartero de todos los demonios, tienes que subir al castillo de Galeras con los treinta hombres que llevan fusil. Nada, que subes cueste lo que cueste y caiga el que caiga. Cuando llegues a la cortadura te echarán el alto los centinelas de los Movilizados, preguntándote el santo y seña. Tú contestas a sus preguntas: *Cantón y Libertad*. Entonces te abrirán el castillo. Tu consigna es reforzar la guarnición, y no permitir de ningún modo que a las doce de la noche os releve la tropa del regimiento de África. En Galeras te sostendrás hasta que Cartagena secunde el movimiento".

»Tramado el golpe de mano, Cárceles confió su plan a don Pedro Gutiérrez... Ya conocerás a este señor, presidente del Comité republicano de Cartagena y admirador fervoroso de Castelar... El pobre don Pedro se llevó las manos a la cabeza, y dijo a Manolo que aquello era una locura. Mas la locura se realizó con un éxito redondo. A las doce de la noche del 11 de julio, los soldados de África tuvieron que regresar a la plaza cantando bajito, y Galeras quedó en nuestro poder.

»No esperó Cárceles el día para seguir actuando con su extraordinaria velocidad de acción. A la una de la madrugada se reunieron en un caserón viejo de la calle del Carmen, junto a la puerta de Madrid, muchos jefes de Movilizados y Voluntarios, a los que Cárceles expuso el estado de las cosas. Algunos se asustaron y no quisieron comprometerse a secundar la revolución. Solo el capitán Martínez y otro jefe de Voluntarios declararon que irían adelante. Covacho y Roca dijeron que antes de comprometerse creían necesario consultar a sus Compañías.

»A las cuatro de la madrugada, los timoratos quisieron dar por terminada la reunión. Pero a ello se opuso Cárceles resueltamente. Salió el valiente Martínez, y a poco volvió con su Compañía. Con diecisiete hombres de esta, se fue Cárceles al Ayuntamiento, tomando posesión del edificio. Como no tenía cornetas ni tambores, mandó a dos parejas de Voluntarios con orden de recorrer las iglesias para que las campanas de estas inmediatamente tocaran a rebato. Amaneció... El Sol que nos alumbró el día 12 era ya un Sol cantonal.

»A las cinco de la mañana, el que bien puedo llamar *dictador de un día*, puso centinelas en la Plaza de las Monjas y nombró la primera *Junta Revolucionaria*, figurando él como presidente, y como vocales el viejo republicano don Pedro Gutiérrez, los capitanes de Voluntarios Pedro Alemán y Juan Covacho, y otros que no nombraré porque, como verás, duraron poco. Acto continuo, se presentó a Cárceles un cabo de cañón de la *Almansa*, diciéndole que hasta que la plaza no se sublevara de una manera pública, la escuadra no podía secundar el movimiento, y urgía resolver esto porque los barcos tenían orden de zarpar dentro de pocas horas. Sin demora, el *dictador* mandó a Galeras un emisario para que izaran bandera roja, saludándola con un cañonazo.

»Al poco rato presentáronse en la Plaza de las Monjas las Compañías de Voluntarios que mandaban Covacho y Roca, con ciento cincuenta hombres bien armados cada una. Guarnecido ya el Ayuntamiento, Cárceles fue a Telégrafos para incautarse de las líneas, cortando la comunicación con Madrid. Mandó retirarse a los Carabineros que prestaban servicio en las puertas de la muralla, sustituyéndolos con Voluntarios, y estando en esto, lleváronle la noticia de que la *Junta* recién nombrada por él, vacilante y medrosica, trataba de ahogar la revolución en su nacimiento. Corrió Cárceles a la Casa Consistorial y, acompañado de unos Voluntarios muy decididos (entre ellos iba yo), se acercó a la puerta del salón de sesiones en el momento en que peroraba un señor Fernández, escribano, capitán de Movilizados y amigo de Prefumo. Dimos un empujón a la puerta y nos plantamos en medio del salón. Cárceles no dijo más que esto: "Despejen... ¡a escape, a escape!... El que no quiera salir por la puerta saldrá por el balcón". Desbandáronse los reunidos.

»En aquel momento, la bandera roja y el cañón de Galeras proclamaron el régimen nuevo. A eso de las diez de la mañana, se reunieron en la plaza más núcleos de Voluntarios y Movilizados. Yo volé al Arsenal, y al poco rato traje la noticia de la sublevación de la marinería y de los obreros de la Maestranza. Al mediodía se nombró nueva *Junta Revolucionaria*, eliminando a los de la cepa *prefumista* y *benévola*, y sustituyéndolos con federales ardientes. En esta *Junta* se dio la presidencia a don Pedro Gutiérrez, nombrando a Cárceles comandante general de las fuerzas populares...

»Para comprender bien nuestra emoción (y en plural lo digo porque en todos aquellos lances me encontré); para que te hagas cargo de las alternativas de susto y ardimiento, de coraje, desmayo y suprema exaltación, considera los graves sucesos que con precipitada furia se desarrollaron en el término de un día. Tú, Tito, que has visto muchas y grandes cosas y de ellas escribes, reconocerás que España no ha visto un trozo de Historia condensada como este nacimiento de nuestro Cantón...

»Y para que las ansias y triunfos de aquel inolvidable día 12 remataran de un modo espléndido, a las cuatro de la tarde tuvimos la entrada de Antonio Gálvez en Cartagena. No puedes tener idea del entusiasmo loco con que le recibimos. Su fama de valentía, sus proezas como rebelde indomable, su carácter rudo, entero, su misma figura de luchador salvaje, hacían de él un hombre de leyenda, o una leyenda humanizada. Del tren le sacamos en vilo, algunos amigos le metieron en una carretela, y al llegar a la calle mayor tuvo que descender, porque los caballos no podían romper por entre la multitud... Parte a pie, entre abrazos y empujones, parte en hombros, llegó al Ayuntamiento, desde cuya balconada saludó al pueblo y al Cantón de Cartagena, con frases de noble y bárbara elocuencia.»

XIX

Así terminó Fructuoso Manrique su fragmento de Historia condensada. Yo no me cansé de oírle; él se fatigó de hablar, pues no he referido más que una síntesis de lo que me dio su fluidez discursiva. Amplificaba sin freno, y sus continuas digresiones le llevaban fuera del asunto, perdiéndose en lentas curvas hasta volver jadeante a la línea recta... Al despedirnos, con mutua promesa de vernos a menudo, me indicó los lugares donde podría encontrarle, el Telégrafo, el retén de la guardia del Ayuntamiento, la casa de Manuel Cárceles, plaza de la Merced, la redacción de *El Catón Murciano*, y otras señas y direcciones que no se grabaron bien en mi memoria.

Mi atrasado sueño me dio aquella noche un descanso tranquilo, y al día siguiente, después de almorzar, me lancé a la calle dispuesto a recorrer la población y a enterarme de todos los aspectos públicos de la vida cantonal. Deambulando a la ventura, no pensaba más que en encontrar algún rastro de Floriana, alguna señal o indicio por donde pudiera descubrir la morada de la Diosa que me había traído por las entrañas de la tierra o por la superficie de esta, pues ya me atormentaban dudas acerca de mi verdadero camino desde Madrid a Cartagena. Mi aburrida expectación me llevó a la ciudad alta, con accidentes de Alcazaba moruna y vestigios de Catedral añosa, no sé si visigoda o románica; llevome después al grandioso Arsenal, donde vi la marinería dueña de los barcos y de los almacenes y talleres: toda la oficialidad y jefes de la Armada estaban en forzadas vacaciones.

Rendido de cansancio me volví a mi fonda, a la caída de la tarde, y apenas entré me dijo un camarero que una señora había estado a preguntar por mí tres veces y que, dolida de no encontrarme, prometió volver a la mañana siguiente. Por las señas que me dio el mozo comprendí que mi visitante no podía ser otra que la insigne *Doña Gramática*. La esperanza de ver pronto a Floriana me llenó de júbilo... Mi amigo Alonso Criado me dio nuevos pormenores de la visitante, repitiendo estas palabras de ella: «El caballero don Tito ha venido a Cartagena a escribir la Historia de lo que aquí está pasando.» Subí a mi cuarto para quitarme el polvo del largo paseo. Di un corto descanso a mis huesos, y al bajar al comedor y sentarme a la mesa, mi fiel camarero me preguntó si me agradaba la población, si había visitado el Arsenal, si había visto a Gálvez...

«Estuve en el Arsenal, mas no he visto a Gálvez. Me han contado el recibimiento loco que le hicieron ustedes el día doce.

—Cosa no vista. Pues digo... El recibimiento que hicimos al general Contreras, un día después, también fue bien sonado de palmas, vitoreos y *¡aquí está el hombre!* Para mí que este Contreras es la primera espada de España y el primer ojo militar que tenemos.»

Respondile apoyando estos encomios, y en el tercer plato me dijo: «Pues ahora estamos esperando a Roque Barcia, que como sabio da quince y raya a todos los tíos de las Academias y Ateneos de Madrid. En fin; que vamos a tener en Cartagena la flor y nata del valor, de la hombría de bien, del *militarísimo* y de la ilustración tocante al teje maneje del Gobierno y demás. Yo he leído esas *Biblias* que escribe don Roque, y crea usted que con aquel frasco tan pulido me quedo tonto y me subo al quinto cielo.»

Cuando me servía los postres y el café, puso la voz en el tonillo bajo de íntima confidencia para decirme:

«Si el caballero don Tito quiere poner en el punto verídico la Historia que piensa escribir, no se olvide de este caso que al por menor le cuento. En la noche del trece vino a Cartagena de ocultis un señor Anrich que era ministro de Marina en el Gobierno de *Don Pi*. Traía la incumbencia de restablecer la disciplina en la escuadra. Un cabo de cañón le hizo un disparo que por desgracia falló... El hombre tuvo que salir de naja, pero no con las manos vacías, pues arrambló con veinticinco mil duros que estaban dispuestos para pagar un mes vencido a la Maestranza. Ponga usted también en su Historia que se llevó de rositas dos mil reales para sus gastos de viaje. Que no se le olvide esta gatada, y que esté bien clarita. Así verá el mundo lo que son estos caballeros del Centralismo nefando y virulento.

—Y ¿es verdad que el gobernador de Murcia, ese Altadill, vino a Cartagena el día trece?

—Sí señor; pero no se metió en nada. Nuestro Cantón se ha hecho de por sí, y todos los populares, cada cual según su capa social, arrimó el hombro con desinterés, señor don Tito, sin recibir un chavo de nadie. Para que vea usted lo que es aquí la masa federal, armada o sin armar, le diré que la *Junta Revolucionaria* decretó el día 12 que se acuñara una medalla memorativa para colgarla en el pecho de los que defendieron el Cantón con las armas en la mano. La tal medalla daba derecho a una pensión vital de treinta reales al mes. Nadie aceptó el sustipendio. En cambio, los Voluntarios de la República pidieron que en la condecoración campeara la palabra *Heroica*... Tome usted apuntación de este otro sucedido. El día quince llegó a la estación de la Palma el Regimiento de Infantería de Iberia, para batirnos a los cantonales. Llegó, vio y ¿qué hizo? Pues pronunciarse lindamente. Los soldados, que eran todos de la masa federal, despidieron a sus jefes y entraron en Cartagena dando vivas al Cantón.

—Pues todo eso, amigo Criado, lo pondré de pe a pa. Ya he sabido que la tropa de la guarnición de Cartagena imitó el ejemplo de los de Iberia.

—Lo que yo voy viendo es que el mundo entero es federativo. Acabarán por acantonarse las estrellas y esos que llaman planetas, para que rabie el Sol.»

Con esto nos despedimos. Me acosté, y aunque dormí algunas horas, la noche se me hizo interminable, como si faltaran siglos para la visita de *Doña Gramática*. Hallábame ya vestido y compuesto, a punto de las nueve, cuando entró en mi aposento la ilustre dueña. Era una mujer de mediana edad y de vulgar estampa, de rostro severo que a ratos volvíase almibarado. Vestía con aseada modestia; su cuello era carnoso, sus manos bonitas, su voz timbrada con el acento profesional, un tanto campanudo. Lo primero que me dijo fue su nombre, que yo desconocía. Llamábanla comúnmente Juanita Cid, y poseía cuantos títulos acreditan competencia en las funciones del magisterio con faldas.

Reíme de mí mismo al recordar que había visto en aquella pobre mujer una figura semi-olímpica, que se codeaba con las hermanas de Apolo y le quitaba motas a la Musa de la Historia. ¡Lo que va del ensueño a la realidad!

Sentose la dueña frente a mí, y plegando su boca y dando cierta movilidad graciosa a sus negros ojos para lograr la mayor finura de expresión, entabló el coloquio con su poquito de hipérbaton: «El caballero Tito perdone que en matutinas horas a importunarle venga esta maestra humilde.» A tan relamido concepto contesté que verme en presencia de señora por tantos títulos ilustre era mi mayor gusto.

«Gracias, señor... Del alma brotan mis gratitudes por tan dulce bondad —dijo ella, y luego me soltó esta pieza sintáctica, abusando fieramente de los incisos—. Como quiera que Floriana desde la mañana de ayer, y no necesito puntualizar la hora, me encargó comunicar a usted su residencia, no lejana ciertamente, deseando ser visitada por el talentudo historiador e historió-grafo, me apresuré a desempeñar mi cometido, ayer tres veces frustrado, y hoy vengo gozosa a manifestar a usted, con gusto mío y del que me escucha, que vivimos en la plaza de la Merced, número tres, local anchuroso de una Escuela que debió de estar poblada de ángeles, y hoy está desierta porque nos ha trastornado con su convulso movimiento la hidra revolucionaria.

—Ahora mismo voy —exclamé, levantándome de un brinco; pero ella, con gesto y voz que remedaban las actitudes olímpicas, me ordenó la calma, y así prosiguió: «Refrene su impaciencia, señor mío, y óigame. Floriana es una chiquilla, sin que este calificativo amengüe su idoneidad casera. Lo juvenil no quita en ella lo juicioso. En esta hora y en la subsiguiente hállase atareada en el negocio de sus abluciones, y en acicalarse y componerse, cosa natural en tan linda persona. De ello resulta que, conforme a las ordenanzas de la etiqueta urbana, ha de correr un lapso de tiempo hasta que llegue el opor-tuno instante de recibir visitas. Deme el señor don Tito licencia para decirle que es hombre harto fogoso y vivaracho, de lo cual colijo que rara vez, quizá nunca, ha tenido a su lado personas sentadas y maduras; que el juicio se pega con el roce vital, y los ejemplos de sensatez y mesura son el mejor aprendizaje para los caracteres movedizos y volanderos en demasía.»

Érame ya insoportable la cancamurria pedantesca y el traqueteo grama-tical de aquella buena señora. Ansioso de llegar a la deseada oportunidad de las visitas, la entretuve como Dios me dio a entender, dándole cuerda y contestando tan solo con monosílabos a su laberíntico fraseo. Cuando a mi parecer había pasado ya bastante tiempo, le dije: «Vámonos despacito, señora, y si aún fuere temprano nos entretendremos charlando por el camino.» Accedió la dueña; le ofrecí mi brazo para bajar la escalera, y me llevó por calles desconocidas, aturdiéndome con su estilo machacante. De todo hablaba: del Cantón, de la enseñanza pública, de los nuevos métodos gramaticales, y en tan variados temas hallaba coyuntura para echarme una flor mal encubierta con frases lisonjeras.

«Aunque mi oficio es enseñar Gramática, dura faena en verdad —me dijo en una de las muchas paradas que hacía—, mis aficiones me han llevado siempre a la Historia, y a esta ciencia sublime consagro mis ocios. Sin autoridad para juzgar a los superiores, no vacilo en ofender su modestia diputándole por el más feliz narrador de los hechos humanos, así los oscuros como los resonantes. Tengo para mí que la Historia que usted nos escriba, si en ello persiste, será de las más discretas, eruditas y ejemplares que habremos de disfrutar, señor *don Tito Livio*... No se ría; al trastrocar su apellido heme permitido usar un *apócope* que también puede ser un vislumbre de *metátesis*.»

Sofocando la risa le reiteraba yo mis gratitudes, y al fin, con la pesada carga de la *Gramatical* balumba llegué al número tres de la plaza de la Merced. ¡Oh felicidad sin medida y sin nombre! En un magnífico y espacioso local de Escuela recién construida, todo nuevo, todo limpio, ornado de mapas y cuadros gráficos admirables, me recibió Floriana a los pocos instantes de impaciente espera. Gozosa vino hacia mí; nos estrechamos las manos, y sentándonos en un banco escolar, cambiamos las salutaciones de rigor. Vestía traje azul sencillísimo, sin ningún adorno. Su hermosura ideal recobró en mi retina la exquisitez helénica, y recordé la primera frase de Celestina cuando me propuso el pacto de amor: *No es mujer; es diosa.*

XX

Inició ella la conversación con estos sentidos conceptos: «¡Ya ve usted, amigo Tito, con qué mala sombra he venido a tomar posesión de mi destino! ¿Cómo habíamos de pensar que este dichoso Cantón destruiría radicalmente mis ilusiones y mis planes, haciendo inútil la gestión de usted para darme la dirección de esta Escuela? Ya le enseñaré el edificio y sus dependencias. Verá usted qué grandiosidad. Aquí hay cátedras, gabinetes de Física, museo, jardines, aposentos para el internado... Todo perdido, todo por lo menos en suspenso hasta sabe Dios cuándo.

—El aplazamiento será corto, no lo dude usted —le dije para consolarla—. Creo que el flamante Estado no abandonará esta Institución.

—¡Ay don Tito, no lo veo yo así! Contaba con que de las trescientas criaturas de ambos sexos que pidieron matrícula, vendrían en tiempo de vacaciones unas sesenta o setenta. Al llegar aquí encontré doce, y ayer no vino ninguna. Considere usted, amigo mío, que este edificio fue costeado por un millonario cartagenero recién venido de América, quien formó una Junta Patronal, sometiendo el plan de enseñanza a la Dirección de Instrucción Pública. Ahora resulta que la Dirección es un órgano centralista: *vade retro*. Y lo más funesto, lo que me quita toda esperanza, es que los señores de la Junta Patronal y el fundador millonario son *benévolos*... Esta palabra es injuriosa en Cartagena. Cada día aprendemos una cosa nueva, y yo aprendo aquí que la *benevolencia* no es una virtud, sino un delito.»

Asegurele yo con gran entereza que su pesimismo era infundado y que no faltaría quien intentase, en bien de la enseñanza, un decoroso arreglo entre *prefumistas* y cantonales.

«Observe usted —añadió Floriana— que el plan de enseñanza trazado por la Dirección es francamente laico. Yo no enseño Catecismo.

—¡Oh, mejor que mejor! Los cantonales aplaudirán seguramente ese criterio.»

Movía la cabeza Floriana en señal de desaliento, y *Doña Gramática*, sentada en el banco próximo, soltó de su erudita boca las primeras frases de un terrorífico discurso, claveteado de incisos. Afortunadamente, Floriana no la dejó meter baza. En aquel punto entró por la puerta interior otra matrona, en quien reconocí a *Doña Aritmética*, seca, huesuda y muy aborrascada de entrecejo. Cubría toda su delantera con un grueso mandil. Por esto y por las palabras que cambió con Floriana, comprendí que desempeñaba funciones de cocinera en el vagar de las tareas escolares. Luego, Floriana y *Doña Gramática* me llevaron adentro para enseñarme toda la casa, que era en realidad una maravilla.

Bajamos a un jardín lindísimo, donde tuve la dicha de ver desaparecer a la insufrible sabia Juanita Cid, mandada por la Directora a un recado callejero. En un banco me senté junto a la que sigo llamando Diosa por estímulo de una idealidad más fuerte que mi razón. Encastillada en su pesimismo, me dijo: «Triste desengaño es este al término de un viaje largo y molesto, en que no nos faltó ninguna contrariedad. Primero, por la precipitación y por el descuido de estas buenas señoras, no traíamos comida, y tuvimos que alimentarnos con bizcochos. Ya lo recordará usted... Después ocurrió la desgracia de que al salir de la estación, no sé si de Albacete o Chinchilla, hubo de parar el tren porque se precipitó sobre la vía una piara de toros; la máquina arrolló a uno y los demás huyeron desmandados... ¿Se acuerda usted de lo que nos atormentaron los rugidos de las fieras enjauladas, que iban en un furgón y pertenecían a un polaco que las exhibe por los pueblos?... Y a todas estas, el tren atrasando horas y horas. Me parece que fue en la estación de Hellín donde invadieron nuestro coche aquellos malditos cómicos, que nos dieron la gran tabarra contándonos el argumento de la función *Las Diosas del Olimpo*, que iban a dar en Murcia.

—Sí, sí; ya me acuerdo —exclamé yo, sin que mi confusión me permitiera añadir una palabra más.

—Yo no pegué los ojos en todo el viaje —dijo ella—. En un coche de tercera, de cola, iban unas muchachas alegres que no cesaron de cantar y gritar desaforadamente. Luego, en no sé qué estación, se pasaron a los coches delanteros. ¡Qué barullo! ¡Qué escándalo!

—Sí, sí; parecían diablesas.

—Y para acabar de arreglarnos, en Balsicas tuvimos que dejar el tren por descarrilamiento del mixto. ¿Se acuerda usted de que nos entretuvimos un rato contemplando las constelaciones?

—Ya lo creo. Vimos al *Toro* y a *Géminis*. Nos metieron en unas tartanuchas, y a las treinta y seis horas de viaje llegamos a Cartagena.

—Yo llegué muerta.

—Y yo también —dije procurando atraer a mi mente las ideas que azoradas escapaban volando hacia la región del ensueño—; muerto de cansancio y afligido de un grave desconcierto cerebral, que todavía persiste, aunque con atenuaciones temporales. Créame, Floriana; viéndola a usted y escuchándola, mi ser se ennoblece y se eleva, tomando las direcciones que usted quiera darle. Con Floriana voy al extremo delirio o a la razón serena... En la razón estamos ahora. Adelante.

—Si he de hablarle con sinceridad, mi amigo don Tito —contestó ella con gracia un tantico burlona—, no entiendo bien lo que acabo de oírle. Pero pues estamos en plena razón, ya trataremos de... De eso... que usted razonablemente me explicará.»

En este punto, entró de la calle *Doña Caligrafía*, cuyas facciones y talle de persona distinguida y bien apañada se me quedaron muy presentes desde que en Balsicas nos dio las primeras referencias de la localidad. Era una señora de buen porte, algo ajada y canosa, natural de Cartagena, y según después supe, maestra insigne en el arte de pendolista. Entregó a Floriana varios paquetes de compras, entre ellos una cajita de cartón que me pareció de dulces o pasteles. En el mismo instante apareció por otro lado *Doña Aritmética*, y las medias palabras que de boca de las tres oí, hiciéronme comprender que era la hora de la comida. Me levanté para despedirme, y Floriana me dijo: «¿Se va usted porque es hora de comer? No tenemos prisa. Si quiere usted honrarme otro día, le prepararemos algo que sea de su gusto. Venga usted a verme cuando quiera, y fijaremos el día para ese festín. A esta hora me encontrará siempre. Salgo muy poco. Algunas tardes voy de paseo a la calle Real o a San Antón.»

Salí aturdido y un tanto desolado. Al atravesar el local de la Escuela para tomar la puerta de la calle, apreté el paso vivamente porque vino a mis oídos, desde los aposentos interiores, la tos clásica y la voz altísona de *Doña Gramática*. Almorcé sin apetito en la fonda y me lancé a la calle. Errabundo y triste, conforme a mi vieja costumbre, recorrí no sé qué barrios de la ciudad, pues nunca en casos tales precisaba mi descuidado itinerario, y en las inmediaciones del Arsenal me metí por un angosto callejón, donde oí voces risueñas y mi nombre claramente pronunciado.

Por un momento creí escuchar las voces misteriosas, que en noche memorable me guiaron en las calles de Madrid hacia la plazuela de las Comendadoras. Volvime, y en una ventana de piso principal vi tres mujeres bonitas, una de las cuales me llamó con la mano y con estas palabras cariñosas: «Tito, Titín salado, ven acá. ¡Gracias a Dios que te vemos! Sube.» Ni corto ni perezoso entré, y por empinada escalera subí al aposento donde estaban las alegres muchachas, cuyas caras no me fueron desconocidas, pues con ellas hice el viaje, a mi parecer subterráneo, desde Madrid a Cartagena. Más que la presencia de las tres sílfides, me sorprendió encontrar entre ellas a mi amigo Fructuoso Manrique, a quien no había visto desde la noche que estuvimos en el Club de la calle *de Jara*.

Observando rápidamente el local, vi cómoda y muebles muy modestos, máquina de coser con obra empezada, y sofá ruinoso, que parecía hermano del que fue suplicio de visitantes en mi casa de huéspedes de Madrid. Sobre él y unas sillas cercanas había vestidos a medio coser. El ornato de las paredes lo componían láminas con vírgenes o santos al cromo, y litografías de toreros, sin marco ni cristal. El examen de la estancia me llevó a presumir la condición de las mozas. ¿Eran costureras, modistillas o qué demonios eran? En una redonda mesita con hule blanco, colocada en mitad de la pieza, vi servicio de café y copas, traído de fuera. «A tiempo has venido, querido Tito —me dijo Fructuoso—. Siéntate, y tomarás café en esta escogida sociedad.»

La sílfide que se me puso al lado para llenarme el vaso de café con leche, me dijo: «Señor don Tito, la última vez que nos vimos fue aquella noche... En la estación de Murcia... Cuando, al pasarnos del coche de cola al coche de cabecera, le di a usted un pellizco tan fuerte que aún me parece que le estará doliendo. Pues para que me perdone, ahora le diré que mi intención no fue pellizcarle a usted, sino al tío de las fieras, que ya me tenía cargada haciéndome el amor, como si fuese yo pantera o leona. Me equivoqué de nalga, y usted pagó por el *polonés*.

—Tiene usted razón: todavía me duele —dije yo—. El viaje fue muy malo; pero estas niñas bien se divirtieron.»

Picotearon las tres ninfas un buen rato entre sorbos de café, y yo, echando de menos a *Graziella* en aquel cotarro, pregunté por ella. Las tres a un tiempo respondieron: «Ahorita viene... La estamos esperando... Nos asomamos a ver si venía cuando usted pasó...

—Si no tienes que hacer esta tarde —me dijo Manrique—, iremos un rato al Arsenal, donde hay mucho que ver, y además te contaré algunas cosas del Cantón, que te servirán para tus estudios históricos.

—¡Y cuidado con lo que nos escribe el don Tito! —dijo mi vecina, ojinegra, boca grande y salerosa, blanca dentadura—. Nosotras somos *cantonalas* hasta la pared de enfrente, y como usted hable mal de esto le arrastraremos por las calles.» Y otra, pelirroja, boca chiquitita, metida en carnes, afirmó que al mar me tirarían con una piedra al pescuezo si escribía cosas feas del Cantón. La tercera, atizándose una copa de coñac, no hizo más que gritar: «¡Viva la revolución cartagenera y la Virgen de la Caridad!»

Respondiendo al *viva* entró *Graziella* sin anunciarse. Traía flores en la cabeza, y en los hombros un pañuelo corto de crespón amarillo de los que llaman de talle. Manrique hizo un hueco para que a mi lado se sentara. Pidió café solo, medio vaso, y apurándolo a sorbos, me dijo: «Ya sé por *Doña Caligrafía* que has visto hoy a Floriana. ¡Qué linda está!

—No es mujer; es una Diosa. Tiene toda la pinta de don Hilario, que de mozo debió de ser un clérigo guapísimo.

—Y de viejo todavía, todavía... —indicó la pelinegra de boca grande.

—¡A quién se lo cuentas! —exclamó *Graziella*—. Don Hilario viejo valía por treinta jóvenes. Era mucho hombre mi santo varón... y como aquel que dice, la santidad no quita la hombría.»

En aquel momento empezó el copeo. Fructuoso sirvió a todas coñac, dando el ejemplo de largueza en la bebida. Aunque nunca tuve familiaridades con el bueno de Baco, se me comunicó la general alegría y empiné más de lo que acostumbro. *Graziella*, aficionada desde su infancia al néctar espirituoso, se puso pronto entre dos luces, y con rara mezcolanza de risa y llanto, nos contaba sus penas: «¡Ay de mí! No sabéis la tabarra que hoy me ha dado mi *Perico*... Quiso pegarme el muy sinvergüenza. Pero yo le di un trastazo, y luego le agarré por las astas y le tiré al suelo. Si él es bravo, yo también... Nada; se empeñó en que habíamos de ir hoy a Los Molinos para comer con su tía *la Berrenda*. El que sí; yo que no; en esta brega estuvimos hasta las tantas. Por eso he tardado.»

Alegres carcajadas acogieron este desahogo, y la muchachita gordezuela y pelirroja, dijo así: «A mi *Lázaro* le voy a dar el canuto... Con sus celeras me tiene frita. Ha dado en la tecla de que *Zalamero* me hace el amor.»

La tercera de las mozuelas, menudita y vivaracha, dijo que su *Ventura*, hecho un merengue, le pedía casamiento, y que ella le había contestado con un sí dentro de un no. Mi honradez histórica oblígame a decir que, sin excederme en las tomas de coñac, me puse pronto a medios pelos. Alegría loca inundó mi alma. Abracé a *Graziella* y después a Fructuoso, diciéndole con efusivo lenguaje: «Manrique, amigo del alma, sácame de una duda que me atormenta: esta preciosa ojinegra que tengo a mano izquierda ¿es tu ninfa?»

—Sí, Tito de mi corazón —respondió Fructuoso, que había cogido una regular *papalina*—. Distraído con la charla se me pasó el presentarte a mi amiga Dorita, de la noble estirpe de los Vargas Machuca o Machaca.» Como la cáfila de nombres taurinos había despertado en mi caletre las ideas más extrañas, dirigí a Fructuoso esta segunda interrogación: «Dime, Manriquito, ¿recuerdas tú haber sido toro alguna vez?»

La tempestad de algazara y risas que levantó mi pregunta, nos impidió escuchar la respuesta de Fructuoso, que me pareció entre seria y festiva. Acallaron el tumulto dicharachos de *Graziella*, que disparataba en el tono y estilo más donosos. Blasonando de una templanza tardía, retiró Fructuoso las copas y la botella de coñac. Los ánimos embravecidos por el alcohol se fueron sosegando. Dorita se puso a coser en máquina. Las otras disponían la tarea, canturreando a media voz. Manrique, acometido de un sueño imperioso, se tendió en el sofá. Yo llevé a *Graziella* junto a la ventana. Había llegado la ocasión de satisfacer las dudas que continuamente me atormentaban.

«¿Tienes tu cabeza bastante serena —le dije— para contestarme a unas preguntitas?

—Y la tuya, Tito, ¿está firme y fresca para que puedas preguntarme cosas con sentido? Porque yo, por mucho que beba, ya lo sabes, nunca pierdo el compás, digamos la brújula de mi entendimiento.

—Con toda mi serenidad y todo mi aplomo, te suplico me digas si la madre de Floriana es una marquesa o condesa que vive en un convento de Madrid.

—Es duquesa, Tito... Recordarás que yo, cuando me divertía escribiendo cartas en guasa a las señoras de la grandeza, le encajaba el título de *Pata del Cid*. Hoy está tronada y vive con otras dos viejas de su familia en las Comendadoras, como *señora de piso*. Hace días intentó catequizar a Floriana para que abandonase el siglo, como ellas dicen, y se metiese en vida monjil aristocrática. Pero Floriana no quiso entrar por ello y tomó la puerta... ¿Quieres saber más, curiosón novelero? Pues te diré que la duquesa tuvo esta niña de un santo clérigo a quien requirió para que le enseñara la Teología y le explicase el *Cantar de los Cantares*... Teología fue, que nació la linda criatura con las facciones hermosas del bendito papá. La duquesa dio a criar la chiquilla a unos pobres campesinos de las tierras que poseía y que luego perdió por su destornillada cabeza.

—Era viuda y guapa, según me han dicho.

—Guapísima y viudísima, sí; pero mala madre, porque no hacía caso de la criatura ni se cuidaba de ella. Cuando vino a menos y empezó el tronicio de su hacienda, dejó de atender a los pobres paletos que criaban a Floriana. Pero a la niña le salió un ángel bueno, le salió una señora con solicitudes y cariño de madre verdadera. Recogida Florianita por la divina dama, esta le dio educación perfecta, instruyéndola en todo el saber del mundo, para que en su día fuese maestra de maestras, o como quien dice...

—No sigas, *Graziella* —exclamé yo sin poder refrenar un arrebato de entusiasmo y orgullo—. ¡Los Dioses han creado a Floriana para un fin sin fin! Es la educadora de los pueblos.»

XXI

Díjome enseguida la diablesa que a su bienhechora daba Floriana el nombre de Madrina, y la quería más que a su madre. Oyéndolo, rompí en este exabrupto: «Y la Madrina es *Mariclío*, la Madre alta y piadosa que nos enseña el arte de hacer felices a los pueblos. No me lo niegues. Esta es una verdad que yo siento en mi corazón...»

Alzó *Graziella* los hombros, ademán que en ella solía tener una significación afirmativa. Luego sacó de su faltriquera un cigarrillo, lo encendió y se puso a fumar tan tranquila, sin pronunciar palabra. Yo proseguí: «Pues ahora te digo que *Mariclío* está en Cartagena. Lo sé. Y como estoy seguro de ello, quiero que me lleves a su lado, que para eso, no para cosas fútiles y livianas, eres consumada hechicera.»

Fija la mirada en el suelo, y quitando la ceniza a su cigarrillo, me dijo la diabla que no podía llevarme a donde yo quería, sin obtener permiso y orden expresa de la señora mil veces augusta, que a menudo cambiaba de residencia y sabía ocultarse y aun perderse de vista, cuando pensaba que los nacidos no eran dignos de su presencia. «Es abeja —añadió— que labra su panal a escondidas, y no quiere que la molesten zánganos ni abejorros.»

Amparados por el ruido de la máquina y el parloteo vivo de las mozuelas, pudimos *Graziella* y yo hablar con libertad. Desperezándose con mugido despertó Manrique. El breve sueño ahuyentó de su cabeza los vapores vinosos, y al poco rato nos hablaba de estirar las piernas y sacudir la galbana con un paseíto por el Arsenal. Del mismo parecer fuimos *Graziella* y yo. Dorita quiso agregarse a la partida; pero teniendo que terminar unos pespuntes, nos dijo que fuéramos por delante, que ella nos alcanzaría antes de media hora. Salimos, pues, y no paramos hasta franquear la puerta del Arsenal. Entramos en la Comandancia, donde algo tenía que hacer Fructuoso, y siguiendo luego por entre los edificios y talleres, llegamos a la dársena. ¡Qué hermosura! ¡Cómo me deleitaba ver aquel inmenso tazón rectangular, en cuyas quietas aguas flotaban inmóviles las naves más poderosas que en aquellos tiempos se conocían!

Advertimos gran movimiento a bordo y en tierra, y continua comunicación de gente afanosa transportando enseres y vituallas, en chinchorros, gabarras y lanchas de vapor. Junto a la machina vi a Gálvez rodeado de gentes de mar y tierra, y esperé que se aclarara el grupo para saludarle, pues de Madrid le conocía. Era de mediana estatura, doblado, fornido, de recios hombros; la cabeza grande y firme, atezado el rostro, la nariz ancha y algo aplastada, los ojos pequeños, vivos y muy a flor de cara, por lo que esta resultaba como un bajo-relieve. Su barba, bien poblada y negra, descendía del rostro hasta la mitad del pecho. Hablando en lo íntimo era dulce y candoroso como un niño; perorando en público sacaba una voz áspera y honda, con la que premiosamente expresaba su pasión fanática y sus indomables arrestos.

Viendo al fin un claro en la multitud, acerqueme a estrechar su mano. Saludome con afecto, y como yo le preguntase si se disponían a salir a la mar, me contestó con cierta jactancia pueril: «Teniendo como tenemos una plaza fuerte de primer orden, con buenos castillos, y una escuadra pistonuda, ¿qué ha de hacer nuestro Cantón más que salir a posesionarse de la costa? ¿Sabe usted lo que vale una costa en un Estado moderno? Pues es la vida, la riqueza y el poder. Si cuando salgamos quiere venir con nosotros, pondremos a prueba sus agallas.»

Sin rehusar su invitación, quedamos en que nos veríamos. Le di las gracias por su amabilidad, y me aparté a corta distancia porque noté que Fructuoso quería hablar con él reservadamente. Al seguir ojeando por entre la multitud trabajadora, vi que *Graziella* se nos había escabullido. «Es que ha visto a *Perico* bajar de la *Vitoria* para venir a tierra —me dijo Fructuoso—, y corrió a esperar la llegada del bote. Ya nos la encontraremos.» Yo pregunté a mi amigo: «¿Y qué habéis hecho de la oficialidad de la Armada?» La respuesta fue bien sencilla. Algunos se fueron con Anrich; otros quedaron presos, y por fin se les dio a todos pasaporte para que fueran a donde quisiesen.

Hice la misma pregunta referente a las autoridades militares, y Fructuoso me dio estas explicaciones: «El día catorce ordenó Contreras que Cárceles y Gálvez se entrevistaran con el general Guzmán, gobernador militar de la plaza, para exigirle la entrega de los fuertes Atalaya, San Julián, Despeña-perros, Moros y los de la entrada del puerto. Yo fui con ellos y presencié la escena. Los Voluntarios que nos acompañaban se quedaron en la calle. El general Guzmán nos recibió pálido y descompuesto. Gálvez apoyó su intimación con tan ruda energía, que a los pocos momentos salíamos con una orden firmada para que las fuerzas Centralistas desalojasen los castillos. Desde aquel día quedamos absolutamente dueños de Cartagena. Vamos muy bien. Ahora nos falta que venga Roque Barcia a prestarnos ayuda con su talento macho. Nos falta el hombre que ilumina los entendimientos con su palabra y su filosofía, y aquel estilo sublime con que escribe de Jesucristo y de Dantón, del Papa y de Garibaldi. No ha venido ya, porque el hombre anda mal de bolsillo, y aquí están reuniendo diez mil reales para mandárselos. Es seguro que le tendremos muy pronto acá.»

En esto vimos que *Graziella*, cogiendo del brazo a un hombre que debía de ser *Perico*, acabado de saltar en tierra, se metió con él a bordo de la *Almansa*, atracada al muelle. La llamamos y se asomó a la borda. Al mismo tiempo oímos ruido de guitarras y canticios dentro de la fragata. «¿Qué gente va en ese barco? —preguntó Manrique a la moza. —«Para mí —replicó esta riendo— que casi todos los que van aquí son presidiarios.» Y Fructuoso siguió preguntando: «¿*Perico* se embarca también?» Asomó entonces el novio de *Graziella*, mocetón guapo, todo afeitado, con aspecto de matador de toros, y dijo así: «Yo voy de despensero en la *Vitoria*, amigo Fructuoso, y llevo mi carabina *Berdan* por si vienen mal dadas. Hemos entrado aquí para visitar a un primo mío que va de matarife. Todos tenemos que ayudar.»

Se nos apareció de improviso Dorita, que venía muy sofocada, y al oír rasgueo de vihuelas a bordo de la *Almansa*, pidió permiso a Fructuoso para entrar a divertirse un rato. Vacilaba el amigo, y ella insistió con estas razones: «Déjame, tontaina, que baile un poquito. ¡Pobre de mí! Mira que esta noche tenemos que velar. Acabaditos de salir ustedes llegó *Zalamero* con varias piezas de lanilla colorada. Para mañana tenemos que tener cosidas y dobladilladas veinte banderas rojas del Cantón. Ya que trabajamos por la República, déjanos que nos alegremos con un poco de canto y zarandeo.» Comprendiendo Manrique que las almas cantonales se vigorizaban con el meneo de los cuerpos, accedió a que su ojinegra entrase en la fragata.

En tanto, yo entablé con *Graziella* este vivo diálogo: «No te dejo vivir hasta que me lleves a donde sabes.

—Espérate a mañana, Titín gracioso. Si ello puede ser, te mandaré recado con *Doña Gramática*.

—¡No, eso no! Mándamelo con un mudo del Infierno o con el propio Satanás... Hazme el favor de bajar un momento, que quiero hablarte.

—No puedo. *Perico* no me deja. Es muy celoso... Y basta de conversación.»

Al decir esto retirábase de la borda. Fructuoso me cogió de un brazo, y llevándome adelante me dijo: «No hagas caso de esa loca, que es algo bruja y anda en trato con los espíritus del aire y del fuego. Vivamos en lo positivo y dejemos lo ilusorio. Cuando las potencias invisibles quieran decirnos algo, ya sabrán ellas cómo han de hacerlo.»

Platicando de estas sutilezas y tiquismiquis avanzábamos despacio. Pasamos por delante del presidio, ya vacío de su contingente criminoso. Díjome Manrique que los pobres galeotes, sacados de su purgatorio penal, se portaban como buenos chicos, procediendo como federales ardientes y honrados ciudadanos. Desde que los soltaron, la propiedad y las personas no habían sufrido ninguna violencia. Incorporados a las fuerzas defensoras del Cantón, deseaban que llegasen los momentos de peligro para ser los primeros en afrontarlo, como redención de sus pasadas culpas.

Por la Puerta de Mar entramos en la Plaza de las Monjas, y en ella nos disolvimos pacíficamente, quiero decir que nos separamos. Fructuoso se metió en el Ayuntamiento, donde estaba en sesión la *Junta de Salud Pública*, y yo me fui a la fonda decidido a esperar tranquilamente el mañana... Y el mañana ¡Dios me valga! se marcó en la Historia con la salida matutina de la fragata de hélice *Almansa*, llevando a Gálvez, Cárceles y el coronel Pernas con rumbo a *una potencia extranjera*, Alicante. Arbolaban bandera española.

Por la tarde, sin cuidarme de la ruidosa entrada de los Cazadores de Mendigorría, pronunciados por la causa Cantonal, me fui a San Antón, donde Floriana, según me dijo, solía pasear. La mala sombra de aquel día no me trajo ningún accidente placentero. Desesperado me volví a la fonda, donde me sacudió los nervios y me encendió la imaginación un fenómeno inaudito. Por matar el tiempo abrí mi maleta para ver la ropa limpia que me quedaba... Imaginad, curiosos lectores, cuál sería mi sorpresa al encontrarme un envoltorio de papel que contenía dinero en oro y plata. *Si me holgué con el hallazgo no hay para qué decirlo.*

Precisamente me alarmaba ya la merma del escaso metálico que traje de Madrid. ¡Y en esta situación precaria, los Dioses inmortales dejaban caer sobre mí una lluvia metalífera que me aseguraba la existencia por dos o tres meses! En ello vi la sutil taumaturgia de la excelsa Madre, Madrina de la sin par Floriana. ¡Medrados estaríamos los pobres mortales —me dije escondiendo mi tesoro— si lo esperáramos todo de la dura y seca realidad, renegando, como propuso Fructuoso, de los poderes espirituales o suprasensibles!

No necesito deciros, lectorcitos míos, que se me alegró el alma, no solo por las reverendísimas monedas que entraron en mi bolsillo, sino porque el divino socorro era señal de que *Mariclío* me ordenaba permanecer en Cartagena; señal también de que me concedería el don de su presencia.

Los mosquitos, el ardor de las sábanas y la nerviosidad retozona ocasionada por mi opulencia mágica, se confabularon aquella noche para no dejarme conciliar el sueño. Me lancé a la calle, y en los alrededores del puerto pasé tumbado no sé cuántas horas, respirando el aire fresco de la mar... Amanecía cuando volví a la fonda. Dormí hasta las once, y a la hora del almuerzo pude anotar otras páginas de la historia cantonal, que fueron como sigue: Volvió de Alicante la fragata *Almansa*, sin hacer nada de provecho ni traer fondos. Su único botín fue un vapor pequeño, llamado *Vigilante*, que apresaron, y a remolque lo trajeron a Cartagena... Llegueme por la tarde al Arsenal. Vi que estaban armando el *Vigilante* a toda prisa. Gálvez, que dirigía la faena, me dijo si quería ir con él a Torrevieja. No me determiné... Otra vez sería... Presencié su salida, llevando a bordo un puñado de hombres bien bragados. El *Vigilante* arboló una bandera que las aguas del Mediterráneo no habían visto desde tiempos muy remotos... Era la bandera de Barbarroja.

XXII

Seguidme y veréis algunas líneas más de la página histórica. El Gobierno de Madrid había lanzado en la *Gaceta* un decreto, firmado por Salmerón, presidente del Poder Ejecutivo, y Oreiro, ministro de Marina, declarando piratas las naves que habían caído en poder del Cantón, y autorizando a las naciones amigas para que las detuvieran y apresaran. A esto contestó la *Junta de Salvación Pública de Cartagena* con otro decreto declarando a Salmerón y a sus ministros traidores a la Patria y a la República, y ordenando a todas las autoridades su busca y captura. Gran escándalo y agitación en el Arsenal y en todo el pueblo.

Por la noche embarcaron el general Contreras y el diputado Sauvalle, con fuerzas de Mendigorría, en las fragatas *Almansa* y *Vitoria*, y salieron en son de reconocimiento del litoral. Llevaban bandera española. Luego se vio que todo se redujo a un paseo marítimo sin ninguna eficacia... Seguidme un día más, y veréis que al volver Gálvez de Torrevieja en el *Vigilante*, trayéndose a bordo la recaudación de las salinas, tuvo un mal encuentro. A la altura de Cabo Palos le salió al paso la fragata alemana *Federico Carlos*, mandada por el Comodoro Wernell, y con un cañonazo le mandó parar. Funcionó el telégrafo de señales, preguntando qué bandera era la que arbolaba el vapor, y como la respuesta no fuera satisfactoria, Gálvez y su gente fueron conducidos a bordo del barco alemán, y este siguió con rumbo a Escombreras, remolcando al *Vigilante*.

Excitación tan airada se produjo en Cartagena al conocerse el suceso que, a voz en grito, pedían pueblo y marinería que se declarara la guerra al Imperio Alemán. Contreras convocó a los Cónsules, los cuales declararon que no habían recibido instrucciones de sus Gobiernos para proceder contra los cantonales, y que nada harían en contra de ellos. Solo el alemán indicó que el apresamiento estaba justificado por la desconocida bandera roja que llevaba el *Vigilante*. Entre tanto, los fuertes y las fragatas se disponían para cañonear al *Federico Carlos*. Al fin todo se arregló, poniendo el Comodoro en libertad a Gálvez y su gente, los cuales entraron en Cartagena, en varias lanchas, trayéndose sus armas y el dinero que habían recogido en Torrevieja. Entusiasmo loco y vocerío delirante al recibir a *Tonete* triunfador de *la perfidia extranjera*.

Adelante conmigo, lectores pacienzudos, y os presentaré el primer *Gobierno Provisional de la Federación Española*, que se constituyó en Cartagena el 27 de julio de 1873: Presidencia y Marina, general Juan Contreras; Guerra, Félix Ferrer, Mariscal de Campo; Gobernación, Alberto Araus; Ultramar, Antonio Gálvez Arce; Fomento, Eduardo Romero Germes; Hacienda, Alfredo Sauvalle; Estado e interino de Justicia, Nicolás Calvo Guayti. Los flamantes ministros no se asignaron sueldo ni retribución alguna, y establecieron su oficial residencia y las oficinas correspondientes en los salones de la Comandancia del Arsenal.

El mismo día en que se constituyó el *Gobierno* entró en Cartagena Roque Barcia. La presencia del profeta bíblico en Cartagena dio motivo a estos decretos, fielmente copiados de *El Cantón Murciano*, Diario Oficial de la *Federación Española*, que empezó a publicarse el 21 de julio:

«Habiendo llegado hoy el ciudadano Roque Barcia, diputado y presidente de la *Junta de Salvación Pública de Madrid*, y no existiendo las razones de prudencia que vedaban la publicación de acuerdos anteriores nombrándole individuo del *Directorio Provisional*, venimos en confirmarle para dicho cargo. Cartagena, 27 de julio de 1873...» Siguen las firmas de los ministros Cantonales.

«Fijada para hoy mi salida al frente de la Escuadra Federal que ha de recorrer las costas españolas del Mediterráneo, y de acuerdo con el Consejo de ministros, queda encargado de la Presidencia del Gobierno Provisional el ciudadano Roque Barcia. Cartagena, 28 de julio de 1873. *Juan Contreras.*»

«Durante la ausencia del general Contreras, ministro de Marina, queda encargado de este departamento el ciudadano Félix Ferrer, ministro de la Guerra. Cartagena, 28 de julio de 1873. *Roque Barcia.*»

Dejo a un lado la Historia oficial para volver a la mía, personalísima y extravagante. En la tarde del 28 hallábame yo en la fonda, cuando recibí un recado de Fructuoso rogándome que fuese inmediatamente a la redacción de *El Cantón Murciano*, instalada en la Secretaría de la que fue Capitanía general de Marina. Acudí allá y encontré a mi amigo en la puerta, esperándome con febril impaciencia. Tanta era su prisa, que me cogió por un brazo y me llevó hacia el Arsenal, explicándome por el camino el motivo de su llamamiento: «A la redacción han traído una lista de los forasteros que se han enrolado en la tripulación de la *Almansa*. ¿Quién te ha puesto en esa lista? Yo no he sido. ¿Habrá sido *Gálvez*? Pronto lo sabremos... No recuerdo si vas como despensero o como condestable. Mi parecer es que, sea cual fuere la mano que te ha inscrito, no debes quedarte en tierra. Lo que sí haremos es ponerte en un rango más decoroso, por ejemplo, en la Infantería de Marina.»

Perplejo y confuso intenté poner reparos a una determinación despótica tan contraria a mi libertad; pero al propio tiempo, un impulso misterioso, magnético, me llevaba cosido al brazo de Manrique, y cuando entrábamos en el Arsenal érame ya imposible desprenderme de él. Abriéndonos paso entre las multitudes llegamos a la machina, donde topé de manos a boca con el símbolo viviente de la picardía y la travesura, con la cifra del donaire gracioso y desvergonzado, la endiablada *Graziella*. Su cara era toda risas; sus ojos centelleaban. Llegose a mí, y pellizcándome y haciéndome mil carantoñas, me dijo: «A bordo, a bordo. La Señora lo manda.»

Miré a mi derecha, y no vi a Fructuoso; miré a mi izquierda, y la figura de *Graziella* se había desvanecido en el aire vago o en el torbellino de la multitud. Lo que me pasó después, lo que hice, si se entiende por hacer el trasladarse automáticamente de un punto a otro, no puedo fácilmente referirlo. ¿Fui o me llevaron hacia un lanchón lleno de gente, atracado en una de las escalerillas? ¿Bajé yo a la embarcación, o me metieron en ella manos blandas invisibles?... Desatracamos; los remos hendían a compás la quieta superficie del agua. Pronto llegó el bote a la escala de proa de la fragata.

Subí, y al entrar a bordo, dos o tres personas desconocidas me saludaron por mi nombre.

Internándome en los grupos de marineros y soldados de Infantería de Marina, saliome al encuentro un señor vestido de paisano que, después de mirar un largo pliego lleno de nombres, me dijo: «Usted, señor don *Tito Livio*, aunque viene aquí enrolado como Contador, no es usted contador de cuentas, sino de acontecimientos, o como quien dice, el vigía de la Historia. Puede usted recorrer libremente toda la cubierta de proa desde el puente hasta el cabrestante, y por la noche ocupará uno de los camarotes de maquinistas, que está vacío.»

Poco después de estar yo a bordo, subió al puente el general Contreras con sus ayudantes y el diputado Torre Medienta, que yo había visto en el Congreso, en los escaños de la Intransigencia. Me entretuvo agradablemente la operación de levar anclas. Hecho esto, la fragata se deslizó majestuosa por el cristal de las aguas. Creyérase que estaba quieta y que se movían los edificios del Arsenal, las casas de la población, los montes próximos y lejanos.

Al hacer la virada para salir del Arsenal al puerto, atronaban el espacio las aclamaciones, los hurras del inmenso gentío que en tierra contemplaba el lento zarpar de las naves de guerra. Cuando la *Almansa* traspasó la boca del puerto, dejando a babor el dique de la Curra y a estribor el Empalmador grande, aceleró un poco su marcha, y desde proa oíamos, con leve trepidación, el golpear de la hélice pausado y rítmico. Al salir a Escombreras, los timbres del aparato que comunica el puente con la máquina, indicaban mayor velocidad. Mar afuera y a toda marcha, la fragata oscilaba levemente de costado.

La *Vitoria* salió tras de nosotros. Próximamente a una milla por el Este, vimos la fragata alemana *Federico Carlos*. Como al salir habíamos visto a la goleta inglesa *Pigeón* encendiendo sus calderas, comprendimos que íbamos a tener escolta. Tanto mejor: así presenciarían los extranjeros nuestras hazañas si en efecto las había... La *Almansa* puso rumbo creo que al Sudeste, con un resguardo de dos millas de la costa, la cual se iba desvaneciendo tras de nosotros. Nos cogió la noche a la altura de Mazarrón, cuya luz indecisa distinguí en la penumbra crepuscular. El cielo estaba limpio y en todo su esplendor la infinita muchedumbre de estrellas. Me recosté cómodamente junto a un rollo de cables, y largo rato permanecí contemplando la gala del firmamento. Ya me entretenía reconociendo las constelaciones que había visto mil veces, ya esparcía mis ojos por la inmensidad de astros derramados como polvo luminoso en la bóveda inmensa y profunda. Mi pensamiento, en el ir y venir de la tierra al cielo, voló hacia la Madre augusta; a ella y a mi señora la sin par Floriana se encomendó mi espíritu pidiéndoles que me guiaran y socorrieran en los trances de aquella expedición, a que yo concurría por mandato y aviso de mis divinidades tutelares.

No puedo precisar el tiempo que duró mi éxtasis ante la belleza sideral y las imágenes que yo veía entremezcladas y confundidas con las más brillantes constelaciones. Después de media noche, me dijeron que descansaría mejor en el camarote de maquinista que me habían designado. En él me metí a punto que los marineros señalaban ya la luz de Águilas. Tumbado en la litera dormí hasta el amanecer. Me despertó la faena de baldeo, a la que siguió un movimiento general de toda la gente de a bordo. Estábamos frente a Almería.

Media hora después, las dos fragatas se aguantaban sobre máquina, a prudente resguardo de la población. A simple vista distinguíamos enorme gentío apiñado en el muelle, en las azoteas y en las alturas de la Alcazaba. El general Contreras mandó a tierra a su ayudante con la orden de que viniesen a bordo las autoridades. Pasó una hora. Vimos llegar un bote de la Comandancia del puerto trayendo a varios señores que, según oí, eran el gobernador civil, el cónsul inglés y comisionados de la Milicia Nacional y de los contribuyentes. Subieron a bordo, y allá se fueron todos con el general a la cámara de popa.

Lo que allí trataron, en una hora larga, yo no lo supe por el momento; pero lo que pasó después me indicó que no accedieron los almerienses a lo que nuestro intrépido general les pedía, a saber: contribución en metálico y que se retirasen de la plaza las fuerzas militares... Volviéronse a tierra un tanto mohínos los caballeros que nos habían visitado, y poco después advertimos que en la población construían a toda prisa parapetos. Las cornetas de nuestra fragata y de la Vitoria tocaron zafarrancho de combate.

A eso de las diez empezamos a disparar balas contra la población, previo aviso a los Cónsules. La *Vitoria* disparó una sola granada. Comprendimos que el general quería causar a la plaza el menor daño posible. Como yo en mi vida había visto un combate naval, me imponían, no diré solo respeto sino cierta pavura, la trepidación de la nave a cada disparo, y las nubes de humo que por todas partes me cerraban la vista. Era como el bosquejo de una catástrofe. Pensaba yo que ya estaban hechos polvo los pobrecitos almerienses. No sé a qué hora se dispuso que salieran dos lanchas con fuerzas de desembarco. Aquel señor vestido de paisano que me recibió a mi entrada en la fragata, se me acercó con una carabina en la mano, y así me dijo: «En la cara le conozco, señor don Tito, que está usted rabiando por que le mandemos unirse a las fuerzas de desembarco. Tome usted esta carabina y véngase conmigo.»

En la cara no debía de conocérseme lo que aquel buen señor decía, porque en mi temperamento jamás anidó el heroísmo ni nada que se le pareciese. Pero la misma fuerza magnética que en el Arsenal de Cartagena me había traído a bordo, llevome tras de aquel sujeto hasta llegar a la escala, descender por ella y meterme en la lancha. Esta y otra que salió de la *Vitoria* bogaron trabajosamente hacia tierra. Cuando el que nos mandaba dio la voz de *¡fuego!* empezamos a soltar tiros sin ton ni son. Yo me sentí héroe, y consideraba el espanto que estábamos produciendo en los inocentes pececillos que nadaban en derredor nuestro.

Cuando más enfoguetados estábamos, nos largaron de tierra una espesa lluvia de balas de fusil, que hirieron a dos de los nuestros. Ante tal modo de señalar, viramos en redondo y nos volvimos a los barcos. A las seis de la tarde, convencido el general de que Almería no daba un cuarto, cesó el fuego. Se habían hecho cuarenta disparos de cañón... Poco después, las fragatas volvieron sus gallardas popas a la ciudad y navegaron mar adentro.

XXIII

Al amanecer del siguiente día llegamos a Motril, población absolutamente indefensa. Allí dejamos los heridos, y el general pudo a duras penas recaudar ocho mil duros en libranzas sobre Madrid, que a mi parecer fue como llevarse papeles mojados. Por la tarde salimos para Málaga. El tiempo cambió, presentándose un Poniente ligero. La fragata embestía la mar con lentas cabezadas. Entrada la noche, dejamos de ver las luces de la *Vitoria*, que se fue quedando atrás, demostrándonos la impericia del marino que la mandaba. Hicimos señales y moderamos máquina, sin conseguir que nos siguiera en conserva.

Amanecía cuando divisamos dos fragatas. Creyendo Contreras que eran del odiado Gobierno Central y que venían en son de guerra, mandó tocar zafarrancho de combate. Pronto se vio, con ayuda de los anteojos, que una de las fragatas arbolaba bandera inglesa y la otra prusiana. Ya nos disponíamos todos a desplegar nuestros ímpetus heroicos, cuando nuestro general ordenó la prudencia. De improviso, la fragata germánica disparó un cañonazo con bala, que pasó rozando una de las vergas de nuestro palo trinquete.

Paramos. Contreras pidió parlamento y mandó a conferenciar con el alemán a su ayudante Rivero. Pronto volvió este con un pliego que contenía dos órdenes harto molestas: que los barcos cantonales volvieran a Cartagena inmediatamente, y que nuestro general en jefe pasase sin demora a bordo del *Federico Carlos*. Accedió Contreras a lo que se le pedía, y ya en el barco alemán fue maltratado de palabra por el Comodoro Wernell, que le conminó con ahorcarle como pirata. Contestó nuestro general con tanta dignidad como aplomo que, por el interés de su patria y por evitar una conflagración europea, soportaba resignado el atropello de que se les hacía víctimas a él y a los suyos, protestando enérgicamente del calificativo de piratas, que no merecían en modo alguno las honradas fuerzas cantonales. Como le inculparan de haber hecho fuego contra Almería, alegó que lo hizo porque aquella plaza estaba defendida por fuerzas militares, y previo aviso a los Cónsules extranjeros.

A las seis horas apareció la *Vitoria*. Preguntaron los alemanes a Contreras si esta fragata haría fuego contra ellos, y don Juan contestó que fuego harían si él lo mandaba; pero que reservaba sus fuerzas para combatir al Gobierno de Salmerón. Volvió el general a bordo de la *Almansa*, y ordenó que las dos fragatas cantonales hiciesen rumbo a Cartagena. La *Vitoria*, por sí y ante sí, tocó a zafarrancho tres veces. La fragata inglesa la intimó a seguir su rumbo. Contestó la *Vitoria* por el telégrafo de señales: *No me da la gana*, y trató de lanzarse a toda máquina, en son de abordaje, contra el barco inglés. Este, con rápida maniobra, evitó el choque. Entonces, la *Almansa* ordenó por telégrafo a su compañera que evitase un conflicto.

A consecuencia de esto, el Comodoro Wernell, creyendo que Contreras había faltado a su compromiso, volvió a cogerle prisionero y se lo llevó al *Federico Carlos*, donde se trabaron en disputa muy agria. Pensó Contreras que el asunto ya no debía plantearse entre caudillos, sino entre caballeros, y desafió al Comodoro, retándole a dirimir oportunamente sus querellas en el campo del honor.

Cerrada la noche, con Poniente leve de popa navegábamos cariacontecidos hacia Cartagena, lamentando el fracaso de la expedición. Muchedumbre de luces nos indicó la presencia de una escuadra: era la inglesa. Nueva parada y parlamento. El Almirante inglés nos dijo que nos detuviéramos en Escombreras, que las tripulaciones podrían entrar en la Plaza; pero que el general Contreras quedaría en rehenes hasta que se recibieran instrucciones de los Gobiernos inglés y alemán... Hartos ya de humillaciones, y con las manos vacías, llegamos a Escombreras el 2 de agosto.

La *Vitoria*, enterada de la prisión del general, intentó entrar en Cartagena y atacar a los barcos extranjeros, protegida por los fuegos de los fuertes. Desistió de su empeño por no exponer las vidas de los ochocientos tripulantes de la *Almansa*, la cual, por ser de madera, no estaba en condiciones para afrontar los riesgos de una lucha. Una Comisión del *Gobierno Provisional* de Cartagena, con los Cónsules extranjeros, menos el francés, pasó a bordo del *Federico Carlos* para pedir al Comodoro explicaciones de su conducta. Wernell se justificó diciendo que cuanto había hecho tuvo por causa el bombardeo de Almena, y se negó a poner en libertad a Contreras.

Cuando se conoció en Cartagena lo manifestado por el Comodoro Wernell prodújose, según me contaron luego, inmensa emoción. El *Gobierno Provisional*, reunido en sesión permanente, debatió la conducta que procedía seguir ante tan grave conflicto. El cartero Sáez, gobernador del castillo de Galeras, pidió que se rompieran las hostilidades contra el Imperio Alemán, actitud temeraria que el joven Cárceles defendió con verdadero frenesí.

Todo aquel día y el siguiente el pueblo invadió las calles pidiendo, con destempladas voces, la guerra a todo trance y asegurando que así había de ser aunque fuera preciso sobreponerse para ello *al Gobierno, a la Junta y a Cristo padre.* Acordada, al fin, la ruptura de hostilidades, se alistaron a toda prisa las fragatas *Numancia* y *Méndez Núñez*, las cuales, por la impericia de sus tripulantes, embarrancaron a la salida del puerto y costó Dios y ayuda ponerlas a flote. Preparáronse los barcos extranjeros para repeler el ataque. Los vecinos pacíficos se ausentaron de la ciudad.

Siguieron los tratos y regateos. Volvió Roque Barcia a bordo del *Federico Carlos* y le soltó al Comodoro un discurso bíblico profético; pero el alemán no le hizo caso ni entendía una palabra de aquella jerigonza. Solo se consiguió que pusiera en libertad a las tripulaciones y soldados de la *Almansa* y la *Vitoria.*

Nuevos dimes y diretes entre la Plaza y los extranjeros dieron por resultado que estos prometieran observar neutralidad en la lucha entablada por el Cantón contra el Gobierno de Madrid. El general Contreras, que en el *Federico Carlos* tenía que dormir en un colchón colocado en el suelo del camarote, porque su voluminoso corpachón no cabía en la litera, fue puesto en libertad el 7 de agosto... La fragata alemana abandonó las aguas de Cartagena, dejando en poder de los ingleses la *Almansa* y la *Vitoria.*

Cuando puse el pie en tierra, creo que el 4 de agosto, ante una multitud inquieta y gemebunda, la primera persona conocida que me eché a la cara fue Dorita, la cual, con lastimero acento, me dijo que Fructuoso estaba herido en la cabeza y en una pierna, de resultas de un tiroteo en Orihuela, adonde fue con *Tonete* para sublevar la ciudad y traerse las contribuciones. «Venga usted a verle —me dijo tirándome del brazo—. En casa le tenemos. Aunque sus heridas no son cosa mayor, se queja con grandes alaridos de la soledad, del aburrimiento y de no poder salir por el dolor de la pata.»

Olvidándome de mí propio y del descanso que necesitaba, acudí a ver al amigo, a quien encontré en la casa de marras, tendido en un camastro. Las tres sílfides dábanle asistencia cariñosa, y el *tiqui-tiqui* de la máquina de coser le servía de arrullo para sostener su cerebro en la dulce modorra, ayudándose a ello con sorbitos de ron, según tuve ocasión de observar. Mucho le animó mi visita. Incorporándose en el lecho me contó que se había unido a la expedición de Gálvez a Orihuela, con Pernas, Carreras y Perico del Real, que mandaban fuerzas de Mendigorría, Iberia y Voluntarios de

Murcia. A meterse en tales andanzas le había movido la curiosidad más que el apetito de gloria. Los pijoteros laureles que recogió fueron la rozadura de una bala en el cráneo, y el estropicio de la pierna al caerse de una pared. Ved aquí el relato del asendereado telegrafista:

«¡Ay Tito de mi alma, ni a ti ni a mí nos llama Dios por el camino heroico!... Verás: llegamos a Orihuela al amanecer del 31 de julio, y cátate que en los alrededores de la ciudad nos esperaban cien carabineros a caballo, en la plaza ciento ochenta guardias civiles, y muchos más en las calles y en diferentes casas. A los carabineros pudimos fácilmente cercarlos, y se nos rindieron a discreción diciendo para salvar la pelleja: *¡Todos somos unos!* Con ellos se entregaron varios oficiales de bigote de moco y un capitán con toda la barba.

»En la plaza fue más dura la refriega. El brigadier Piñeiro, gobernador militar de Alicante, dio la voz de *¡fuego!* a la Guardia civil. Se trabó la lucha. Gálvez, que donde pone el ojo pone la bala, tumbó la mar de civiles. Por fin quedamos dueños del campo, sin más pérdidas que un soldado muerto y dos heridos. La baja más sensible fue la mía, Tito, y gracias que la bala no hizo más que rozarme el casco por encima de la oreja. Las averías de la pierna me las causé en un arrebato épico, tirándome de un muro para ponerme a salvo del plomo enemigo. Total, que los vencí, digo, los vencieron Gálvez y los valientes Pernas, Carreras y Perico del Real. Cinco guardias del bando contrario pasaron a mejor vida. Apresamos catorce civiles y cuarenta carabineros. Los demás pusieron tierra por medio más que aprisa, y los triunfadores nos volvimos a casita, todos muy contentos, yo renegando.

—¿Y no trajisteis *monises*?

—El carrero del furgón en que yo venía como un fardo me dijo que se habían *recaudado* dieciséis mil duros. Pero como no los conté, ni siquiera los vi, no puedo darte recibo de la cantidad.»

Cuando yo me marchaba entró Cárceles, que ya por la mañana estuvo a visitar a Fructuoso en calidad de presunto doctor en Medicina. Las muchachas le saludaron con alegre algazara, y él, tan vivo y diligente en la acción médica como lo era en la revolucionaria, levantó a Manrique los vendajes de la pierna, le puso emplasto nuevo, y después de examinar la matadura de la cabeza le dijo, dándole palmaditas en un hombro: «Lo que tú tienes es holgazanitis, fomentada por el extracto de la uva. Levántate, gandul, y vete al Telégrafo y a la redacción de EL CANTÓN, donde no te faltará tarea.»

Preguntado por su reciente aventura, nos dijo Cárceles: «Nada; que salí pitando para Valencia con el tapadillo de prevenir a los federales de allá para que se aguanten contra las tropas de ese perro de Martínez Campos, hasta que les llegue un refuerzo de seis mil hombres que aquí se les prepara... En la fonda de Chinchilla me prendieron y me llevaron a la tierra de las navajas, Albacete. Enchiquerado en el Gobierno civil de aquella ciudad concebí el atrevido proyecto de escapar, y tal como lo pensé lo hice tranquilamente. Al venirme acá encontré por el camino las tropas de Iberia mandadas a rescatarme. Nada: que ya estoy otra vez en Cartagena, dispuesto a pelearme con Dios si no hay aquí sentido y agallas para sacar adelante a nuestro Cantón glorioso.»

Salí con Cárceles y le acompañé hasta la redacción de EL CANTÓN MURCIANO. Cuando ya iba camino de mi fonda sentí detrás de mí un siseo penetrante. Volvime... ¡Oh sorpresa!... Era *Graziella*, que me echó la zarpa diciéndome: «¿Dónde te metes, pillastre, que te estoy buscando toda la mañana? Vente conmigo. La Señora te aguarda... ¿De qué te asombras? ¿Qué cara de bobo es esa? Menéate, avefría, que hay que andar un trechito.»

Dejeme llevar, poniendo mi paso al compás del suyo ligerísimo. Salimos al muelle, y rondando el puerto llegamos al barrio de Santa Lucía. Próximos a las primeras casas tuve que pararme para tomar aliento: tal era la velocidad con que me llevaba la diabólica hembra. Atormentado por dudas punzantes, le pedí seguridades de que aquello no era una burla. ¿Por ventura quería reventarme llevándome a una regata de andarines? «Anda, mostrenco, sigue —me dijo—, no te pares... No vaya a escapársenos la Señora.

—Allá voy, allá voy —dije yo moderando el paso y aspirando el aire espeso y puro que venía del mar—. Yo te sigo, *Graziella*; pero no extrañes mi desconfianza. ¿Cómo es posible que en este arrabal apartado, donde no viven más que pescadores pobrísimos, cargadores del puerto y obreros de la fábrica de Figueroa, tenga su residencia la que por su jerarquía y su divinidad está por cima de todas las princesas del mundo? Si quieres que te crea, señálame desde aquí los muros y chapiteles del Palacio donde...

—A ti sí que te voy a dar yo chapiteles —replicó *Graziella*, acentuando sus palabras con risas y un regular bofetón—. Ven acá, babieca; voy a enseñarte los palacios donde hallarás a la que es Madre tuya y mía y Maestra de todo el género humano.»

Cogido del brazo me llevó por delante de unas casas humildísimas, fronteras al puerto. Mujeres en perneras y chiquillos casi desnudos hormigueaban en los sitios de sombra, aspirando la frescura salina de la mar. Llegamos a una casa de apariencia menos humilde, con balconaje de madera del cual pendían redes, en cuyas mallas lucían algunas escamas de los peces recién cogidos en ellas. La puerta era grande, y a un lado y otro se extendían poyos, en los cuales se sentaban hombres y mujeres de distintas edades y de aspecto mísero. Las paredes relucían con el nítido albor de la cal. Quebraban a trechos la blancura una jaula con jilguero, otra con mirlo, y en la parte más alta dos o tres ventanas de desigual forma y tamaño. En la una colgaban ristras de ajos y cebollas, en la otra unos trapos puestos a secar.

Junto a la puerta vi una mujer friendo *aladroque* (que en Málaga llaman boquerones) en una gran sartén, montada sobre hornilla de barro... Otras mujeres preparaban los pececillos, envolviéndolos en harina y juntándolos por la cola en forma de abanico. Chicos y mozuelas recogían la fritanga, unos para comérsela y otros para repartirla entre personas que estaban dentro y fuera de la casa. *Graziella* se paró ante el grupo y dijo con inocente sencillez: «Buenas tardes.» Eco de ella fui yo, repitiendo el *buenas tardes* con el acento más candoroso. Una voz dijo: «Adelante, caballero.» Miré, y vi a *Mariclío* sentadita en el portal, a corta distancia de la freidora.

XXIV

Corrí hacia la Madre y le besé las manos... La emoción no me dejó articular palabra. El rostro de *Mariclío* era el mismo que vi y adoré en las postrimerías del reinado de don Amadeo, y así la faz como la figura reproducían la Musa de mi sueño mitológico en el viaje subterráneo, pero dignamente avanzada en la madurez fisiológica. Era una Matrona que disfrazaba su majestad con la pobreza del indumento. Vestía una limpia falda de percal con remiendos, y una blusa oscura sobre la cual cruzaba un tosco pañuelo de colorines.

Calzaba medias azules y alpargatas valencianas con cintas negras. A su lado y tras ella se sentaban mujeres de variada estampa, todas de clase marinera, y algunos viejos. Uno de estos, el más próximo a la *Madre*, me pareció poco menos que centenario. Quiso el tal apartarse para dejarme sitio, pero *Mariclío* no lo consintió, y mandando traer una banqueta me hizo sentar frente a ella, tocando mis rodillas con las suyas.

«Ya tenía ganas de verte, Tito —me dijo con aquel acento de cuya grave dulzura no puedo dar idea—. Aquí me tienes alojada en esta casa humilde y entre esta buena y honrada gente. Arriba ocupo una magnífica estancia, muy holgada y cómoda, con vistas al puerto. Es mi delicia ver desde el balcón la entrada y salida de los barcos mercantes y de guerra. Desde allí atisbo también la ciudad, y veo cuanto en ella ocurre. Ya sabes que mi vista es tan larga como mi pensamiento... Algo tendrás tú que contarme, yo a ti también. Ya hablaremos.»

En esto se acercó *Graziella* con un plato lleno de racimitos de *aladroque*, recién salidos de la sartén, y lo puso en las manos de la Madre. Esta presentó el plato al anciano que a su lado tenía, diciendo: «El primero que ha de catarlo es mi amigo Juan El Cano.» Resistiose el ancianito, y *Mariclío*, echándole cariñosamente un brazo por los hombros, agregó: «Tú, tú por delante. Donde tú estés serás siempre el primero... Querido Tito, acércate a este hombre venerable y besa su mano flaca ya, pero todavía vigorosa. Aquí donde lo ves estuvo en la de Trafalgar.»

Saludé al veterano con la veneración que merecía tal reliquia de los tiempos heroicos. Cogido por el viejo el primer abanico de boquerones, todos le secundamos, comiendo con gran apetito y alegría. La Madre me dijo que ya que merendaba con ella, no me soltaría hasta después de cenar. Las comadres y marineros allí presentes dieron broma al anciano por el trabajo que le costaba masticar el *aladroque*, y alguno se condolió de su extremada senectud.

Revolviose un tanto engallado el viejo, y les dijo: «Ea, no carguen tanto en la cuenta de mis años, pues, gracias a Dios, no he llegado a los noventa. *(Risas.)* No se rían: ochenta y nueve cumplí el 12 de junio. Todavía puedo... todavía soy hombre para cuanto las señoras quieran mandarme. *(Más risas.)* Y sepan que bien guapo era yo cuando embarqué en el *Nepomuceno* el

1.º de octubre del año 805. El día de la tremenda batalla con el inglés, día 21, nuestro comandante Churruca y yo caímos heridos al mismo tiempo: yo sané, y aquel grande hombre murió. ¿Verdad, *señá Mariana*, que habría sido mejor que yo me fuera a pique y don Cosme se salvara? Yo he vivido desde entonces sesenta y ocho años sin servir para nada, y él ¡qué hubiera hecho si viviera!

—Eso no es cuenta nuestra —dijo *Mariclío*—. Dios sabe cuándo ha de dar y quitar la vida.

—Pues yo le digo a Dios —replicó el viejo blandiendo como espada su mano temblorosa— que los hombres valientes no deben morir hasta que se caigan de viejos.

—Los valientes, amigo El Cano —dijo la Madre—, son los más solicitados por la muerte... Ya viste que también murió Nelson.»

Gruñó el viejo mirando al suelo, y apenas le oímos medias palabras rencorosas. Pero el mal genio se le pasó cuando empezaron a repartir copas de un vinillo blanco, transparente y fino. Una vez que remojaron todos el *aladroque*, la Madre se levantó requiriendo mi brazo para que fuese con ella a su habitación alta, pues quería hablar conmigo despacio y a solas. Subimos por una escalera de palo, que gemía como si le doliesen todas las coyunturas o acopios de su viejo maderamen. La estancia donde moraba *Mariclío* era grande, limpia, con jalbegue reciente y muebles primitivos. Llevome al balcón, y sentados frente al espléndido panorama del puerto, me habló de esta manera:

«Querido Tito, te mandé a la correría de Contreras por el Mediterráneo para que vieras por ti mismo la incapacidad de esta gente. Ya te habrás convencido de que nada valen los corazones valientes si las cabezas están vacías. Contreras no hizo nada de provecho, y de añadidura le quitaron las fragatas, que sabe Dios cuándo volverán a manos españolas... El arrojo de Gálvez en Orihuela, ¿qué consecuencias ha tenido? El menguado provecho de recoger algunos cuartos, y el enorme perjuicio de irritar a los pueblos cercanos y enemistarlos para siempre con este Cantón.

»Al llegar aquí los prisioneros de Orihuela los llevaron al navío-pontón *Isabel II*, y en él fueron atendidos y agasajados en la forma más cristiana: eso está muy bien. Por la tarde les visitaron el brigadier Pozas y el mirífico evangelista Roque Barcia. Este les largó un discurso, que fue como un pedacito del Pentateuco, y llorando les abrazó uno a uno, y aun creo que les bendijo, prometiéndoles la próxima entrada en el Paraíso Federal. Tanto sentimentalismo me parece de muy mal agüero. Creen estos inocentes que las revoluciones se hacen con discursos frenéticos, con abrazos fraternales, con vivas estrepitosos y cantinelas optimistas.

»Cuando esto empezó me agradaba la rebeldía garbosa, el desprecio del Gobierno Central, que por más que se disfrace con arreos y colorines democráticos es siempre una enredosa oligarquía. Pero ya se van desvaneciendo mis ilusiones. Estos caballeros habrían sido aniquilados si no dispusieran de una plaza fuerte tan considerable como Cartagena. Por el resguardo que les da la Naturaleza sostendrán su tinglado algún tiempo, hasta que el Gobierno de Madrid acabe de salir de su desmayo y concierte los resortes de la unidad. No sé si sabes que el general Pavía ha sometido a los federales de Sevilla, después de meter en cintura a los de Granada, y ahora irá contra los de Córdoba. Sobre Valencia está Martínez Campos, hombre que sabe bien su obligación. Él dará buena cuenta de *El Enguerino* y de sus diez mil Voluntarios alocados. Todavía arde el rescoldo cantonal en Vinaroz, Castellón, Béjar, Cádiz, Sanlúcar y otros muchos pueblos; pero ya se irá apagando. Estos incendios no se apagan con agua, sino con leña... La idea federal es hermosa; es mi mayor encanto, la ilusión de mi vida en esta y en todas las tierras que visito. Pero dudo ¡ay! que pueda implantarla de una manera positiva y duradera un pueblo que ayer como quien dice ha roto el cascarón del absolutismo.

—Verdad es cuanto dices, Madre querida —repliqué yo—. El federalismo nos vino aquí de aluvión, salido del cerebro de un hombre de extraordinario talento. A todos cautivó ese ideal por su grandeza, sin que llegáramos a penetrar las condiciones externas y materiales que son precisas para llevarlo a la práctica. Es como un bien caído del cielo; lo admiramos y celebramos sin saber qué tenemos que hacer para disfrutarlo.

—Tú y tus coterráneos no lo conocíais; yo, por mi calidad y el oficio que me da nombre en toda la tierra, lo conocí en tiempos muy remotos, casi en los días en que mi padre Júpiter nos dio la existencia a mis ocho hermanas y a mí. Éramos nueve jovenzuelas lozanas, frescas, hermosas, ávidas de esparcir por el mundo toda la gala de las artes colmándolo de felicidad y contento, cuando pude ver cómo se formó la maravilla del *Anfictionado de Tesalia*. La fecha es bastante lejana, Tito. Hablo de tiempos muy anteriores a la guerra de Troya.

»En un extenso y fértil territorio, que cerraban por Norte y Sur elevados montes y por Este y Oeste los mares helénicos, existían varios pueblos o nacioncitas independientes. No siempre reinaba la paz entre ellas, y a las veces se entretenían en guerras crueles por un quítame allá esas pajas. Unos eran pastores, otros labraban la tierra; estos criaban los mejores caballos que en Grecia se conocieron, aquellos tejían el hilo y la lana, o se dedicaban al trajín comercial y a la navegación. Cada uno de tales pueblos, en el curso de la vida, fue comprendiendo que sería más fuerte ligando su particular interés con el interés del pueblo inmediato. Aquí tienes el pacto federal. Dado el ejemplo por dos pueblos, fueron entrando los demás en la misma concordia, y al poco tiempo todos hallaron el vínculo común de un provecho elemental, que sirvió de aglutinante para amalgamar diferentes Estados débiles en un gran Estado poderoso.

»Aquella gran federación ha tenido muy pocos imitadores, y cuando te lo digo yo que tanto y tanto he visto, bien puedes creerlo... ¿Piensas tú que puede establecer sólidamente este bello régimen un país que hasta hace cuatro días no ha conocido la libertad, una raza que aun siendo heterogénea ha vivido amamantada con la leche de la unidad, y aún se adormece en el regazo de la nodriza? Considera lo que pesan sobre tu país el Catolicismo y eso que llamáis el Papado, las viejas rutinas monárquicas, y los enormes intereses inseparables de estas abrumadoras máquinas sociales. Tú, que no puedes traspasar los límites fisiológicos de la existencia humana, no verás realizado el ideal federalista en toda su pureza; yo, que soy vieja eterna, espero ver algún día... Algún día, triunfante y dichoso el *Anfictionado Español*.»

Terminada esta encantadora conversación, que elevó mi espíritu dejándome como en éxtasis, la Madre mandó que sirvieran la cena, y sentó a su mesa al marinero de Trafalgar, a otro viejo menos viejo, a dos mujeres y a mí. Frugal fue la cena, dominando en ella los condimentos de pescados sabrosos de fácil digestión. Exquisitas frutas y un vinillo levantino, claro, de ese que llaman *ojo de perdiz*, completaron el festín modesto. Hablose de diferentes temas: cada cual, según su condición y estilo, hacía la crítica del Cantón, considerando a este como potencia marítima.

El ancianito de Trafalgar aseguró que la *Tetuán* y la *Méndez Núñez*, *manque* les metiesen en las calderas todo el fuego del Infierno, no andarían más de cuatro o cinco nudos. Para nada servían como no fuera para irse a pique. El viejo menos viejo, que era hijo del veterano de Trafalgar, dijo que había hecho toda la campaña del Pacífico en la *Numancia*, y que a esta fragata la quería como a las niñas de sus ojos. «No hay otra como ella en la mar —exclamó con tanto cariño como si hablara de su familia—. Si algún día me *ajogo*, deme Dios el gusto de *ajogarme* en ella.»

Solo estos y otros rasgos salientes de la conversación quedaron grabados en mi memoria. Lo demás se borraba apenas oído. El torbellino de pensamientos que levantó en mi cerebro la evocación que hizo *Mariclío* del federalismo helénico, me aislaba de aquella charla familiar y rastrera... Pensé que de sobremesa me daría la Madre otra lección como la que antes recibí de su inmenso saber de las cosas humanas. Pero quiso reservarse para otro momento, y cuando los humildes comensales se alejaron con respetuosa despedida, me estrechó y acarició la mano diciéndome: «Es hora de que vuelvas a tu casa, Tito. No tardaré en avisarte para que vengas otro día. Adiós, hijo. Ya que vas a la fonda, hazme el favor de acompañar a esta buena señora, amiga mía, que va en la misma dirección y no conoce bien las calles.»

Cuando esto dijo vi que de la penumbra de la estancia salía una mujer enlutada, de buen talante y rostro severo, la cual llegose a mí con reverencia como poniéndose a mis órdenes. Salimos, y al bajar al portal alumbrado por un brillante farolón, fijéme en la cara de aquella señora, recordando haberla visto en alguna parte. Poco después, mi memoria me dio la solución, y al instante me volví hacia la dama, diciéndole: «Me parece, señora, que tengo el honor de acompañar a *Doña Caligrafía*. Perdóneme que antes no la reconociera. Hicimos juntos el viaje desde...

—Me llamo Gertrudis —dijo ella con gracia—, y me dedico a la enseñanza de la Geografía. Confunde usted el nombre con la profesión.

—Es verdad —dije yo un poco turbado—. Pero bien seguro estoy de que es usted una de las damas consejeras de Floriana.

—No soy dama consejera; acompaño y sigo a Floriana, que fue mi discípula y hoy es maestra y señora mía. Cosas son estas, don Tito, que no entiende usted ahora ni las entenderá en algún tiempo. Por esta noche, solo me cumple decirle que nuestra excelsa *Doña Mariana* se ha valido del piadoso artificio de que vayamos juntos camino de la fonda, para que yo pueda advertir a usted que ponga freno a su pasión por Floriana, y procure apartar de ella su pensamiento. Que para esto hay razones muy poderosas, fácilmente lo comprenderá usted...

—Dígame por Dios esas razones si no quiere dejarme en un dilema terrible: o la desobediencia o la muerte.

—No sea usted romántico, don Tito. Ya sabe usted que a la *Madre* no le gusta ese romanticismo dulzacho y un poquito enfermizo.

—Pero lo que usted acaba de decirme —exclamé con angustioso desconsuelo— ¿es advertencia, o es mandato riguroso?

—Mandato es rigurosísimo, irrevocable.»

En el momento en que yo quise protestar de esta bárbara sentencia, la extraña mensajera de la divina *Clío* desapareció de mi vista. Di algunos pasos, y un resplandor de luz verdosa me encandiló, dejándome después en tinieblas. Un corto rato estuve ciego. Poco a poco fui distinguiendo los bultos, las casas... Palpando las paredes pude llegar con dificultad a mi alojamiento.

XXV

Historia lastimosa voy a contaros, lectores queridísimos, y empiezo requiriéndoos a concederme vuestra lástima y un piadoso interés por mí, pues se trata de incumbencias particulares, sin mezcla de ningún melindre político, como aquel que dijo, *sin trampa ni Cantón*... Leedme y afligíos. Consecuencia fulminante de la terrible prohibición o anatema que oí de labios de la vaporosa *Doña Geografía*, fue que caí en la honda enfermedad que llaman *pasión de ánimo*, y se manifiesta con intensa desgana de todo menos de la soledad, hastío de la comida, desmayo muscular, aberraciones nerviosas y cerebrales, aborrecimiento del género humano y anhelo de morir.

En mi estrecho cuarto de la fonda me pasaba las noches de claro en claro, los días de oscuro en oscuro, estirado a medio vestir en un sillón de mimbres, empapándome en el amargor de mis melancolías y temblando a cada ruido que me pareciese anuncio de alguna visita. Amables y compadecidos, el fondista y los mozos no sabían qué hacer para despertar en mí las ganas de comer. Me traían platitos de algún guisado selecto, frutas, mariscos, golosinas... Mas, ni por esas; yo no pasaba nada, como no fuera café y algún mendrugo de pan chamuscado a la lumbre. Llegué a desligarme en absoluto de la norma del tiempo; no me importaban los sucesos exteriores, ya fuesen trágicos, ya fuesen ridículos. Solo la idea de ultratumba me halagaba, adormeciéndome en placentera modorra. Muriendo dejaría de arrastrar los restos miserables de mis ilusiones deshechas y en descomposición. Morir era el descanso, y aunque parezca paradójico, el supremo egoísmo.

Fue a verme Cárceles, que trató de animarme con su jovialidad bonachona. Según él, hallábame atacado de neurosis agudisísima. «Lo que usted padece —me dijo— es una exacerbación del egoísmo, y eso se cura con la actividad, con el trato de gentes y el tomarse interés por las cosas del prójimo y del procomún. Conque ánimo, a comer, y a la calle con los amigos. Le pondré una fórmula; no más que un amargo para abrir el apetito.»

Mi amigo, el camarero Alonso Criado, me llevó un día unos comistrajes rarísimos, por si con ellos lograba yo vencer mi desgana. Eran huevas en mojama de un pez llamado *mújol*, que se cría en el Mar Menor. Las probé y me supieron a demonios. Otro día me llevó *dátiles de mar*, un marisco sabroso, del cual me dijo Criado que comiendo mucho y bebiendo encima aguardiente era seguro reventar como un triquitraque. Lo caté y no me desagradó; pero me abstuve, porque aunque tenía ganas de irme al otro mundo, no me hacía maldita gracia emprender el viaje con el pasaporte de un cólico miserere.

Después de Cárceles me visitaron Fructuoso y el cartero Sáez, gobernador del castillo de Galeras. El primero me dijo que iba a mandarme a Dorita y sus dos amigas para que me dieran una sesión de baileteo andaluz, con panderetas y palillos, y me cantaran las coplas cantonales que estaban tan en boga. El valiente cartero me dijo: «Véngase usted conmigo al castillo por unos días, y con aquellos aires y aquellos horizontes ¡recristo! se le quitarán esas murrias.» No hablo más de estas visitas ni de las que me hicieron *Tonete* Gálvez, Alemán, don Pedro Gutiérrez, Roque Barcia, Pernas y otros amigos, porque tengo que consignar la que fue para mí más honrosa y grata.

A media mañana se me presentó un día *Doña Gramática*, compungida y bien abarrotada de locuciones hiperbólicas y laberínticas, *ore rotundo*, anunciándome, *a fuer de solícita embajadora*, la visita de la divina Madre. Afortunadamente, no se corrió demasiado en el mensaje, por priesa de sus quehaceres... Partió deseándome la pronta sedación de mi espasmo neuro-imaginativo... Me arreglé un poco, y al cuarto de hora entraron en mi estancia *Mariclío* y *Doña Caligrafía*. Vestían ambas de negro, con mantilla, como señoras mayores de la clase media que, al volver de misa, visitaban a un pobre enfermo. La Madre traía un librito como los que usan las señoras cuando van a sus devociones, y la otra dama una caja de cartón, cruzada con cinta roja, que se me antojó regalito de confituras.

El respeto y la emoción me paralizaron la lengua. Tardé un rato en expresar a la divina Señora el gozo que de verla sentía. «Padeces, querido Tito —me dijo ella, sentándose junto a mí y poniendo su mano en la mía— el *morbo europeo*, la epidemia de la civilización, que la Medicina del día atribuye a los nervios y la de antaño achacaba a los demonios. Entiendo yo que es flaqueza del cerebro, resultante del vértigo de los goces fáciles, del ansia de asimilar sabidurías de artes y ciencias, que viene a ser la guía del entendimiento. ¿Cree mi buen Tito que estas generaciones, debilitadas por la continua labor pensante y emotiva en el curso precipitado de la vida mental, pueden arrasar las instituciones caducas, y erigir sobre sus ruinas el monumento del Federalismo, que tiene por base las virtudes y el vigor físico de los pueblos?

»A los que como tú se inutilizan para el vivir normal solemos dar el nombre de románticos. Románticos son, pero de estofa ínfima y barata, los que se matan porque la novia se les va con otro, los que se desesperan y reniegan de la Humanidad porque no han podido obtener en un día lo que es fruto de la paciencia en largos años trabajosos.

»Conque ya lo sabes: no quiero verte romántico llorón, ni neurótico, ni flatulento, ni poseído de los demonios, que todos estos nombres han sido aplicados sucesivamente a los enfermos de necedad aguda. Conservando amorosamente el saber que tienes archivado en tu cabeza, ponte a trabajar en una herrería, forjando a fuerza de martillo el metal duro; abre el surco en la tierra, siembra el grano y cosecha la mies; arranca de la cantera el mármol o el granito; agrégate a los ejércitos que entran en batalla; lánzate a la navegación, al comercio, y si logras juntar a tu saber teórico la ciencia práctica que aprenderás en estos trajines, serás un hombre.

»No serás hombre sino un muñeco, si en vez de contener tu alma en la norma de ambición que la Naturaleza concede a los humanos, te lanzas al espacio insondable de las ambiciones locas, quiméricas, fuera de los confines de la realidad. Acabarás de perder tu salud, y con la salud tu vida, si te empeñas en remontarte al cielo para coger la estrella más linda que en él has visto desde la tierra, o si te arrojas en medio del Océano para sacar la perla escondida en el seno más hondo de las aguas.»

Tragándome la píldora de indecible amargura que en mi boca puso la Madre excelsa, alabé su elevado conocimiento de las cosas humanas, y el arte sutil con que sabía separarlas de las divinas. Dicho lo que antecede, bajó el tono *Mariclío*, y de las altas esferas del pensamiento descendió a las más bajas con transición donosa.

Hablamos de la vida cantonal, que ya empezaba a ser aburrida y sin ningún relieve. «Te habrás enterado —me dijo la Señora— de la nueva quijotada de tu amigo el general Contreras. Este señor, que es infatigable en la imprevisión, apenas dio fin a la descomunal aventura en que le quitaron las fragatas, quiso entrar en singular batalla con los molinos de viento. Entre tropa y Voluntarios reunió un ejército de dos mil hombres, y con un tren de Artillería partió por el ferrocarril a la toma de Albacete. Iban con él Pernas y Pozas.

»En la estación de Murcia recibió el aviso de que Martínez Campos, desembarazado ya de los cantonales de Valencia, vendría probablemente contra los de Cartagena. Los que iban a la conquista de Albacete corrían peligro de que el caudillo centralista les cortara la retirada. La intrepidez a secas, sin ninguna otra virtud que la rija y encauce, es cosa muy mala en las andanzas guerreras. Ciego y espoleado por el arrojo siguió don Juan su camino, y en Chinchilla el coronel Escoda le hizo frente con un corto número de soldados, distribuidos por la carretera.

»Llegó muy a punto el general Salcedo, y sin pelear apenas ni sufrir ninguna baja, derrotó en corto tiempo a los cantonales. En su poder quedaron muchos jefes, oficiales y soldados, el tren de Artillería, las banderas rojas y los cincuenta vagones en que habían hecho el viaje los expedicionarios. El descalabro fue monumental. Como no has salido a la calle en tantos días, no has podido observar que cunde el desaliento y que esta revolución candorosa va de capa caída. Vive de milagro, y el milagro consiste, según veo, en que el Gobierno de Madrid no puede distraer de la guerra carlista la escasa fuerza militar de que dispone.»

Fijábame yo con insistencia en el librito, al parecer de misa, que la Madre llevaba en su mano. Notó ella mi curiosidad, y risueña me dijo: «Uso este libro cuando mis disfraces me obligan a entrar en la iglesia. Pero no es el *Prontuario de la Misa*, sino una obra de mi amigo Jenofonte, titulada *Agesilao*. La estimo en mucho porque en ella escribió una invocación a mi persona, proclamando mi culto y ensalzando el nombre de *Clío* con inefable devoción. Además, contiene el libro avisos y sentencias políticas para el gobierno de los pueblos, que hoy conservan el mismo sentido y matiz de actualidad que tuvieron cuatrocientos años antes de Jesucristo. Del manuscrito que me regaló Jenofonte, y que conservo religiosamente entre mis reliquias, me sacó una copia de imprenta el propio Gutenberg, y de aquella copia hiciéronme estotra los impresores de la *Biblia Políglota* del cardenal Cisneros.»

Puso en mis manos el interesante libro. No pudiendo entender una palabra de él, por estar escrito en lengua griega, besé la preciosa reliquia y la devolví a la divina *Mariana*. Esta cogió de manos de *Doña Caligrafía* la cajita de cartón que, a mi parecer, guardaba confites o pasteles, y ofreciéndomela me dijo: «Aquí te dejo esta golosina, que no te vendrá mal para poner algún alivio a la inapetencia, que es el peor alifafe de los que sufren el *morbo europeo*. Son bizcochos riquísimos, de una pasta en que está combinada la dulzura con la sustancia provechosa y confortante. Los hacemos en casa, por una receta que a mis hermanas y a mí nos dieron en el monte Hymeto. Algo ha llovido desde entonces.»

Dicho esto, y expresada mi gratitud por la visita y por el regalo, despidiéronse las dos damas, no sin que *Mariclío* me dejase al partir la esperanza de una nueva entrevista en plazo breve. Salieron. Al quedarme zambullido en mi soledad angustiosa, no vi otra manera de retener junto a mí el espíritu de la Madre que deleitarme con la rica ofrenda de sus bizcochos, *hechos en casa*. Apenas los caté, reconocí en ellos la mágica repostería que fue mi alimento en el viaje absurdo por las entrañas del planeta.

Comiendo de aquel sabroso manjar, se escapaba mi espíritu hacia las penumbras misteriosas de aquellas cavernas y conductos labrados por una ensoñación dantesca o mitológica. Vi el séquito de la divina Floriana, los toros, las ninfas; me vi a mí mismo, caballero en una vaca, restituido a mi ser de *sílfido* vaporoso. Mi mente se aferró de nuevo a la idea de que lo sobrenatural es lo verdadero. ¿Cuánto tardaría en volver al sentido de la realidad? Meditando en ello me dije: «El Universo es un trinquete, y yo la pelota con que juegan, para pasar el rato, lo humano y lo divino.»

XXVI

Muchos días, no sé cuántos, después de la visita de la Madre, me sentí un tanto aliviado de mi flojera muscular; el ansia de soledad se amenguó bastante, la idea de morir en plena juventud y la querencia del sepulcro empezaban a serme unas miajas desagradables. Mis amigos Fructuoso, Alemán y Alberto Araus, deseosos de sacudirme y entonarme, me llevaron a una de las islas del Mar Menor, y por cierto que el viaje me causó miedo; creía yo que en mi estado de extenuación no podría recorrer con vida el camino de tierra y mar, que se me antojaba de una longitud fabulosa. No recuerdo el nombre de la pintoresca isla en que me desembarcaron, sacándome en vilo de la chalana. Entendí que era propiedad del barón de Benifayó.

La hermosura del sitio, la pureza del aire, la quietud y transparencia de las aguas, influyeron de tal modo en mi naturaleza física y moral que por la tarde me reconocí muy mejorado. Nos albergamos en una casita donde moraba, con su mujer y unos chiquillos, el guarda de la isla, y tal fue la bondad con que me agasajó aquella excelente familia que mis amigos, previa discusión entre todos, acordaron dejarme allí por dos o tres días.

Aquella noche dormí como un canto. A la mañana siguiente ya era yo otro hombre. Recorrí sin cansarme distancias que el día anterior me habrían parecido considerables. Mis buenos patrones me daban comiditas de enfermo; mas yo prefería las calderetas de pescado fresco con que ellos se alimentaban diariamente. En uno de estos comistrajes, no sé si al segundo o tercer día, mi apetito se desarrolló hasta la voracidad.

Aunque en mi albergue modesto y patriarcal abundaban los utensilios de caza y pesca, no se me ocurrió entretenerme en ningún deporte, pues siempre me repugnó la persecución y matanza de inocentes animales del aire y de las aguas. Mi única diversión era pasear sin fatiga, recorrer la plácida costa de la isla en las partes donde no había cantiles infranqueables, subir a las cimas no muy altas, y tumbarme allí donde encontraba un lugar mullido y fresco para la contemplación del paisaje y la dulce tarea de no hacer nada.

Con este vivir fácil y mis calderetas de *mújol* fresco al medio día, mis fritangas de barbos y bogas por las noches, con algún hojaldre de añadidura, me reconstituí en mi ser normal apartando mis ojos de la cara fea de la muerte. Lo único que me quedaba de mi trastorno era la incapacidad para contar las horas y los días. Una mañana llegó Fructuoso a verme, y hablando de acontecimientos particulares y públicos vine a entender que estábamos en septiembre, lo que me causó grande estupor, por mi antedicha ineptitud cronológica.

Entre varias noticias de mediano interés me dio Manrique la de que Salmerón se había negado a firmar las sentencias de muerte dictadas para contener la indisciplina militar. Discutimos un rato sobre si eran o no compatibles la filosofía pura y el impuro arte de gobernar a los pueblos. Sin que lográramos dilucidar punto tan grave, supe que Salmerón se obstinaba en el propósito de dimitir.

Venid a mí otra vez, parroquianos benignos, y os daré una página histórica que me salió, cuando menos lo pensaba, en los días de mi convalecencia. Los amigos que me llevaron a la islita de Mar Menor me restituyeron a Cartagena en una plácida tarde de septiembre. Apenas llegué a la ciudad y a la redacción de *El Cantón Murciano*, leí en este periódico la lista del Ministerio que había formado el gran tribuno Emilio Castelar. Vedla aquí:

Presidencia, Castelar; Estado, Carvajal; Gracia y Justicia, Río Ramos; Hacienda, Pedregal; Guerra, Sánchez Bregua; Marina, Oreiro; Gobernación, Maisonnave; Fomento, Gil Berges; Ultramar, Soler y Pla. Salmerón fue elegido presidente de las Cortes. Era opinión general en Cartagena que don

Emilio iba a meter mano a los cantonales, poniendo sitio a la plaza en toda regla.

Sin que yo pusiera nada de mi parte, y hallándome aún a media convalecencia, me vi otra vez llevado a la corriente histórica, que en aquellos días de septiembre era mansa y sin notorias turbulencias. Dudo que merezcan pasar a los Anales de *Clío* los acontecimientos que, vistos de cerca, me parecieron de poca monta y no alteraban la marcha indecisa y claudicante del Cantón. Pacificada Valencia, Martínez Campos se acercó a nuestra plaza, llegando hasta La Unión, desde donde sus avanzadas hicieron un reconocimiento hasta las inmediaciones del barrio de Santa Lucía. Contáronme que hubo tiroteo y que las fuerzas centralistas se retiraron a la madrugada.

Y ya que nombro a Santa Lucía, diré que fui a la casa donde cené con la Madre en aquella calurosa noche de agosto, inolvidable para mí porque en ella me inoculó *Doña Geografía*, con sus acerbas prohibiciones, la pasión de ánimo que me tuvo medio loco y medio muerto durante más de un mes. La freidora de pescado estaba en su sitio; pero en la casa me dijeron que *Doña Mariana* había cambiado de residencia y no sabían su paradero.

Sigo pasando ante tu vista, lector discreto, una cinta histórica de menguado interés: iniciativas abortadas, hazañas ilusorias, planes muertos apenas concebidos. Salió Contreras en busca de Martínez Campos, con grande aparato de fuerzas de tropa y Milicias, cañones Krupp, Ingenieros, Caballería, Sanidad Militar, pertrechos de guerra y boca, y demonios coronados. Los dos Ejércitos no se encontraron o no quisieron encontrarse.

Las piezas Krupp de una parte y otra hicieron fuego a larga distancia sin causarse daño de consideración. En el campo cantonal, un caballo fue herido en la boca por un casco de proyectil, avería tan leve que el animal no tardó en curarse; otro casco perforó el parche de un tambor, y un soldado recibió contusiones que apenas merecieron auxilios caseros de la Sanidad. Mejor hubiera sido que me dejara yo en el tintero estas vanas correrías. Conste que las saco sin otra expresión gráfica que unos puntos suspensivos..............

Las excursiones marítimas de aquel mes no merecen mayor gasto de tinta. Claro es que luego vendrán hechos de armas tan resonantes que para referirlos toda la tinta será poca. Concretándome a las aventuras marítimas del Cantonalismo en septiembre del 73, acorto la corriente narrativa para consignar que el viajecito de Gálvez a Torrevieja en el *Fernando el Católico*, y la sorpresa de Águilas por el brigadier Carreras en el mismo buque, solo sirvieron para esquilmar con escaso provecho a estos dos pueblos.

Algo más serio fue lo de Alicante. Carreras se presentó con las fragatas *Numancia* y *Méndez Núñez* ante aquel puerto, donde entonces residía el ministro de la Gobernación, Maisonnave, tan amado de sus coterráneos los alicantinos. Alborotose el vecindario, las fragatas rompieron el fuego contra la Plaza, y ante la obstinada pasividad de esta, los cantonales viraron en redondo y se volvieron a *Cartago Espartaria*.

Apártate de mi atención, fastidiosa historia pública; déjame volver a mi dulce cuento. La fuerte querencia que no podía echar de mí llevome una tarde a la plaza de la Merced, donde vi que el edificio construido para la magna institución pedagógica estaba cerrado a piedra y barro. Recorriendo las calles adyacentes, con la esperanza de encontrar alguna puertecilla excusada que comunicara con tal edificio, interrogué a unas pobres mujeres que estaban haciendo calceta en el quicio de un portalón cerrado. Dijéronme que la *escuela grande* se había convertido en almacén de harinas, arroz, bacalao y otros artículos, para el suministro de la Plaza en caso de que le pusieran cerco los condenados centralistas. Las señoras maestras habían desalojado el edificio, llevándose los trebejos de enseñar, mapas, tinteros y la mar de libros.

En esto vi que por angosta puertecilla de un callejón cercano salía una señora con manto negro, en la cual reconocí a *Doña Aritmética*. Llevaba en sus manos un lío de ropa y un fajo de papeles y cuadernos. No consideré prudente detenerla y hablar con ella, y la seguí a discreta distancia, *en conserva*, como dicen los marinos... Traspuso la dueña la puerta de San José. La dirección que tomó luego indicome que iba hacia Santa Lucía. Como no miraba hacia atrás y además iba y venía mucha gente por aquellos lugares, pude espiar su ruta fácilmente.

Pasó la dueña por delante de la casa en que yo cené con *Mariclío*; metiose después en angosta travesía, por donde pasó a una calle de mediana anchura, tortuosa y con altibajos, de caserío desigual, mezquino y pobre.

Plebe lastimosa se veía en las puertas o divagaba por un suelo que sin duda fue empedrado y desempedrado por los demonios.

Adelantando en la calle, oí el tintineo vibrante de los martillos sobre el yunque... *Doña Aritmética* torció a la derecha vivamente. Apresuré el paso para seguirla de cerca. Ella delante, yo detrás, penetramos en una travesía corta, en cuyo fondo vi el resplandor rojizo de una herrería. Allí se metió la dueña, y yo, sin saber ni pensar lo que hacía, me colé tras ella. Dentro de la negrura en que lucían con viva lumbre las llamas de la fragua, los hierros al rojo y las chispas que al golpe de los martillos saltaban, quedeme absorto y paralizado. Por más que miré en derredor mío no vi a *Doña Aritmética*. Dos hombres hercúleos, con mandiles de cuero, trabajaban en el yunque; un mozo fornido metía los hierros en la fragua, y un guapo chico de tiznado rostro tiraba de la cadena del fuelle.

Yo no sabía qué decir. Por fin me decidí a preguntar tímidamente si había entrado allí una señora de tales y tales señas. Nadie me contestó; llegué a creer que nadie me veía; los cuatro siguieron trabajando como si no hubiera entrado nadie. Repetí mi pregunta con el mismo resultado negativo. Acordeme entonces de que la Madre me dijo en ocasión reciente que para ser hombre y no muñeco debía yo conservar el saber adquirido, completándolo con el vigor físico que dan los trabajos más duros. Pensando en esto llegué a imaginar que me hallaba en un recinto encantado, bajo el dominio de la Madre augusta y eterna, educadora de las naciones.

XXVII

Mi perplejidad y azoramiento me causaban una molestia enfadosa. Viendo que no hacían caso de mí, cual si yo fuera un ente invisible, quise llamar la atención de aquellos cíclopes con gesticulaciones violentas y gritos atroces. Entonces, uno de los herreros dejó a un lado su martillo y la pieza que forjaba, y se llegó a mí risueño. Al ver que al fin había logrado hacer acto de presencia, creo, señores míos... No estoy seguro de ello... Creo que me expresé de este modo: «Pero los que aquí trabajan ¿son hombres o qué diantres son?» Antes de contestarme, el forjador se quitó el mandil de cuero dejando ver un tórax espléndido, cual yo no lo había visto nunca en carne mortal. La cabeza y el rostro eran de una hermosura solo comparable a la que nos ha transmitido la estatuaria helénica.

Con bondadoso acento me dijo aquel que diputé por superior a la estirpe humana: «Ya sé a qué vienes. La que manda en ti te propuso que fueras herrero y sabio para ser hombre y no muñeco. Pero yo advierto que eres demasiado endeble para emprender tarea tan ardua. Sería preciso que te dejaras construir de nuevo. Yo y mis compañeros de trabajo somos forjadores de los caracteres hispanos del porvenir. ¿No comprendes esto?... Pues has de saber, hombrecillo de obcecado entendimiento, que estos hierros son resortes para las voluntades, que no han de doblarse ni romperse. Luego verás cómo trabajamos el acero y otros metales, que han de dar resistencia a los corazones y solidez a los cráneos donde se alberga el pensamiento.»

Continuaba yo privado de opinión sobre cosas tan inauditas. Con fugaz razonamiento me dije: «Por Júpiter, que este ensueño es más dislocado y delirante que cuantos hasta ahora me depararon los espíritus juguetones.» Y antes que yo pudiera escudriñar la razón de aquel extraordinario prodigio, el hombre perfecto de cuerpo y rostro me cogió por el brazo o por el pescuezo, y llevándome como en vilo, me condujo a otra estancia más grande, en la cual vi dos filas de hombres membrudos y atléticos, que trabajaban en diferentes operaciones de lima, torno y pulimento de metales. Pasando entre ellos pude observar la majestuosa estatura del forjador, comparada con la mía. Con tacones y sombrero, yo le llegaba poco más arriba del codo.

Entramos en un aposento reducido, iluminado por luz cenital. En el centro había una mesa de hierro con tazas y ánforas griegas. Por indicación de la estatua viviente nos sentamos. Oí en derredor mío un musitar festivo de voces femeninas. Manos invisibles nos sirvieron un divino néctar que debía de ser *Falerno*. Cuando se aproximaban las fantásticas servidoras creí vislumbrar un asomo de facciones humanas, vagamente apreciables a la vista. Me volví y dije: «¿Eres tú *Graziella*?» Risillas burlonas sonaron alejándose en el aire vago.

La ingestión del vino de los Dioses produjo en mí una súbita iluminación del espíritu, un gozo chispeante, una conformidad expansiva con lo que me pasaba. «Caballero forjador —dije al que ya consideraba como amigo—; confiado en su amabilidad le suplico me saque de una duda. Yo entré en la herrería siguiendo a una señora madura a quien conozco con el nombre de *Doña Aritmética*. Traspasé la puerta un segundo después que ella y no la vi. ¿Puede usted decirme a dónde ha ido esa señora y el cómo y porqué de desaparecer tan pronto?

—Esa calle por donde has venido —me contestó el hombre de perfectas hechuras— es incómoda y casi intransitable en el trozo más alto. Las personas que tienen que ir a la escuela de párvulos hallan por aquí acceso más fácil, pues solo un patio, como verás, separa este taller del taller de Floriana. La gran Maestra, imposibilitada de trabajar en el magno colegio que se hizo para ella, no quiere estar ociosa, y en este barrio mísero ha establecido una escuela humilde, para educar a los niños más pobres y desamparados de la ciudad.

—Bien clara es ya para mí la ruta de *Doña Aritmética*, y ahora comprendo el magnetismo que a estos lugares poderosamente me atraía. ¿Me permitirá usted, señor coloso, que salga yo a ese patio, por lo menos, para ver desde allí el recinto escolar donde la Diosa cría las inteligencias del mañana?»

Levantándose me dijo el artífice de voluntades: «Ven conmigo y verás.» Salimos... No sé si por una puerta o por una de esas paredes que permiten la filtración de bultos corpóreos... Salimos, digo, al patio, que era irregular, con empedrado menudo y muy bien barrido, completamente llano. Avanzamos luego por un espacio trapezoidal, limitado por medianerías y anexos de casas mezquinas. El patio se angostaba después para ensancharse en una especie de plazoleta. Sorprendiome la pulcritud del empedrado, que indicaba la acción constante de hacendosas manos femeniles. Pero más que esto me sorprendió que nuestros pasos no hacían ni el más leve ruido sobre las piedrecillas, como si estas fueran pelotas de lana.

En la plazoleta vi unas cuerdas en las que estaba tendiendo ropa *Doña Gramática*. Temblé ante la personificación de la sintaxis enroscada y regurgitativa; pero mi temor se disipó al instante, porque pasamos frente a ella, como a dos palmos de su cara, y no nos vio. Traspasado el cortinaje que formaban las sábanas y manteles puestos a secar, vi unas ventanas bajas, y llegó a mi oído un runrún leve de voces infantiles. Allí estaba la escuela.

Repitiose el fenómeno anterior. No puedo decir si entramos por una puerta o por un muro de materia tan tenue que daba paso a los cuerpos. La escuela era grande, de techo bajo, con pies derechos de madera sin pintar, y trazas de un viejo almacén o depósito de efectos navales. Aún quedaba en él un ligero tufillo de brea. Entre niños y niñas pareciome que había poco más de veinte, todos muy pobres, descalzos la mayor parte, mal vestidos, algunos harapientos y desgreñados.

En el centro del local vi a Floriana, vestida de azul oscuro. Dulce palidez melancólica advertí en su rostro estatuario. Su frente, de proporciones exquisitas, me deslumbró cual si de ella irradiara una claridad que iluminaba el mundo. En derredor de la divina Maestra, un enjambre de pequeñuelos de ambos sexos recibía las primeras migajas del pan de la educación. Les enseñaba las letras y los sonidos que resultaban de unir una con otra. A unos les corregía con gracejo, a otros con besos les estimulaba; a los más chiquitines les sentaba sobre sus rodillas, metiéndoles en la cabeza, como por arte mágico, las cinco vocales. Allí no había palmeta, ni correa, ni puntero, ni ningún instrumento de suplicio. Había tan solo cariño, halagos, persuasión, y un extraordinario poder espiritual para encender en el cerebro de las criaturas las primeras lucecitas del conocimiento. Un sacerdote santo dando la comunión a los fieles, en las catacumbas, no me hubiese inspirado mayor respeto.

Divagamos por el aula con la libre curiosidad de fantasmas que gozan el precioso don de ver sin ser vistos... En el fondo del local vi a la simpática *Doña Caligrafía* bregando con las niñas y niños mayorcitos que, llenándose los dedos de tinta y alargando los morros, trazaban palotes, rudimento inicial de la escritura... Llegó el momento del descanso, que fue consuelo de aquellas pobres almitas oprimidas por la grave atención.

Llevando de la mano por racimos a sus chiquitines, Floriana salió a un patinillo donde había un naranjo raquítico y unos girasoles mustios. Allí todos, chicos y medianos, se soltaron a correr y a jugar. Algunas niñas, que habían dejado allí sus *peponas*, las recogieron y empezaron a zarandearlas con alegres cantos maternales. Los chicos tiraban de peonzas y pelotas. En un rincón del patinillo, *Doña Aritmética*, delante de un gran barreño lleno de agua, lavaba las caras mocosas y sucias de algunos. En lugar próximo, *Doña Geografía* se encargaba de peinar a otros las enmarañadas greñas, donde no era raro encontrar habitantes. Después entró *Doña Gramática*, trayendo la merienda que entregó a Floriana para que la repartiese: era pan y *aladroque*, que comieron los chiquillos con la gazuza que supondréis.

Luego vinieron los regalitos; a los pequeñuelos descalzos, con los pies llenos de mataduras, les puso Floriana por su mano alpargatitas nuevas; a una niña muy aplicada que en pocos días había aprendido a deletrear, obsequió la Maestra con una *pepona* muy lozana, con camisa, y chapas de bermellón en los mofletes; a un rapaz espigado y listo, que ya trazaba *úes* y *emes* con rara perfección, le regaló una cajita de colores, pincel y lapicero. Entró *Doña Caligrafía* con un ramo de flores que la Maestra repartió entre las chiquillas, poniéndoselas en el moñete o en el pecho... «Adiós; hasta mañana...» Besos, cariños, alegría, risas que eran como un himno a la Enseñanza, y desfiló aleteando la infantil bandada.

XXVIII

Ya no vi más, porque el divino forjador me sacó del patinillo, no sé cómo ni por dónde, y me encontré con él en lo alto de una calleja de tan áspera pendiente que más parecía despeñadero. Pensaba yo en los volatines que tenía que hacer para el descenso, cuando el titán me cogió en brazos, como si yo fuera un monigote de papel, y me bajó hasta un rellano donde había un pretil. Debajo del pretil se veía la muralla, y más abajo el mar.

Nos sentamos los dos. No pude yo expresar mi estado de espíritu más que con un suspiro, tan hondo y grande como si con él echara toda mi alma. El atleta me miró atentamente, y sus labios de mármol pronunciaron estas palabras desgarradoras: «Floriana es mi novia...»

Ni para temblar me quedaron fuerzas después de oído esto. El corazón se me achicaba, y llegué a sentirlo del tamaño de una nuez cuando el varón estatuario remató así su concepto: «Mi novia es, y ningún mortal puede aspirar a su amor... Te lo digo en el lenguaje vulgar de tu tiempo, y traduzco el lenguaje eterno, para que pueda ser por ti fácilmente comprendido. Las divinidades que gobiernan el mundo han dispuesto que el Fuego plasmador se una en coyunda estrecha con la Feminidad graciosa y fecunda, para engendrar la felicidad de los pueblos futuros. Antes que acabe esta generación se ha de ver en pos de Floriana un enjambre de mil niñas, que al llegar a la edad juvenil encarnarán la belleza, la ternura, la gracia y sutileza educativa que has admirado en la excelsa regidora de esa humilde escuela. Cada una de esas mil criaturas, hijas de Floriana, dará al mundo otras mil. Ya puedes comprender que con un millón de maestras como esta que has visto, tu patria y las patrias adyacentes serán regeneradas, ennoblecidas y espiritualizadas hasta consumar la perfecta revolución social.»

Atontado escuché... Hallábame, como si dijéramos, henchido de resignación... Nada se me ocurría que pudiera ser digna respuesta a predicción tan sublime... Yo, Tito Liviano, el hombre raquítico, enclenque, de ruin naturaleza, residuo miserable de una raza extenuada, politicastro que pretendía reformar el mundo con discursos huecos, con disputas doctrinales, fililíes retóricos y dogmáticos requilorios, me sentí tan humillado, que anhelé con toda mi alma huir de la comparación con aquel ser titánico de infinita grandeza... Me levanté, y con la frase más vulgar del lenguaje de mi tiempo le dije: «Ya debo retirarme. Adiós, señor.»

Al dar el primer paso vi bajo mis pies una escalera quebrada, empinadísima, en cuyo fondo adiviné un abismo. Viéndome perplejo, el hermoso gigante tiró de mí diciendo: «Por aquí bajarás mejor.» Se volvió hacia la muralla y me arrojo por un inmenso talud o escarpa de inconmensurable altura. «¡Adiós, Tito —me dije—, que aquí pereces!...» Contra lo que pensaba, descendí con suave rapidez como si la pendiente fuera de algodones, y caí de pie en la playa, sano y salvo, sin contusión ni rozadura, sin polvo ni el menor desperfecto en mi ropa.

XXIX

Al retirarme, vi en mi mente con absoluta claridad que mi papel en el mundo no era determinar los acontecimientos, sino observarlos y con vulgar manera describirlos para que de ellos pudieran sacar alguna enseñanza los venideros hombres. De tales enseñanzas podía resultar que acelerasen el paso las generaciones destinadas a llevarnos a la plenitud de los tiempos. Seguí, pues, en mi atalaya histórica, y presencié fríamente sucesos culminantes que imprimieron mayor interés y bizarría a los anales del Catón.

Pero me falta espacio para referiros lo que observé en los meses de octubre, noviembre y diciembre del 73 y la mitad de enero del 74, por lo cual solicito de vuestra benevolencia un período de higiénico descanso, que no ha de ser corto si me obligo a contaros el bloqueo de Cartagena, con los reñidos combates navales de aquellos interesantes días; el asedio que puso a la Plaza un Ejército Centralista, mandado por el general López Domínguez; el lastimoso asesinato de la República, muerta el 3 de enero a manos del general Pavía, y después, el dramático desenlace y acabamiento del Cantón, con la fuga de sus temerarios caudillos a las playas africanas.

Ya metidos lectores y narrador en la jurisdicción del 74, seguiremos tan campantes al través de la intrincada manigua de las desgarradoras contiendas civiles, hasta parar en aquella fatalidad histórica que abominamos, no sin reconocer que nuestra incorregible tontería fue Razón transitoria de una Sinrazón que ya ¡vive Dios! va durando más de la cuenta.

FIN DE LA PRIMERA REPÚBLICA
Madrid, febrero-abril de 1911.

Libros a la carta

A la carta es un servicio especializado para

empresas,

librerías,

bibliotecas,

editoriales

y centros de enseñanza;

y permite confeccionar libros que, por su formato y concepción, sirven a los propósitos más específicos de estas instituciones.

Las empresas nos encargan ediciones personalizadas para marketing editorial o para regalos institucionales. Y los interesados solicitan, a título personal, ediciones antiguas, o no disponibles en el mercado; y las acompañan con notas y comentarios críticos.

Las ediciones tienen como apoyo un libro de estilo con todo tipo de referencias sobre los criterios de tratamiento tipográfico aplicados a nuestros libros que puede ser consultado en Linkgua-ediciones.com.

Linkgua edita por encargo diferentes versiones de una misma obra con distintos tratamientos ortotipográficos (actualizaciones de carácter divulgativo de un clásico, o versiones estrictamente fieles a la edición original de referencia).

Este servicio de ediciones a la carta le permitirá, si usted se dedica a la enseñanza, tener una forma de hacer pública su interpretación de un texto y, sobre una versión digitalizada «base», usted podrá introducir interpretaciones del texto fuente. Es un tópico que los profesores denuncien en clase los desmanes de una edición, o vayan comentando errores de interpretación de un texto y esta es una solución útil a esa necesidad del mundo académico.

Asimismo publicamos de manera sistemática, en un mismo catálogo, tesis doctorales y actas de congresos académicos, que son distribuidas a través de nuestra Web.

El servicio de «libros a la carta» funciona de dos formas.

1. Tenemos un fondo de libros digitalizados que usted puede personalizar en tiradas de al menos cinco ejemplares. Estas personalizaciones pueden ser de todo tipo: añadir notas de clase para uso de un grupo de estudiantes,

introducir logos corporativos para uso con fines de marketing empresarial, etc. etc.

2. Buscamos libros descatalogados de otras editoriales y los reeditamos en tiradas cortas a petición de un cliente.